http://www.bbulmedia.com

BBULMEDIA

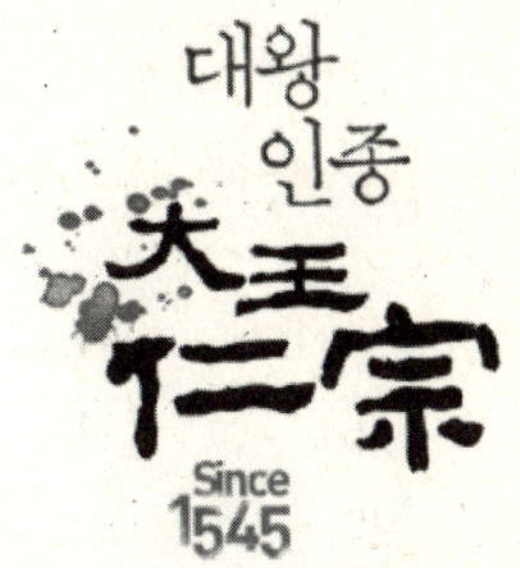

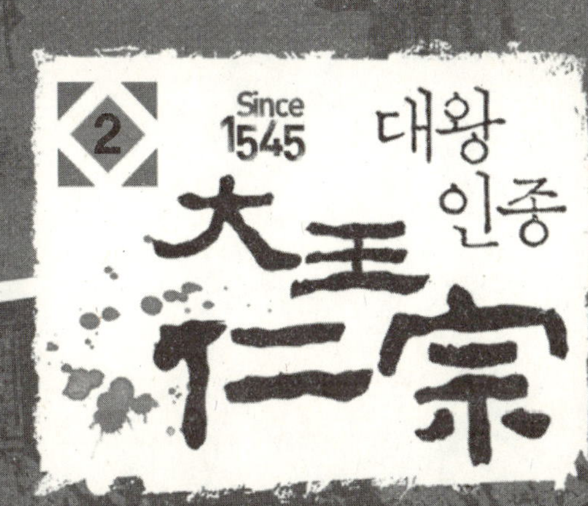

2
Since 1545
대왕
인종
大王
仁宗
초승을 디츠 으人 소설
뿔미디어

목 차

1.

개각

인종 2년 1월 1일.

본래 새해에는 임금에게 있어 매우 바쁜 날이다. 명에 사대하기에 황세를 향해 망궐례(望闕禮) 행해야 한다.

망궐례는 지방 수령이 멀리 떨어져 있는 임금에게 매월 1일과 15일에 인사를 드리는 예식이다. 한나라의 임금인 조선의 국왕도 매년 1월 1일 명의 황제에게 망궐례를 했다.

하나 인종은 망궐례를 하지 않았다. 그리고 설날 의례적으로 행했던 연회도 신하들이 올리는 신년 하례도 받지 않았다.

왕족들이 궐 안으로 들어오는 것도 금했다. 그 모든 것을 뒤로 미룬 채 인종은 경복궁 근정전으로 중전과 함께 나갔다. 근정전 뜰 앞에는 정1품 대신부터 정6품의 관원들까지 한양에 머무르는 신하들이 도열해 있었다.

높은 자리에 올라 대신들을 둘러본 인종은 근정전 앞에 만들어 놓은 제단 앞으로 다가가 모셔져 있는 7개의 신위(神位)를 향해 절을 올리고 승지가 건네주는 두루마리를 펼쳐 읊조렸다.

"이 땅에 하늘이 열리고 새로운 세상이 도래한 지 어언 3879년 아 조선이 새 왕조를 연 것이 154년 되는 이해 정월 초하루 조선 12대왕 이 호가 단군성검 님과 추모태왕, 온조 대왕, 거서간 박혁거세, 대진국(발해) 태조 고왕, 고려 태조 대왕, 조선을 건국한 태조 대왕에게 삼가 아룁니다. 이 땅에 나라를 세우고 이 땅의 백성을 위해 목숨 바쳐 싸웠던 영령들이여! 아국 조선을 굽어 살피소서, 오늘 단기 3879년 정월 초하루 조선의 12대 군주 이호가 간절히 소원하나이다. 오늘날 이 땅의 모든 백성들이 불평과 불민함이 사라지고 태평성세를 노래하기를 간절히 바라나이다. 하여 새로이 내각의 제도를 바꿔 의법부를 신설하여 법을 다스리게 하였사옵니다. 또한 국무총리를 두어 민생을 다스리게 하였사옵고 국방총리를 두어 국방을 담당케 하였나이다. 더하여 문조를 새롭게 만들어 교육을 담당하게 하였고 의조를 새롭게 만들어 백성들의 질병을 다스리게 하였나이다. 신보를 발행하여 언로를 열었으며, 염매 공사를 두어 백성들의 곤궁한 생활을 안정시키려 함이니, 열성조와 7대 대왕이시어 굽어 살피소서 단기 3879년 정월 초하루 조선 12대 임금 이호가 고하나이다.”

인종은 다 읽고 뒤를 돌아 대신들을 둘러보았다. 그사이 승지가 다시 새로운 두루마리를 건네주었다.

“조선의 만백성이여 들어라! 과인이 병오년 정월 초하루를 기해 조정을 일신하고 군을 제정비하여 북방의 야인과 남방의 왜구를 물리치고 산업과 문화를 꽃피우기 위해 유신을 단행했다. 과인은 이것으로 끝내지 아니하고 항시 이로운 것은 받아들이고 잘못된 것은 버릴 것이다. 대신들 또한 들어라, 호가호위(狐假虎威)하는 자들은 절대로 용서치 않을 것이다. 그대들이 존재하는 이유는 첫째도 백성을 이롭게 하기 위함이요, 둘째도 백성을 이롭게 하기 위함이다. 일신의 안녕을 바란다면 당장 자리에서 물러나라, 증좌가 없는 대도 자신의 이익을 위하여 타인을 무고한 자 극형으로 다스릴 것이다. 심증만으로 국가의 원로와 대신들을 고변하는 자 또한 극형으로 다스릴 것이다. 법이 허용치 않는 것을 행하는 사대부는 천인으로 떨어질 것이며, 일하지 아니하고 권력만을 탐하는 자 또한 3대가 벼슬을 하지 못하게 할 것이다. 과인의 말은 한 치의 허언이 없음을 알게 될 것이다. 이는 이 나라 조선이 존재하는 한 지켜질 법으로 만세불변의 법이로다!”

인종의 말이 끝나자 대신들이 모두 두 손을 번쩍 들고 천세를 외쳤다.

“주상 전하 천세! 대 조선국 천세!”

대신들은 인종의 말이 얼마나 지켜질지는 모르나 나름 경장을 실시했고 새롭게 조정을 일신하려 노력했기에 앞으로의 행보가 기대되었다. 이럴 때는 보조를 맞춰 주는 것이 살아남는 것이다.

추운 날씨에 야외에서 계속 진행할 수 없어 대신들과 함께 근정전 안으로 들어간 인종은 금일부터 새롭게 실시되는 일들에 대해 각 아문의 수장과 담당자들에게 한 명씩 돌아가며 보고를 받았다.

"의법부 수상 유관이 아뢰옵나이다. 지난 을사년 전하의 명으로 답신을 올린 사대부 중 30인을 뽑아 의법부 의원으로 입직 시켰나이다. 의법부는 경희궁에 본청을 두었으며 수상 1인과 의장 2인 의원 30인이 주축 이옵고 사무를 처리할 보좌역에 67인의 사무관이 운영되옵나이다. 올해 의법부의 업무 목표는 법전의 개정과 정음 편찬이옵니다."

"신 국무총리 신광한 아뢰옵나이다. 병오년 정월 초하루를 기해 의정부삼정승의 업무를 이관하여 조선의 행정부 최고 수장으로서 위로는 주상 전하를 보필하고 아래로는 8조 아문을 아우르며 만백성을 위하여 헌신하겠나이다."

"신 국방부총리 홍섬 아뢰옵나이다. 병조의 수장을 겸임하며, 오위도총부를 비롯하여 8도의 병영과 수영을 아우르며 아국의 국경을 철통같이 지켜낼 것이옵니다."

3부의 보고가 끝나자 다음으로 이언적이 앞으로 나섰다.

"집현전 수장 이언적이 아뢰옵나이다. 집현전은 을사년 경희궁에 새롭게 터를 잡고 4개월여 동안 130여 권의 구전되는 이야기 책과 유교 경전의 정음 출판을 관장하고 있으며, 올해 정월 초하루를 기하여 조선신보를 발행하기 시작하였나이다. 앞으로 매월 1일과 16일에 신보를 발행할 것이며, 국가의 천년대계를 위하여 백성을 가르치며 교화해 나가는데 진력할 것이옵니다."

"문조의 수장 이약해가 아뢰옵니다. 문조는 예조의 관할 하에 있던 성균관, 사학, 종학, 세자시강원, 춘추관, 홍문관을 이관하고 집현전과 협조하여 아국 조선의 교육과 언로를 담당할 것이옵니다."

"의조 수장 박세거 아뢰옵니다. 의조는 예조의 관할 하에 있던 내의원, 혜민서, 활인서를 이관하였사옵니다. 더히여 의원들을 교육할 의강원과 병원을 예방할 보건청을 신설하여 조선 만백성 누구에게나 의료의 혜택이 돌아가도록 교육과 예방 치료에 매진할 것이옵니다."

그 뒤로도 새롭게 수장이 된 인물들이 자신들이 맡게 될 업무와 각오를 한마디씩 하고는 자리에 들어갔다.

"모두 각자가 맡은 자리에서 최선을 다하여 아국 조선을 반석 위로 올리는데 일조하도록 하시오. 국방총리 홍섬은 병력 1천을 모집하여 강화의 염매 공사에 파견토록하고, 호조는 서둘러 김포와 강화의 부지를 확보하여 공방 설치와 군영 설치가 이루어지도록 조치하시오. 예조는 대마도와 대내 가문에 보낼 국외 거주 관리들의 인선을 서두르고 국방부는 그들의 안전을 책임질 장수와 병사들의 차출을 서두르시오. 또한 군기시는 3월부로 김포로 이전할 것이니 이에 관한 준비도 한 치의 빈틈없이 준비하시오. 더하여 대월국에 다녀올 사신들의 인선 또한 정해야 할 것이오. 앞으로 눈코 뜰 새 없이 바쁠 터이니 모두 일에 차질이 없도록 최선을 다해 주시오!"

"명을 받드옵니다."

이로써 경장의 첫발을 내딛게 되었다. 처음이라 다들 정신이 없었지만 명확하게 문관과 무관이 나뉘었다는 것을 피부로 느꼈으며 향후 문관의 무관 실직은 없을 것이란 인종의 말에 다들 고심했다.

현재까지는 무관 출신이 지방 수령을 하기도 했으며 문관 출신이 수령과 함께 무관직을 겸임하는 경우가 많았기에 중앙에서 이렇게 완전히 독립된 관청으로 나누었으니 향후 지방도 그런 제도를 따라야 할 것이기 때문이다.

인종이 어떤 방식으로 둘을 나눌지 알 수 없으나 대략적으로 예상하기로 포도청의 확대로 지방 수령들의 무관직은 사라지고 포도청을 신설하여 치안엔 관한 것을 담당케 할 것이며 군부는 각 지역별 사령부를 두어 별개로 운영될 것이라는 이야기가 돌고 있었다.

때문에 무관으로 관직을 시작한 사람들은 지방 수령직을 포기해야 하고 문관으로 시작한 사람들 또한 겸임하던 무관직을 포기해야 하는 상황이지만 아직 구체적인 이야기는 나오지 않았다.

선택권이 있다면 둘 중에 하나를 선택해야 하는데 과연 어떤 것이 출세하는데 더 빠를 것인지에 대한 정보 교류와 설왕설래가 한참이었다.

인종 2년 1월 10일.

강녕전에 내수사 별좌 윤참이 들었다. 윤참은 윤임의 절친한 친인으로 인종에게는 외가의 먼 친척이었다. 내수사는 왕실의 재산을 관리하는 관청으로 오직 왕의 명에만 따르는 조정과는 별개의 관청이다.

"작년 결산을 보니 예년과 별반 다르지 않은데 소작인이 늘었으며, 땅도 300결이나 늘었으니 이게 어인 일이오?"

"예 전하, 작년은 평년작이옵니다. 하나 충청도의 내수사전이 가을에 늘었사옵니다. 강변에 새롭게 땅을 개간하여 늘었으며 개간에 참여한 농부 중 일부를 소작인으로 받아들였사옵니다."

"그럼 모두 4,200결이 되는 것이오?"

1결에 3천 평 정도이니 4,200결이면 126만 평에 달하는 토지를 소유하고 있는 것이 왕실이었다. 이는 단순히 계산해도 일 년에 7만 섬이 넘는 곡식을 거둬들일 수 있는 토지였다.

"그렇사옵니다."

"앞으로는 땅을 더 이상 늘리지 마시오. 이앙법이 좋은 것은 다 아는 것이지만 수리 시설이 확충되지 않아 실시하지 못하니 앞으로는 농한기 때 수리 시설 확충과 저수지 건설을 가장 최우선으로 하여 실시하도록 하시오. 3년이 지나도 전혀 개선되지 않으면 내수사 별좌 자리는 내놓아야 할 것이오."

이앙법이 좋은 것은 이미 다 아는 사실이었다. 숙종 때가 되면 전국적으로 이앙법이 실시되며 물을 대기 힘든 곳을 제외하고는 이앙법이 대중화된다. 하나 현재는 수리시설과 저수지 등의 부족으로 일부에서만 실시되고 있다.

"그리고 자전차는 쓸 만하오?"

"네, 전하 작은 힘으로 많은 짐을 나를 수 있으니 매우 요긴하게 쓰고 있사옵니다."

"그렇구려, 앞으로 더 보급이 될 것이오. 지난해 북방으로 병사들을 보내느라고 내수사에서 5만 섬이 넘는 미곡을 꺼내어 썼으니 올해 추수할 때까지 사용할 미곡이 부족할 것 같은데 어떻소?"

"약 1만 섬 정도가 부족하옵니다. 따로 방책이 없다면 각 관아에서 변통하여 쓰고 추수가 끝난 뒤 갚았으면 하옵니다."

"아니 되오. 내 이것은 여름이 되기 전에 알아서 처결할 것이니 그리하지 마시오.”

“알겠나이다.”

인종은 여름 전에 대월에서 쌀을 들여올 생각이다. 그렇지 않으면 소금 전매로 들어온 이익을 그쪽으로 돌려도 된다. 내수사에 딸린 식구가 많으니 버는 것도 많지만 그만큼 나가는 것도 많은 것이다.

인종은 처음으로 내수사 관할 하에 상단을 만들어 볼까 생각도 했지만 상단을 운영하게 되면 문제가 복잡해진다.

국왕이 직접 장사에 나서게 되면 말이 많아지고 국왕의 뒷배를 믿고 횡포가 심할 것이 자명했다. 더구나 경쟁 상대가 있어야 발전하는 상단을 국왕이 운영해 버리면 전혀 발전을 못하게 된다. 해서 특단의 결정을 내리는 인종이었다.

“개성에 보유한 1천 결의 땅을 모두 쪼개어 양인들 위주로 매각하시오.”

“전하!”

땅을 늘렸으면 늘렸지 줄인 적이 없던 내수사였다. 윤참은 놀라서 바라본다.

“앞으로 나라를 위해 꼭 써야 할 곳이 있소. 한겨울에 팔게 되면 땅값을 다 못 받는 것은 알고 있으나 3월이 되기 전에 모두 매각하도록 하시오.”

“알겠나이다.”

윤참은 1천 결이라는 엄청난 땅을 어떻게 처분해야 할지 막

막했지만 생각해 보면 그리 어려운 것도 아니다.

개성 상단이나 인근 지주들에게 쪼개어 팔고 다 팔지 못하면 자신의 일가들에게 팔면 된다. 빚을 내서라도 사 두기만 하면 몇 달 뒤에 큰 이문을 볼 것이기 때문이다. 춘궁기에 사서 추수할 때 팔면 배는 남는 장사를 할 수 있기 때문이다.

인종 2년 1월 12일.

인종은 오랜만에 화사 최성현을 불러들였다. 그동안 한양 전도와 함께 조선의 배들과 왜, 명의 배들을 세밀하게 그려 진상했고 인종은 그런 배들의 모형을 만들게 했다.

인종이 그러한 일들을 시킨 이유는 한양을 천년을 이어갈 수도로 새롭게 설계하기 위함이었고, 배는 국가 전체의 수송을 담당하는 중요한 운송 수단으로써 정비를 하고 새롭게 발전시키기 위함이었다.

도시를 확장하고 정비하는 일은 매우 막대한 예산이 들어가고 노동력이 소모되는 일이다. 단순히 길을 넓히고 구획을 정한다고 되는 일이 아니다.

사람이 늘어나면 그에 따라 마실 물과 오물을 처리할 시설, 이동할 교통수단, 도로망과 구획정리, 시장의 확충, 안전과 시시비비를 가려 줄 포청의 확대, 일자리와 의료 시설 등 하나씩 따지다 보면 끝이 없을 정도로 많은 문제들을 해결해 나가야 한다.

물론 인종이 단순히 확대하려고 하는 것은 아니다. 한양을 물류의 거점으로 만들고 한양과 인접한 강화도와 김포, 개성을 공업 생산품의 생산지로 하여 국가 전체의 역량을 끌어 올리기 위해서다.

그렇게 하기 위해서는 도로와 운송할 배들이 충분히 유지 관리되어야 한다. 그리고 한강에 다리를 놓거나 그와 비슷한 기능을 하는 배다리라도 항시 유지되어 사람들이 왕래하기 편하게 만들어야 한다.

한강에 다리가 등장하는 것은 무려 454년 뒤에나 가능하다. 급하면 배다리를 놓거나 평상시에는 쪽배를 타고 건너던 것이 전부이다.

한강에 다리를 놓게 되면 조선의 교통에 일대 혁명이 이루어지는 것이다. 한강 다리를 만들려면 못해도 폭이 20미터는 돼야 한다.

그래야 물량 이동에 큰 도움이 된다. 길이가 1키로미터 남짓이니 대공사도 그런 대공사가 없다. 한강의 수심 또한 깊은 편이다. 당장은 하고 싶어도 할 수 없으니 배다리라도 만들어야겠다는 생각을 한다.

"전하 화사 최성현 들었사옵니다."

인종은 화사 최성현이 그린 그림에 모두 최성현의 낙관의 찍도록 했다. 거기에 더불어 도화서에서 그리는 각종 그림에

도 그림을 그린 화사와 주석을 단 사람을 표시하도록 했고 그
림마다 일련번호를 적도록 하고 책자를 따로 만들어 목록 집
을 발간하게 했다. 더불어 도화서에 안료(顔料)를 개발하는
부서를 따로 만들게 하고 적극 지원을 했다.

문화의 부흥은 하루아침에 이루어지는 것이 아니라 꾸준한
투자와 노력, 시간이 들어가야 하는 것이다.

"배의 그림은 모두 그렸으니 집현전의 일을 봐 주고 있느
냐?"

"네, 전하 책에 들어갈 삽화를 그려 주고 있나이다."

"허면 너는 그 일을 도화서에 넘기도록 하고 길 떠날 채비
를 하여라."

"네, 전하 하온데 어디로 가야 하옵니까?"

최성현의 반문에 인종은 그림 한 장을 보여 준다. 조선과 만
주 왜, 명의 일부와 몽골을 그린 그림이다. 이를테면 동북아시
아의 지도였다.

"이것은 원나라 때 고려를 공격하기 위해 만들어진 지도이
다. 이 지도는 대대로 왕실에서만 보아 오던 것인데 그간 수백
년의 시간이 흘러 명칭이 바뀌거나 주인이 바뀐 땅이 흔하다.
하니 너는 우선 화사 서넛을 차출하여 조선 팔도를 돌아다니
며 길과 강, 산과 마을, 군영, 도읍 등 지도를 보기만 해도 모
두 알 수 있게 상세히 그려야 할 것이다. 방법은 한양 전도와
비슷하나 조선 전도는 높이 30자 넓이 20자 크기의 천에 그려

넣을 것이다. 하니 너는 이 지도를 참조하여 각 도별로 상세히 지도를 그린 뒤 다시 하나로 묶으면 되는 것이다. 이일을 필생의 업으로 삼아 완성토록하라!"

인종은 자신이 그린 그림을 건네주면서 임무를 주었는데 건네준 그림은 좀 특이했다. 조선 전도라고 하며 준 그림은 현재 조선의 땅이 아닌 곳이 조선의 땅으로 편입되어 있었고 도의 명까지 붙어 있었다.

"성심을 다하겠나이다."

몇 장의 지도를 받아든 최성현이 대전을 나갔다. 후손들은 오늘 인종이 내린 명령 하나 때문에 큰 역사적 자산을 얻게 될 것이다.

인종이 내관들을 시켜 몇 가지 물품을 들고 중전의 처소로 항했다. 중선의 처소로 발길을 옮기는 인종은 발걸음이 가벼웠고 들뜬 마음이었다.

선물을 받는 사람보다 하는 사람이 더 기쁘다는 것을 다시 한 번 느끼는 인종이었다. 그동안 자신 때문에 마음 고생했을 중전이었기에 하나라도 더 주고 한 번이라도 더 기쁘게 해주고 싶은 인종이었다.

"어인 일이시옵니까?"

중전 박씨는 한참 집무를 볼 시간에 인종이 찾아보자 의아해했다.

"내 중전에게 줄 것이 있어 왔습니다. 한시라도 빨리 주려고 온 것이니 탓하지 마시오."

"어이해 그런 말씀을 하시 옵니까. 혹여 좋지 않은 일인가 하여 물었사옵니다."

"자리에 우선 앉읍시다. 내관은 들고 온 것을 이리 내려놓아라."

내관들이 중전 앞에 내려놓은 것은 몇 개의 상자였다.

"우선 첫 번째 상자를 열어 보시오."

중전이 첫 번째 상자를 열자 그 안에는 작은 자개장이 들어 있었다. 마치 장롱을 작게 만든 모양이었다.

"이것은 무엇입니까? 보석함이옵니까?"

중전이 살펴보는 것은 본래 18세기나 되어야 나오는 물건인 경대였다. 인종은 익숙하게 경대의 윗부분을 위로 들어 올리자 그 안에 맑고 깨끗하게 사물을 비추는 거울이 나타났다.

"장신구를 넣어 두는 것은 맞소. 그리고 이렇게 거울도 함께 붙어 있는 것이오. 이것은 경대라는 물건이오. 어떻소?"

"어찌 이리 맑게 얼굴을 비춘단 말입니까? 이것은 혹 유리로 된 것이 아니옵니까?"

중전은 전날 해안군이 유리잔을 보내 와 본 기억이 있기에 그 재질이 유리인 것을 알아챘다.

"맞소! 유리 뒤에 주석박(朱錫箔)을 붙여 만든 거울입니다. 어때요? 잘 보이십니까?"

“너무도 맑게 보이옵니다.”

“다음 것도 열어 보시오.”

중전은 손수 다음 보따리를 두근거리는 마음으로 풀어 보았다. 널찍한 상자를 열자 그 안에서 향긋한 냄새가 퍼져 나왔다.

“이것은 약재이옵니까?”

색을 입힌 한지를 네모지게 곱게 싼 것들이 가지런히 놓여 있다. 향으로 보아 한약재인 듯 보이는데 쑥 향과 인삼 향이 강하게 콧속을 자극했다.

“이것은 비노(비누)요. 하나 꺼내어 열어 보시오.”

“이것이 비노란 말이옵니까?”

중전은 새롭다는 듯이 한 개를 꺼내어 한지를 벗겨내자 그 안에 회색빛의 비누 덩어리가 나왔다.

“쑥 향이 나는 것은 쑥을 첨가한 것이요. 여인네들에게 쑥이 좋다 하여 첨가해 보았소. 또한 인삼과 감초 등으로도 만들어 보았소. 이것은 빨래할 때 쓰라고 만든 것이 아니요. 이것은 소세할 때나. 멱을 감을 때 쓰는 것이오. 하니 중전도 소세할 때나 멱을 감을 때 사용하시오. 허면 피부가 매끄러워지며 건강에도 매우 좋소.”

인종의 설명에 중전은 매우 놀라워했다. 기존의 비노라는 것은 대부분 창포 가루나 녹두 가루를 조두박에 넣어 사용했고 잿물을 이용해 유기그릇을 닦을 때 사용하는 등 더러움을 날려 버린다는 뜻에서 비노 또는 비루라고 불렀다. 그런데 이 것은 전혀 그런 것들과는 다른 것이었다.

18세기 말이나 되어야 만들어지게 되는 비누를 만들어 낸 것이다. 물론 이 정도 수준이라면 19세기가 넘어가도 못 만드는 것이다. 이것이 모두 소다회를 만들 수 있었기에 가능한 것이다.

"다음 상자도 열어 보시겠소?"

제일 큰 상자가 하나 남아 있었다. 중전은 경대와 비누를 보고 매우 놀랐기에 큰 기대감을 가지고 다음 상자를 열었다.

그곳에는 손거울과 유리로 만든 비녀, 귀걸이, 목걸이 동물 모양의 작은 장식품 등이 있었다. 조선 장인의 솜씨는 실로 대단했다.

아무리 인종이 그 방법을 자세히 설명했다 해도 몇 년은 걸릴 것이라 예상했던 세밀한 유리 공예품들을 서너 달 만에 만들어 낸 것이다.

그것도 유리에 색까지 부분적으로 첨가하여 마치 수정을 깎아 놓은 듯 빛을 발하고 있었다. 중전은 그 하나하나를 꺼내며 연신 감탄사를 내뱉고 있었으며 하나하나 귀중한 보석을 다루듯 하고 있었다.

"어찌 이리 귀한 것을……."

"중전, 이 모든 유리 제품의 원료가 무엇인 줄 아시오?"

"무엇이옵니까?"

"모두 모래요."

"그 흔한 모래란 말씀이옵니까?"

"물론 그 외에도 여러 재료가 들어가지만 분명 모래가 많은 부분을 차지한다오. 앞으로 조선은 이것들을 더욱 다양하게 발전시켜 타국에 내다 팔 것이오. 그리하여 부족한 식량과 옷감 등을 사다가 백성들을 먹이고 입힐 것이오. 어떻소?"

"마치 도사가 부리는 도술을 보는 것 같사옵니다. 허면 이것을 얼마든지 만들 수 있다는 말이옵니까?"

"그렇소. 앞으로 장인들이 더욱 기술 개발에 힘쓰고 연습한다면 이보다 뛰어난 물품들이 쏟아져 나올 것이오. 허면 우리 조선은 이 세상에서 가장 부강한 나라가 될 것이오. 아니 그렇겠소?"

"맞사옵니다. 그렇게만 된다면 조선은 이 세상에서 가장 부강한 나라가 될 것이옵니다. 이 세상 모든 여인네들이 이리 예쁜 것들은 가지고 싶어 하지 않을 리가 없사옵니다. 전하는 진정 성군이시옵니다."

"하하하! 중전이 그리 말해 주니 기쁘오. 앞으로 더 좋은 것들이 만들어지게 되면 또 진상하라 할 터이니 이것들은 중전이 적당히 귀인과 숙빈에게 하사토록 하시오."

"알겠사옵니다."

마지막 상자에 들어 있는 장신구들은 중전이 보기에도 매우 곱고 아름다웠지만 그런 것을 탐내는 중전이 아니었다. 또한 해안군이 넉넉하게 보내 준 덕분에 장신구들은 충분했다.

　　인종 2년 1월 15일.

　　개각을 하고 보름 남짓 지나자 어느 정도 분위기가 안정되어 가는 듯했다. 본래 조정의 규모가 크면 클수록 들어가는 재정이 늘어 운영에 많은 차질이 있으나 소금 전매와 자전차의 판매로 무난하게 조정이 운영되고 있었다.

　　더불어 지난해 중국과 왜인들 중 난파되거나 붙잡힌 자들을 인종의 명으로 철저한 감시 속에 광산으로 보낸 덕분인지 구리와 철의 수급도 조금은 좋아지고 있었다.

　　개각을 단행하면서 인종은 북방총병사인 봉성군에게 함경도의 광산 채굴을 허가해 주었다. 단 채굴된 금, 은, 철, 등 모든 광물과 석탄은 후방인 평안도 남포로 보내게 했다.

　　그곳에 대규모 제철소를 지을 생각이었다. 그 대가로는 소금을 주기로 했다. 김포에서 소금을 배로 싣고 남포에 가져다주면 봉성군은 그 소금을 가져다가 북방의 여진인들과 교역을 하는 것이다.

　　해서 봉성군에게 북방 여진인들과의 교역권도 부여하였다. 대신들 중 일부가 너무 큰 권한이라 반발을 해서 감시하고 중앙에 보고할 관원들을 10여 명 파견한 상태였다. 이들은 6개월에 한 번씩 교대를 시키기로 했다.

평안 관찰사 황헌을 시켜 남포에 제철소를 짓게 하고 완성
되면 금과 은은 괴를 만들어 한양으로 보내게 했고 석탄은 광
석을 제련하는 연료로 사용토록 하고 일부는 강화로 보내게
했다.

철은 농기구와 무기를 만들도록 했다. 이런 조선의 변화에
가장 크게 고무되어 기뻐한 것은 북방총병사로 야전에 나가
있는 봉성군 이완이었다. 덕분에 이완은 거침없이 자신의 생
각대로 일을 추진해 나갈 수 있게 되었다.

"봉성군마마! 그들로부터 연통이 왔사옵니다!"

급하게 부장 하나가 서찰을 들고 봉성군의 집무실로 들어왔
다. 봉성군은 북방 군영에 도착하자마자 친 조선에 가까운 부
족부터 하나씩 연통을 넣어 친분을 다지기 시작했다. 물론 친
분을 다지는 것에는 선물보다 좋은 것은 없다.

마땅히 줄 만한 것이 없던 봉성군은 도자기와 소금 등을 보
내 주었고 그쪽에서는 호피나 약초 등을 보내왔다.

그렇게 해서 6진 근방의 야인여진인들 과는 매우 가까워진
상황이었고 제일 가깝게 있는 건주여진과는 답보 상태를 이루
고 있었다.

건주여진은 백두산을 경계로 그 위와 좌우에 나뉘어 사는데
국경을 넘어와 분탕질을 하는 대표적인 부족인지라 서로가 가
까워지기가 힘든 상황이었다.

나머지 해서여진은 건주여진보다 더 북쪽이면서 명에 가까

운 부족인지라 교통이 원활하지 않아 아직 이렇다 할 교류가 없었다.

그러나 이번에 인종이 자신에게 준 교역권과 광석 채굴권을 이용한다면 그들과의 교류도 쉬울 것이라 예상했다. 오늘은 그 해서여진 중 가장 강력한 예허부에 보낸 밀서의 답신이 온 것이다.

"누가 왔는가?"

"예허부 수장인 양지누가 그의 수하인 협온맹가첩목아(夾溫猛哥帖木儿)라는 자를 보내왔사옵니다."

첩목아는 티무르의 한자식 이름으로 그가 몽골의 후예라는 것을 알려 주었다. 물론 이성계도 그리고 그 외 원 제국 시절 높은 자리를 한 대부분의 여진족들은 이 첩목아라는 몽골식 이름을 사용했다.

당시는 이성계뿐만 아니라 고려의 왕들조차 몽골식 이름이 있었다. 한데 원이 멸망하고 명과 조선이 들어선지 100년이 넘었음에도 심심치 않게 이 첩목아라는 이름을 사용하는 이들이 있었다.

봉성군 이완이 사신을 자신의 집무실로 들여보내라 명하자 곧바로 검은 가죽 갑옷을 걸친 기골이 장대한 중년 남성이 들어왔다.

더욱이 그는 민머리로 그 인상이 더욱 무장의 모습을 나타내 주고 있기에 봉성군은 처음 본 사람임에도 호감이 갔다.

"마마, 처음 뵙사옵니다. 예허부에서 온 박진이라 하옵니다."

"박진이라? 내 부장에게 들은 이름과는 다른 것을 보니 사정이 있소?"

"고조부께서 전조에 일가를 이끌고 북방으로 이주해 새롭게 터를 잡고 살기 시작했사옵니다."

"아, 그렇구려."

박진뿐만 아니라 이성계의 집안도 그러했고 그들뿐만 아니라 많은 사람들이 만주로 이주했다.

그것에는 각기 사정이 있으나 제일 큰 이유로는 국가의 멸망이다. 신라가 망하면서 많은 이들이 북방으로 이주했다. 그 중 하나가 후일 청 제국을 건설하는 누르하치의 조상이기도 하다.

고려가 망하면서도 많은 사람들이 북방으로 도망쳤다. 그리고 고려 시대는 기본적으로 봉건제국가 즉 지방 호족이 존재하던 시기였기에 그 지역에서 다른 호족과의 힘겨루기에서 패하게 되면 일가를 이끌고 적게는 수십 호에서 많게는 수백 호를 이끌고 북방이나 왜로 넘어가기도 한다.

대표적인 것이 이성계 집안인데 170호를 이끌고 건주위가 있는 지역으로 이주한 것이다. 박진도 그런 집안 중 하나인 것이다.

"예허부의 수장인 양지누 공이 자네를 여기까지 보낸 것을 보면 뭔가 생각이 있을 듯한데 내가 보낸 서신에 대한 답은 무엇인가?"

"마마 앞에서 허언을 할 수 없으니 솔직히 말씀드리겠습니다. 지금 예허부뿐만 아니라 해서여진 전체가 명의 계략 때문에 도무지 옴짝달싹할 수 없사옵니다. 건주 3위나 야인여진은 거리가 멀거나 규모가 작기에 명 조정에서 그다지 신경을 쓰지 않으나 해서여진은 명국과도 가깝고 그 규모가 가장커서 각별히 신경을 쓰는지 도무지 숨통이 트이지 않습니다. 해서는 아시는 바와 같이 여러 부족으로 나뉘는데 그중 규모가 큰 부족들이 우라[烏拉], 후이파[輝發], 예허[葉赫], 하다[哈達] 등이 있습니다. 이들 4부족을 어느 한 부족이 통합하지 못하게 끊임없이 이간질합니다. 4부족의 수장들은 모두 그것을 알면서도 혹여 뒤쳐질까 하여 끌려가는 중입니다. 마마에게 연락을 받고 저희가 제일 먼저 한 것은 남은 세 부족에게도 연락을 했는지를 확인하는 것 이었습니다. 하지 않았음을 알고 제가 직접 온 것입니다."

박진은 봉성군을 바라보았다. 예허부를 선택한 이유를 듣기 위해서다.

"물론 다른 부족에게 연락하지 않았네. 그저 나는 예허부가 가장 강한 세력이라는 이야기를 듣고 보냈을 뿐이니 더 이상의 답을 기대했다면 미안하네."

"아니옵니다. 그것이면 되옵니다. 수장 어르신이 저를 직접 보내신 이유는 하나입니다. 밀사를 통해 보내신 내용은 충분히 우리에게 도움이 되며 조건 또한 나쁘지 않다고 말씀하셨습니다만, 문제는 명입니다. 더불어 건주여진도 걸리옵니다. 만약 무역을 통해 예허가 강성해지는 것을 명이 알게 되거나 건주여진이 알게 된다면 즉시 제재를 가해 올 것입니다."

"그럼 직접적인 무역은 힘들다는 말이겠군?"

어느 정도 예상했지만 봉성군으로 써는 넘어야 할 산이었다. 건주여진이나 야인여진 또는 해서여진 또한 현재에도 일정 부분 명 조정에서 허가를 받고 거래를 했다.

물론 거래 규모는 항상 부족했으며 넉넉하지 못해서 불만이 많았고 그중에서도 해서여진은 가장 불만이 많았다.

건주여진은 대부분 정착하여 살기 때문에 자급자족이 어느 정도 이루어지고 있었고 궁핍하면 조선 땅으로 월경하여 노략질이리도 했지만 해서여진은 거리상 그러기노 힘늘었다.

더구나 정착하지 않고 수렵채취나 목축업 등으로 연명하는 경우가 많아서 무역이 더욱 필요했다.

그런데 명이 그것의 전권을 쥐고 숨통을 쥐고 있으니 도저히 힘을 키우고 부족을 통합할 방법이 없는 것이다.

"야인여진 부족 중에 가깝게 지내는 부족이 있나?"

봉성군이 뭔가 해답을 찾은 듯 말하자 박진이 미소를 보였다. 이미 오기 전에 자신들이 생각해 둔 방법을 봉성군도 생각한 것 같았기 때문이다.

"홍개호 근처에 사는 홀라온 부족이 있습니다."

"우디거족을 말함인가?"

우디거족은 화라혼, 또는 홀라온이라 불리는 부족으로 최북방에 거주하다 조금씩 남하하여 지금은 흑룡강 일대와 일부는 더 내려와 홍개호 일대에서 거주하는 부족이었다. 홍개호는 남북길이가 95km 이상 되는 북방 최고의 호수다. 원 역사의 미래에는 러시아와 중국의 국경에 걸쳐 있는 호수로 연해주 서쪽 변경에 위치하는 곳이다.

"맞사옵니다."

"허면 자네들에게 시급한 것은 무엇인가?"

"소금과 면포가 가장 시급하옵니다. 더하여 농기구도 필요합니다."

소금은 넉넉하기에 충분히 지원 가능했다. 농기구도 날이 풀리고 본격적으로 광산 채굴을 시작하면 충분히 지원할 수 있었다. 면포는 인종에게 연통하여 방법을 찾아봐야 할 것 같았다.

봉성군은 문뜩 예하(隷下)의 장군들이 예허부를 지원해 주면 그들이 나중에 조선에 칼끝을 겨누는 것 아니냐며 반대하던 상황이 떠올라 잠시간 긴장감이 들었다. 혹시라도 지금 자신이 벌이는 일이 후일 조선에 큰 화근거리가 되어 돌아오는 것이 아닌가 하는 걱정 때문이었다.

하나 봉성군은 그 문제는 당장 생각하지 않으려고 했다. 중간에 건주삼위가 있었고 명이 먼저 당하면 몰라도 조선이 위험에 빠질 이유는 없었다. 무엇보다도 그렇게 되게 봉성군 자신이 내버려 두지 않을 것이다.

인종의 말대로라면 향후 5년 안에 명에 변란이 있을 것이고 그때를 맞아 여진족들이 통합할 가능성이 크다.

물론 요동성에 주둔 중인 명군이 내버려 둘 리는 없다. 이래저래 조선 입장에서는 이득이었다. 시간을 벌 수 있고 적의 적은 동지라고 여진족들이 명의 지배에서 벗어나려고 전쟁을 치를 때 한 뼘이라도 북방 영토를 더 개척할 기회가 올 것이기 때문이다. 요동 방면으로 나가는 것이 안 된다면 연해주 쪽으로 나가면 되는 것이다.

"알았네. 날이 풀리는 대로 홀라온 부족의 족장을 불러들여 방법을 논의해 보겠네. 그것보다 예허부는 병사가 얼마나 되는가?"

입장에 따라 이런 질문은 피해야 하지만 한 배를 타기로 했기에 꼭 필요한 절차였다. 명을 속이고 해서여진 중 가장 강성한 예허부와 거래를 하려면 그들의 규모 정도는 알아야 하는 것이다.

물론 해서여진이 건주여진이나 야인여진보다 더 강성하다고 평가받고 있기 때문에 실질적으로 예허부가 각 부족 중에서 가장 강한 것이나 다름없지만 여진족은 전체를 다 따져도 100만이 넘지 못한다.

후대에 누르하치가 명을 역사 속으로 사라지게하고 중원을 차지했을 때 고작 15만 병사였고 명은 1억 5천만이 넘는 인구였다. 그런데 그 15만 병사와 소수의 중국인들만으로 300년 가까운 시간을 중국을 지배하며 역사상 가장 넓은 영토를 건설한다. 중국의 한족은 침략당하여 피지배 계층이 되었지만 오히려 그 덕분에 엄청난 크기의 땅을 선물 받은 것이다.

"병사는 약 4만이 되옵니다. 하나 전시라면 7만까지도 동원 가능합니다."

말 그대로 아이부터 노인까지 전부 동원하면 7만 정도 된다는 말이었다. 해서여진 전체가 약 40만으로 본다면 그중 예허부가 가장 강성하여 인구가 많다고 해도 20만 정도일 것이다. 물론 실제로는 더 적을 것이기 때문에 15만 정도 잡는다면 최소한의 방비 인력을 남기고 나머지 전부를 전투에 동원할 수 있다는 말이다.

여진족이 무서운 점이 바로 이것이었다. 조선은 500만이 넘어가지만 5만의 병력도 마음대로 움직일 수 없는데 여진인들은 20만도 안 되면서 7만을 동원할 수 있는 점이 큰 차이였다.

봉성군은 그의 대답에 한숨은 작게 쉬고는 그를 쉴 수 있게 숙소로 돌려보냈다.

"이런 현실을 조정에 있는 대신들은 알까? 고작 1만도 쉽게 움직일 수 없는 아국이 북으로는 수십만의 기병과 대치하고 남으로는 전쟁에 단련된 왜구가 호시탐탐 아국을 노리는 상황을 진정 대신들은 알고 있을까?"

봉성군은 북방에 와서야 조선이 지금 얼마나 풍전등화의 상황에 처해 있는지 실감할 수 있었다.

인종 2년 1월 17일.

한겨울 쌀쌀한 날씨에 인종은 경회루에 올라 누군가와 밀담을 나누고 있었다. 상선이 춥다며 작은 화로를 준비하여 준 덕분에 화로를 중간에 놓고 젊은 선비 하나와 대화를 이어가고 있었다.

"구하라는 책은 다 구했느냐?"

"일전에 명하신 책 중에 일부는 조선 땅에는 없는 것으로 사료되옵니다. 하나 듣기로 명 황궁에는 있을 것이라 하오나 굳이 구하지 않아도 전하가 목적하신 바는 이루실 수 있사옵니다."

"허면 지금까지 구한 것만으로 가능하겠느냐?"

"지금까지 구한 자료만으로 충분히 근거 자료가 되오며, 소신이 보건데 10년 안에 야인 땅 곳곳에서 그 증거물이 나타날 것이오니, 무리는 전혀 없을 것이옵니다."

인종이 만나고 있는 청년은 30살의 토정 이지함이었다. 인종보다는 두 살 어린 이지함이다.

공부에 그다지 큰 취미는 없으나 그의 형인 이지번 덕분에 나름 학식은 갖춘 선비였다. 어려서 신이 내렸는지 간혹 기이한 행동을 일삼고 앞일을 맞추어 화를 종종 피하거나 주변을 놀라게 하는 이지함이었다.

한 달 전에 인종이 이지함을 찾아 불러오라 한 뒤 이지함은 바쁘게 도성 곳곳을 돌아다니며 책들을 모았다. 주로 고대의 상고사와 관련된 책들이었으며 정통사라기보다는 비사와 관련 된 책들이었다. 더불어 고조선에 속한 여러 민족에 관련된 책들도 있었고 삼국시대에 관련된 책들도 많았다.

본래 역사에서는 이것들을 모아 모두 불태워 버리는 것이 조선의 국왕들이 한 일이었다. 하나 이제 인종은 이것들을 모아 대업을 이루기 위한 발판을 만들 심산이었다.

"내 큰 줄기를 만들어 줄 터이니 너는 그 줄기에 맞춰 집필을 하고 부족한 것은 영전사 이언적에게 말하면 관련 서적을 반출하여 줄 것이다. 이것은 너 또한 동의하였듯이 매우 중한 일이니 한 치의 소홀함이 없어야 한다. 무엇보다 중요한 것은 출처를 명확히 하고 출처에 대한 증험을 잘 보관하는 것이다. 네가 구한 책들은 모두 매우 중하게 보관해야 하고 그 출처를 명확하게 기록하여야 한다."

"명심하겠나이다."

인종이 이지함을 시켜 하려고 하는 일은 고대사의 편찬과 함께 동이라고 불리었던 고조선의 후예들을 하나로 묶어 내는 작업이었다.

　너무 오랜 시간 동안 수없이 많은 나라와 군주들의 등장으로 진실을 바로 보고 알아내는 것은 어려운 일이었다.

　그러나 인종은 그렇기 때문에 이번 작업이 더욱 쉽다는 것을 알고 있었다. 작은 불씨를 키워 큰 불을 만든다면 그 불은 조선을 넘어 만주, 몽골, 왜와 그 너머의 중앙아시아까지 집어삼킬 것이다.

　더불어 주변 열국들의 사대의 대상인 명은 지탄받고 따돌림받는 민족이 될 것이다. 그 불씨를 지피기 위해 이지함을 선택했다.

　"문제는 이를 뒷받침해 줄 유학자와 승려, 도사들인데……."

　당대 지식인이며 철학과 종교를 넘어서 절대 진리로 만들어내기 위해서는 뛰어난 유학자들과 고승들 도교를 공부하는 노사들까지 참여해 주면 금상첨화였다.

　그러나 이들을 억지로 끌어들인다면 시작도 하기 전에 실패할 확률이 컸다. 그들이 스스로 실체를 인정하며 역사적 사실임을 인정하고 받아들여 준다면 그 불씨는 더욱 커지고 활활 타올라 동아시아 전체를 뒤덮을 것이다. 그만큼 인종이 준비하는 것은 방대하고 규모가 커다란 일이었다.

　즉 역사를 새로 쓰고 민족을 새로 구분하며, 뿌리를 새롭게 정립하며, 그것을 하나의 종교로 또는 사상이며 역사로 정립하는 일이었기 때문이다.

더불어 서양의 종교가 들어오면서 빼앗겨 버렸던 하나님의 이름을 되찾는 작업이기도 했다.

"하온데 경전이 완성된다고 해도 아국 조선을 장자로 만주의 여진이나 몽골 왜를 서자로 취급한다면 그들이 따르겠사옵니까?"

"하하하, 지함이 자네 뭔가 큰 착각을 하는구먼, 과인은 조선을 장자로 하고 여진과 몽골, 왜 등의 민족을 서자로 하라고 한 적이 없네."

"하오시면……?"

"자네도 알겠지만 우리 조선이든 몽골인 이든 야인들이든 모두 저 사백력(斯白力—시베리아) 평야에 바이칼 호수에서 내려온 민족의 후손이네 그들이 홍산에 당도하여 터를 잡고 산 것이 지금으로부터 물경 6천여 년 전이네. 문화와 기술이 발전한 그들은 주변 부족을 복속하고 청동기 문화를 꽃피웠지 그때를 환국의 시대라 하지 그 뒤 고조선 즉 부족 연합 국가를 만든 때가 4천 년 전쯤이지 하나 말이 국가이지 그들은 그저 수많은 부족들이 서로 불가침 조약을 맺거나 상거래를 하는 그러면서도 또한 서로 침략도 하는 그런 다소 복잡하면서도 위아래가 명확하지 않은 수준이었네. 참으로 긴 세월이 흘러 작은 부족국가에서 벗어나 하나의 강대한 국가를 만들기까지 2천 년 가까운 시간이 다시 흘렀네. 그리고 나서야 부여니 한

나라니 하며 국가들이 만들어진 것이네 그 이전까지 국가의 명확한 개념도 국경도 없으며, 그저 작은 부족 단위로 끼리끼리 모여 살면서 서로가 연합하거나 반목하며 그냥저냥 살아왔지 그리고 드디어 여러 부족들이 연합하여 국가를 만들고 그 국가들 간에 전쟁이 벌어지게 되네, 한나라와 부여의 전쟁 그리고 고구려의 탄생, 백제, 신라 등등 따지고 보면 우리가 잘 아는 이런 국가들은 긴 역사를 통해 보면 아주 가까운 시간에 존재했던 국가들이지 그나마도 수많은 전쟁과 왕조의 뒤바꿈으로 기록이 훼손되고 더러는 악의적으로 왜곡하여 지나간 역사의 진실을 안다는 것은 불가능하네. 우리가 하려는 일은 그 역사를 복원하고 새롭게 정립하여 우리에게 이익이 되게 하려 함이네. 한데 말일세. 만약 누군가가 수많은 민족이 함께해 온 역사를 자신의 것이라고 주장하거나, 자신이 정통한 계승자라고 말한다면 그 말한 민족을 제외하고 다른 민족들이 그 말을 믿어 주겠는가? 또한 그것을 역사로 인정해 줄까? 엄연히 고조선은 우리의 역사이면서 만주의 야인들의 역사이고 몽골 일부 민족의 역사이기도하네. 물론 작금에 이르러 만주 땅을 명이 차지하고 있으니 나라가 갈리었지만 여진인 들은 우리와 같은 조상을 가진 민족임에는 틀림없는 사실 아닌가? 물론 그렇기에 고조선의 역사는 명의 역사가 될 수 없는 것도 이런 이유이네. 바로 명의 황실이나 그 실권자들 대부분이 우리와는 전혀 다른 뿌리를 가지고 있음을 그들도 알고 우리도 알고 있으니 말일세. 다시 돌아가서 이런 상황에 먼 미래의 후손들을 위해 우리가 대업을 이루려 함이니 그렇게 하기 위해서는 서로가 누가 장자이다, 서자이다 등을 따져서는 안 된다는 것이네. 즉 그들도 곧 정통성 있는 후손이요. 우리도 정통성 있는 후손이며 왜로 건너간 백제의 유민이나 고구려의 유민들도 정통성 있는 후손이라는 시각으로 경전을 만들어야 하네."

"전하의 깊은 뜻을 알겠사옵니다."

"허고, 고조선 당시 그들을 이루었던 부족과 부여가 멸망하고 고구려가 들어선 뒤 그들을 이루었던 부족들에 대한 것도 잘 살펴 기록해야 하네, 더불어 경전이란 말 그대로 우리가 천손임을 증명하는 책인데, 천손이라면 천손에 맞게 선택된 민족임을 나타내는 이야기가 있어야 하니, 시대별 영웅들의 일대기와 연대에 맞춰 각 국가나 역사에 족적을 남긴 군주들의 일대기 등도 세밀하게 조사하여 기록해야 할 것이야 가능하다면 극적이며 교훈이 담긴 내용이라면 더욱 좋겠지."

"명심하겠사옵니다."

이지함은 인종의 말에서 대략적인 줄기를 잡아가기 시작했다. 첫 장은 민족의 기원으로 해서 환국의 멸망과 고조선의 성립으로 시작하고 고조선을 이루는 각 부족과 성세를 다루고, 천손임을 망각하고 여러 국가와 부족으로 나뉘어 흩어지는 이야기가 전개되며 그러면서 천손임을 자각하고 민족의 통합을 위해 노력한 영웅들의 이야기가 펼쳐질 것이다.

그 뒤에 외부로부터의 침략과 민족의 갈림이 나올 것이고 다시 외세에 힘을 합쳐 싸워나가는 민족의 영웅들이 나오는 이야기가 펼쳐질 것이다.

여기에는 각기 국가를 세웠던 인물들이 나올 것이고 과거를 잊어버리고 중국의 한족들에게 동화되거나 민족을 배신한 인물들도 나올 것이다.

더불어 현재 시대에 잊어버리고 망각한 고조선의 건국이념과 천손으로서의 지켜야 할 의무가 나오면서 하나의 종교와 역사로 다시 화려하게 부활할 것이다. 경전이 완성되고 준비가 되면 인종은 물밑 지원으로 널리 경전을 보급하고 알려 나갈 계획이었다.

인종이 걱정하는 것은 실상 조선은 아니었다. 조선은 단군과 고조선의 역사를 자신들이 이었다고 여겼기 때문에 큰문제기 없는 것이다.

매년 단군에게 제사도 지내고 고조선의 역사 또한 전조선(단군조선)과 후조선(기자조선)으로 나누어 구분했으며 조선의 태조 이성계나 세종과 문종, 세조까지 즉 60, 70년 전까지도 북방의 고토를 한 뼘이라도 더 얻기 위해 전쟁을 치렀던 상황인지라 큰 무리가 없는 것이다.

명에 눈치를 보며 사대하는 입장이지만 아직까지 임진란을 겪지 않은 상황이기에 골수까지 명에 대한 의타심(依他心)은 없는 것이다.

문제는 만주에 있는 여진족들과 왜였다. 인종에게 있어서 이것은 커다란 모험이었다. 만약 고조선을 기준으로 명에 속하는 남방이나 한족을 제외한 야인과 몽골 왜의 세력들이 서로 이것을 정치적으로 이용하여 자신들의 주도하에 고조선의 부활을 꿈꾼다면 오히려 더 큰 화가 될 수도 있기 때문이다.

여진족들은 분열되어 있을 때는 몰라도 하나로 뭉치게 되면 명나라도 손을 쓸 수 없는 정복욕을 보일 것이고, 왜또한 호시탐탐 대륙으로 진출하려 하는 민족이기 때문이다. 그렇게 되면 오히려 화근을 키우는 꼴이 되어 버리는 것이다.

해서 인종은 준비가 될 때까지는 보완에 보완을 하면서 책의 완성도를 높이고 책의 가치를 높이기 위해 여러 사적과 유물, 역사 사료 등을 보완하며 경전으로서 뿐만 아닌 역사를 증명하는 하늘 민족의 족보를 만들어 내기를 바랐다.

2.
북방경략의 기초를 다지다

인종 2년 3월 15일.

　동지사를 통해 대월국 사신 한 명을 되돌려 보낸 뒤 서둘러 배의 건조를 마친 인종은 다시 나머지 대월국 사신들과 함께 비누 500여 상자와 경대, 손거울, 유리잔, 각종 유리 장신구, 인삼, 자전차 3대와 군기시의 장인 12명을 포함한 200여 명의 병사와 관원들을 대월국으로 출발시키고 강녕전으로 돌아와 왜에서 들어온 사신 소이전을 만나고 있었다.
　소이전은 구주의 영주 가문 중 하나이나 실상은 오오우치 가문의 일족으로 오오우치 요시타카의 명으로 인종을 만나기 위해 들어와 있었다.
　'어찌하면 자격을 갖출 수 있느냐?'

소이전은 인종을 보자 즉시 요시타카가 인종에게 전하라는
밀서를 건넸다. 인종은 밀서를 읽고는 속으로 쓴웃음을 지었
다.

요시타카는 거두절미하고 조상의 기록을 얻을 수 있는 자격
이 무엇이냐고 물음을 던졌다. 그로서는 매우 들뜬 기분일 수
도 혹은 매우 기분 나쁠 수도 있었다.

후손이 조상의 기록을 간직하고 싶다는데 그것에 대해 자격
운운하는 것이 매우 못마땅할 수도 있고, 그것을 빌미로 조건
을 내거는 것이니 한 지역의 패자로서 받아들이기 어렵고 모
욕감을 느낄 수도 있다.

'대내의 융보아라, 너는 진정 너의 조상의 기록을 알고 싶
으냐? 허면 짐이 묻겠다. 너의 조상이 혹여 해상 왕국을 다스
렸던 군주였기에 간절한 것이냐? 아니라면 후손이기에 알고
싶은 것이냐? 내 듣기로 너는 일본국 최고의 영주로 최전성기
를 맞아 가신 단에 일본국 최고의 학자와 무관들이 몰려 있다
고 들었다. 한데 너는 일본국을 위해 무엇을 하였느냐? 오직
한다는 것이 아국 조선과 명의 무역을 독점하고 그 부로 한 지
역의 패자가 되었음에도 깊은 골방 안에 들어앉아 지나간 서
적들만 들춰보며 학자들과 세상을 논하며 유유자적 한다지?
너는 일본국을 다 평정하였느냐? 아니라면 일국을 세워 제왕
이 되었느냐? 지나간 과거에 그토록 집착하는 이유가 무엇이
냐? 대저 모든 건국 왕들은 건국 후 조상의 기록을 찾아 정통

성을 세우지 정통성을 세우고 건국하지 않았다. 중요한 것이 무엇인지도 구분 못하는 너에게 짐이 달란다고 백제사와 그 후손들의 족적이 담긴 사서를 넘겨줄 것 같으냐? 일개 변방 영주에 불가한자가 정종 대왕 시절부터 때때로 사신을 보내 국사를 함부로 달라 하니 말을 전하는 역관 또한 비웃을 일이로다. 대저 일국의 군왕은 아국의 무지렁이 백성에게는 인자해도 타국의 벼슬아치에게까지 인자할 수는 없다. 만약 그것이 필요하다면 더 지위를 높여 국서를 통해 요구하라.'

라며 답신을 써 주고 왜국 사신 손에 비누 10상자와 유리 제품을 들려 돌려보냈다. 물론 들려 보낸 이유는 무역하고 싶으면 공관 설치에 대한 결정을 빨리하라는 무언의 압박이었다. 요시타카가 결정을해야 대마도주 종웅만 또한 결정을 하기 때문이다.

인종 2년 3월 17일.

인종이 강녕전에서 6호째 나온 조선신보를 살펴보고 있었다. 이번호의 사설은 북방에 주둔 중인 용양위를 빼지 말아야 하며 오히려 병력을 더 늘려야 한다는 내용이었다.

지난 가을에 북방으로 올라간 용양위 덕분에 함경도와 평안도 백성들이 야인들의 침입에서 안전하게 겨울을 날수 있었으며 더불어 4군을 회복하고 6진의 방비를 더욱 공고히 하여 차후 다시는 야인들의 월경을 용납지 말아야 한다는 내용이었다.
사설을 쓴 사람은 기사관(記事官) 윤결(尹潔)이었다.

　사설을 읽고 다음 장에 실린 기사를 보고는 인종은 쓴웃음
을 지어야 했다. 대신중 하나가 자전차를 타고 가다가 개울가
에 빠져 낭패를 보았다는 기사였다. 그와 더불어 양반가의 도
령들이 자전차를 타고 시전에 난입하여 달걀 장수의 달걀을
모두 깨 버린 사건이 있었는데 달걀 값을 물어 주지 않고 도망
쳤다는 내용도 있다. 해서 포도청이 자전차를 소유한 사람들
을 모두 등록시켜 관리하도록 조치해야 한다는 내용이었다.
　다음 장을 넘기자 근자에 경대와 유리비녀 가락지 등 고가
의 사치품 때문에 양반가에서 곡식이 남아나질 않는다는 내용
으로 비누처럼 일상생활에 꼭 필요한 것도 아니며 먹을 수도
없는 장신구에 곡간을 모두 비우는 것은 사치 풍조를 만연하
게 만드는 것이니 조정에서 조치를 취해야 하는 것 아니냐는
어느 양반의 볼멘 목소리를 다루었다. 재미있는 것은 그 기사
밑에 손거울과 경대의 광고가 실렸다는 것이다.

　신문을 덮고 인종은 해안군을 불러들였다. 해안군은 봄을
맞아 본격적으로 김포와 강화에 공방을 설치하는 문제로 조정
에 들어와 있었다.
　"진행 상황이 어찌 되갑니까?"

"소다회는 강화에서 전량 생산하는 방향으로 가닥이 잡혀 지금의 자리에 공방을 늘리고 강화 유수 휘하의 병사 들을 일부분 지원받아 주변을 경계하기로 했습니다. 문제는 석탄이온데 석탄의 소모가 극심하옵니다. 함경도 지방이나 강원도 지방에서 나는 석탄의 양이 생각보다 많지 않아 조치를 취해야 할 듯하옵니다."

"그 문제는 조만간 공판과 이야기해서 생산량을 늘려 보도록 하겠습니다. 그럼 유리 공방은 차질 없이 운영되겠습니까?"

"현재 운영 중인 유리 공방에는 50여 명의 공인들이 있사온데 하루하루 기술이 더욱 발전하는 중인지라 물량을 생산하는 것에는 차질이 없사옵니다. 워낙 고가로 팔리는 것들이라 소모량도 적사옵니다. 문제는 유리 제품들은 유리만 만들어서는 안 되고 나전칠기 장인이나 목공들이 하나가 되어 해야 하는 작업이 많은지라 유리 공방 옆에 나전칠기 공방과 목공소를 만들어 같이 운영하는 것이 효율적일 듯합니다."

"그것은 맞습니다. 허면 김해에 나전칠기 장인들을 위한 공방과 목공소 설치도 추진하도록 해야겠습니다. 비누는 어찌 되어 갑니까?"

"세안용 비누는 하루에 4, 5천 장을 만들어 냅니다. 일전에 명하신 세탁용 비누는 만드는 방법이 별반 다를 바 없어 하루에 1천여 장 정도 만들어 냅니다만 문제는 재료입니다. 유리는 공인들을 늘리고 공방의 규모를 키우면 생산량이 늘어날 터이나 비누는 기름을 구하기가 어려워 난감합니다."

"도축장에서 나오는 기름은 모두 수거하는 겁니까?"

"경기 일대에서 나오는 기름은 전량 수거합니다만, 양이 부족합니다."

"쓸모 있는 곡식을 모두 짜서 기름을 낼 수도 없으니 우선 충청도와 전라도에서 구해 볼 수밖에요. 정당하게 돈을 주고 매입하면 지금보다는 수급이 원활할 겁니다. 이것은 관에 명하지 말고 상단을 통해 알아보세요."

"알겠사옵니다."

"군기시의 이전 준비는 모두 마쳤답니까?"

"한 번에 옮기는 것이 아니라 부서별로 하나씩 옮기는 것이라 그리 큰 동요나 혼잡함은 없사옵니다. 우선 염초 밭 자리를 정해 두고 그 주변으로 하나씩 옮겨갈 것입니다."

"염초의 대량 생산 법은 주변국에 알려서는 절대 안 되는 국가 기밀 사항이니 각별히 신경 쓰라고 하세요. 이제 김해와 강화에 공방과 군기시가 자리를 잡게 되면 이 모두를 형님이 관리해야 합니다. 아시겠지만 소다회부터 염초 생산, 유리 생산법 등 어느 하나 중하지 않은 것이 없습니다. 하니 앞으로는 공인 하나를 들이더라도 신분 확인을 철저히 해서 왜나 명, 여진에 그 기밀이 누설되지 않도록 철저히 보안에 신경 쓰도록 하세요."

“명심하겠습니다.”

“소금 전매는 어찌 되어 갑니까? 일전에 호조를 통해 듣기는 했으나 전체적인 상황만을 보고받은지라 염한들에게 보급하는 것은 다 끝나갑니까?”

“서해안 일대에 거주하는 염한들에게는 기술 보급이 다 끝나갑니다. 벌써 1년이 다 되가니 그 생산량이 자못 대단합니다. 해서 기술 보전도 염려되고 가격의 하락도 염려되오니 나머지 염한들에게는 염의 생산을 제한하고 현재 기술 보급 받은 염한들로만 생산토록 하시는 것은 어떻사옵니까?”

워낙 비싼 것이 소금이었는데 천일염 생산기술 보급덕분에 하루에 수만 석씩도 소금이 나오게 생겼다.

해서 소금이 창고에서 나가는 즉시 도로 쌓이고 창고를 계속하여 늘리지만 들어오는 소금이 감당이 안 될 정도였다. 수백 곳에서 소금을 생산하니 그럴 수밖에 없었다.

“이미 그 정도까지 되었다면 기술을 지키는 것은 힘들지도 모르겠군요. 하나 국가 재정에 막대한 부분을 차지하니 외부로 기술이 유출되는 것을 손 놓고 볼 수도 없고, 그럼 이번 달을 끝으로 기술 보급은 중지하시고 염전을 가지고 있는 지방 관아에 명하여 염전에 외부인출입을 엄금토록 해야겠습니다. 지금까지도 기술을 배워가지 않은 자들은 염전을 계속할 마음이 없는 것으로 판단되니 허가를 취소하고 일자리를 원하면 김해나 강화에 들어선 공방에 우선적으로 받아들여 주세요.”

"알겠사옵니다."

"그리고 나뉘어서 염전을 일구면 관리도 힘들고 생산된 염을 옮기기도 힘드니 작게는 10가구 많게는 50여 가구씩 묶어서 30에서 40지역으로 염전 생산 지역을 줄이세요. 무슨 말인지 이해갑니까?"

"알겠습니다. 염한들을 한곳에 모아 관리를 편하게 하라는 말로 듣겠습니다."

이야기가 끝난 듯하여 해안군이 일어서려는데 인종이 다시 앉혔다.

"아! 잊어버릴 뻔했습니다. 초지기 공방과 자전차 공방은 어찌 되었습니까?"

"초지기는 100여 대를 만들어 낸 뒤 그 생산이 중단된 것으로 압니다. 필요한 곳은 대부분 설치가 끝난 것으로 압니다. 자전차 공방은 군기시가 옮겨갈 때 같이 갈 것이오나. 군기시와 분리하여 별도의 공방으로 운영하도록 할 계획입니다."

"자전차는 그리하면 됩니다. 한데 초지기는 생산을 더하라고 하세요. 본래 한지로 유명한 곳이 전주지요?"

"그렇습니다. 한지야 전주가 가장 많은 생산을 하고 질도 좋습니다."

초지기로 만든 종이의 질은 한지를 뛰어넘지는 못한다. 대량생산을 해서 좋기는 하나 여러 면에서 한지에는 뒤떨어지는 것이다.

"허면 초지기를 만드는 장인들을 전주로 보내세요. 해서 그곳에 한지를 만드는 장인들과 함께 초지기를 이용해 좀 더 좋은 종이를 만들고 생산하여 그 지역의 특산물로 발전시키라하세요."

"알겠사옵니다."

강화나 김해의 공방이 모두 만들어져 정상적으로 운영되기 시작하면 수천 명의 공인이 그곳으로 몰릴 것이다. 더불어 그의 가족과 그들의 식생활을 책임질 각 상단이나 관원까지 움직이니 한쪽에 인구가 몰릴 가능성이 있다.

앞으로 꾸준히 늘려가야 하니 당연한 결과인데 그렇게 해서 한쪽에 인구가 몰리는 것은 바람직하지 않기에 미리 한가지씩이라도 각 지역에 일거리를 나눠야 한다.

초지기가 첫 번째로 전주에 배정된 것이다. 앞으로 새롭게 개발하거나 나타나는 일거리를 하나씩 나눌 세획이었다.

인종 2년 3월 25일 첫 번째 기사.

상께서 군기시에 납시어 군기시정 이진이 올린 화기에 이름을 내려주셨다.

군기시정 이진이 지난날 명하신 신화포의 개발이 완료됨을 알리자 상께서 친히 군기시에 납시었다. 신화포는 지난 세종대왕 연간에 개발된 세총통을 개량한 것인데 크기를 키우고 나무로 손잡이를 만들어 병사가 들고 조준하여 쏠 수 있게 만들었다. 총통의 앞부분에는 가늠자를 두어 조준이 용이하게 하였으며 뒤편에 심지를 두어 조준한 뒤 검지로 방아쇠를 당기면 심지가 화약에 불을 붙여 탄환이 나가는 방식인데 일각에 30여 발이 발사되는 것으로 보군이 쓰기에 좋다 하여 보총이라는 이름을 하사하시었다.

인종은 새롭게 탄생한 총을 꼼꼼히 살펴보았다. 첫 결과물치고는 매우 만족스러운 결과였다. 화승총임에도 기존의 화승총보다는 매우 앞선 것이었다. 가늠자도 있고 무엇보다 철 제련에 관해서는 조선이 뛰어나다는 것을 입증하듯 30발을 연속으로 쏘았는데도 전혀 무리가 없었다.

"좋다. 매우 큰일을 하였구나! 하나 이것으로 끝은 아니다. 심지에 불을 붙이는 것은 비가오거나 심지가 다 타들어 가면 바꿔야 하니 매우 번거롭다. 하니 이것을 개선할 방안을 생각해 보라. 불을 쉽게 붙이려면 부싯돌을 이용하면 되지 않겠느냐? 그리고 총병이 검병이나 창병을 만나면 매우 위험한 상황에 처하게 된다. 총신에 검을 장착할 수 있게 한다면 달려오는 적군을 찌를 수 있으니 매우 유용하지 않겠느냐?"

인종의 말에 군기시에 모인 장인들이 하나같이 생각하지 못했던 것이라며 감탄을 했다.

"참으로 맞사옵니다. 아둔한 저희들을 일깨워 주셨나이다."

. "하하하, 그러면 새롭게 그런 점들을 보완해 보도록 하라, 만약 과인이 원하는 대로 이 보총이 만들어진다면 아국의 안위에 큰 도움이 될 것이다."

인종이 지적한 부분만 보완되어 완성된다면 인종은 대량생산하여 수군과 북방에 가장 먼저 보급하도록 해서 왜구와 야인들의 침입에 활용할 계획이었다. 못해도 연말 이전에 생산이 시작될 것 같아 큰 시름을 던 인종이었다.

인종 2년 3월 29일.

전라좌도 수군절도사 겸 전함사 제조 소연이 궐에 들어왔다.

"대맹선과 중맹선 소맹선의 숫자가 어찌 되느냐?"

"대맹선은 80, 중맹선은 192척, 소맹선은 216척이옵니다."

"새롭게 건조한 판옥선은 네가 보기에 어떠하냐?"

"어떤 용도를 말씀하시옵니까?"

"전함으로써 말하는 것이다."

"크기가 커진 만큼 속력을 내기가 여간 어렵지 않습니다. 노군이 충분하다면 속력을 낼 수 있으나 그리한다면 포를 장착하거나 군사의 숫자에 제약을 받음으로 해서 이 또한 이롭지는 않사옵니다. 다만 물자를 많이 실을 수 있고 원거리 항해를 하기에는 적합합니다. 포 또한 기존의 대맹선에 비해 두 배가량 장착할 수 있으니 바다에서 명이나 왜의 배와 충돌한다면 백이면 백 승리를 장담할 수는 있사옵니다. 다만 속력이 느리니 추격은 조금 힘들 듯 보이옵니다."

"허면 크기를 줄여야 한다는 말이냐?"

"원거리 항해를 하기에는 적합하니 이미 만들어 놓은 배들은 대월국이나 왜, 유구 등과 교역용으로 사용하시고, 근해를 지키는 배는 조금 크기를 줄이시는 것이 좋을 듯 보이옵니다."

이런 문제는 모두 노군들이 노를 저어 이동하는 배여서 그렇다. 만약 그렇지 않다면 지금정도 크기는 큰 축에도 못 낄 것이다. 인종에게 배의 크기를 줄이는 것은 생각하고 싶지 않은 일이었다. 적어도 앞으로 2, 300년간 조선의 배는 커졌으면 커졌지 줄어들어서는 안 된다.

"바퀴를 달아 봄이 어떤가?"

"배에 바퀴를 단단 말이옵니까?"

"자네 자전차 안 보았나? 자전차 바퀴를 물레처럼 만들어 배의 양쪽에 붙여서 돌린다면 손으로 노를 젓는 것보다 훨씬 빨리 그리고 적은 노군으로도 빠른 속도를 낼 수 있지 않겠나? 물론 거기에 바람까지 도와준다면 지금보다는 몇 배나 빨리 갈 수 있다고 보는데 어떤가?"

인종은 자전차의 원리를 배에 적용하는 방법을 생각해 냈다. 배 안에서 4, 5명이 동시에 발판을 돌리면 배 밖에 연결된 물레가 도는 것이다. 물살을 가르기 쉽게 만들어 적용한다면 기존의 방법보다 몇 배는 빠르고 쉽게 배를 움직일 수 있을 것 같았다.

"기발하시옵니다. 가늠해 보니 충분히 자전차의 원리를 이용하면 더 적은 노군으로 더 빠르게 배를 이동시킬 수 있겠사옵니다."

"내려가는 대로 한 번 만들어서 실험해 보도록하게, 그리고 함포는 몇 문이나 장착 가능하던가?"

"한쪽에 12문씩 24문이 가능하옵니다."

"노군을 줄인다면 병사 180명까지 승선이 가능하겠지?"

"충분히 가능하옵니다. 최대 230명까지 탑승이 가능하니 근해를 순시하거나 방어할 때에는 최대 180명까지의 병사가 임무를 수행할 수 있사옵니다."

"허면 편제를 이리하도록 하시게 배 한 척당 부장 하나가 지휘하도록 하고 포병 72명에 노군 40명, 보총병과 하급 무관 118명로 하면 징원 230녕이 되지 않겠나? 물론 평시에는 그리 맞추기 힘드니 포병 36명, 노군 40명, 보총병과 하급 무관 80명으로 이것은 최저 인원으로 전함 1척을 운용하는 기본 편제이네 어떤가?"

"그리하면 충분할 듯하옵니다."

"새로운 방식을 시험하여 가능성이 보이면 즉시 보고하도록 하게, 허면 내 전력으로 도울 것이니 앞으로 우리군의 모든 배를 판옥선으로 대체시킬 것이야. 이는 매우 중한 일이니 차질이 없도록 최선을 다하시게."

“성심을 다하겠나이다.”

인종과 소연의 대화로 조선의 모든 전함이 판옥선으로 대체되기 시작했다. 인종은 판옥선이 각 수영에 배치 되는대로 맹선들을 모두 상선으로 활용할 계획이었다.

당장 조선 전역에 대로를 건설할 수 없으니 배를 이용한 수송을 통해 상업에 활기를 불어넣을 계획인 것이다.

본래 맹선이 전투용으로만 쓰이는 것이 아니라 조운선의 역할을 했고 특히 대맹선 같은 경우는 속력은 느려도 조운선을 하기에는 딱 좋은 배였다.

인종 2년 4월 12일.

봉성군이 직접 6진 중 하나인 온성진에서 홀라온의 수장 만도리(萬都里)를 만났다. 야인여진중 하나로 야인여진족 중에서는 조선과의 사이가 좋지 못한 부족 중에 하나였다. 몇 차례 조선 변방에서 약탈을 일삼기도 했으며 건주위와도 마찰을 빚어 온 부족으로 본래 만주의 동북 방면 최북단에 거주하다 명이 들어선 뒤 조금씩 남하하여 지금은 조선의 최 동북방 지역인 6진과 보름 거리까지 내려온 부족이었다.

“일전에 예허부에서 연통을 받아 마마께서 찾으실 것을 알고 있었습니다만 이리 직접 거동하실 줄은 몰랐습니다.”

한 부족의 수장답게 눈빛이 예사롭지 않는 만도리는 봉성군을 보고 생각보다 어린 모습에 이채를 드러내며 먼저 인사를 건넸다.

"그만큼 중한 일이니 당연한 것 아니겠소?"

대답을 한 봉성군은 긴장한 자신의 모습을 보이지 않으려 애써 담담한 표정을 지었다. 이 자리에 나오기 전에 봉성군은 인종으로부터 한통의 서찰을 비밀리에 받게 되었다.

그 내용이 무엇인지는 이번 회담 결과로 나타날 것이지만 그것을 꼭 성공시키기 위해서는 나름대로의 연기력을 발휘해야 하는 상황이었다. 먼저 말을 꺼낸 것은 만도리였다.

"예허부 사신과도 이야기했지만 우리 지역에서 이곳까지 날이 좋아 빨리 오면 보름이고 늦으면 20일 거리인데 예허부에서 우리 지역까지 말과 모피, 약재 등을 직접 가져와 바꿔 간다고 해도 우리가 다시 그것들을 가져다 이곳에 주려면 보통 힘든 일이 아닙니다. 또한 말은 몰라도 모피나 약재는 우리 홀라온부에서도 나는 물산이니 굳이 그런 품목을 이중으로 취급할 필요도 없고요. 이야기를 들어 보니 소금과 농기구, 면포 등을 무역하신다고 하는데 그것은 우리 홀라온에게도 매우 필요한 것입니다. 저희도 무역에 참여케 해 주서야 하는 것 아닙니까?"

예상했던 말이었다. 홀라온이 아무리 예허부와 친분이 있다고 해도 수고비도 받지 않고 짐꾼 노릇을 할 수는 없는 것이다. 물론 봉성군은 쉽게 그것을 허락해 줄 수는 없다. 일단 이번일이 결코 쉽게 봐서는 안 되는 일임을 주지시켜야 했다.

"순망치한(脣亡齒寒)이라는 말 들어 보았소?"

"갑자기 그 이야기 왜 나옵니까? 저희가 입술은 아닌 것을요?"

"당연히 홀라온이 조선의 입술은 아닙니다만, 홀라온 입장에서 예허부는 입술이지요. 뭐 명이 건주삼위에는 힘을 좀 쓰는 것 같지만, 실상 건주삼위도 각자 부족의 족장들이 알아서 통치하지 않소? 또 요동을 명에서 직접 통치한다고 하지만 실상 사자들을 이리저리 보내서 이간질 정도 시키는 것이 다입니다. 문제는 몽골의 알탄 칸 아니겠소? 들어서 아시겠지만 근자에 알탄 칸이 몽골을 재통합하고 명을 압박한다 하더이다. 그 위세가 자못 대단하여 지난날의 원 제국을 다시 세울 기세라고 하니 그들이 만약 해서를 통합하고 요동을 집어삼킨다면 어찌 되겠소? 해서가 바로 홀라온의 담장 역할을 하는데 그들이 힘없이 무너진다면 홀라온도 큰 사단이 나는 것이겠지만 아국 조선도 근심거리가 생겨날 것이오. 하니 지금 당장은 눈앞에 닥친 불부터 꺼야 안 되겠소?"

"허면 우리가 전적으로 예허부와 조선의 짐꾼 노릇만 하라는 것이오?"

홀라온의 수장인 만도리도 알탄 칸의 이야기는 들어 알고 있다. 강성하던 오이라트를 몰아내고 몽골을 재통합한 세력이 무섭게 크고 있으며 명의 북방이 그로 인해 매우 불안정하다는 것은 한 부족의 수장이 아니더라도 북방에 거주하는 사람들이라면 모두가 알고 있는 내용이었다.

"물론 그리해서는 안 되지요. 조선은 홀라온(忽剌溫), 우지개(于知介) 등과 매우 가까운 사이이고 남처럼 대한 적이 없소이다. 해서 아국 금상께옵서 이번 일을 잘 처리한다면 홀라온의 부족민들은 아국의 백성과 같이 그 지위와 신분을 보장하고 무역 또한 자유롭게 할 수 있도록 허하실 계획이 있음을 알려오셨소. 어떻소?"

라며 탁자 위에 상자 서너 개를 올려놓는 봉성군이었다.

"이것이 무엇이오?"

말이 끝나자마자 봉성군이 물건을 꺼내 놓은 것은 만도리가 딴생각을 하지 못하게 하기 위함이었다. 내국인과 같이 대한다는 말은 결국 조선으로 편입시키겠다는 의도가 숨어 있기 때문이다.

"열어 보시오."

상자 안에는 비누와 각종 유리 제품이 있었는데 새롭게 만들어진 안경과 천리경이 들어 있었다.

"이것은 몸을 씻을 때 쓰는 것이오. 비누라고 몸에 기름때가 묻었을 때 이것을 사용하면 매우 잘 진다오. 허고 약초 성분이 들어 있어 피부병을 낫게 해 주는 효험도 있으니 매우 귀한 것이오. 또한 이것은 거울과 장신구, 유리 식기들이고 이 두 가지는 매우 중한 것인데 하나는 멀리 있은 것을 가깝게 볼 수 있게 해 주는 천리경과 나이가 들어 눈이 좋지 못한 이들이

사용하면 안 보이던 것을 맑게 보게 해 주는 안경이라는 것이
오. 모두 아국 조선에서 만들어 낸 기물이지요. 이것들은 금
한 냥을 주고도 사기 힘든 것들로 저 남방의 여러 국가에서도
서로 사 가기 위해 배들을 타고 몰려오고 있소. 어떻소?"

만도리는 하나씩 만져 보고 특히 안경과 천리경을 유심히
살펴보았다. 봉성군의 말대로 기물은 기물이었다. 하나 이런
것들을 여진족들이 사서 쓰기에는 매우 고가이고 여진족 자체
가 인구가 많지 않으니 크게 부를 축적시킬 만한 여건이 안 되
었다.

"이것들과 함께 일 년에 소금 1만 석을 홀라온만이 사 갈
수 있는 권한을 드리겠소. 어떻소?"

홀라온은 기물을 보다가 소금 1만 석이라는 말에 고개를 들
어 봉성군을 바라보았다. 소금이라면 이야기가 달라진다. 소
금은 사람들에게도 필요하지만 자신들이 기르는 가축에게도
필요하다. 순록이나 말 등도 소금을 먹여야 하기 때문이다.

"단 조건이 있소."

"무엇이오?"

당연히 조건이 있어야 한다. 소금 1만 석이면 만주 전역에
서 소모되는 소금 양이었다. 잘만 활용하면 만주를 일통할 수
도 있는 엄청난 양인 것이다. 만주는 조선보다 소금 값이 3배
비싸다.

봉성군은 결국 여기까지 대화가 진행되자 매우 긴장하기 시

작했다. 앞으로 할 이야기는 조선의 역사를 뒤흔들 매우 중요한 이야기였고 고토 회복을 위한 실질적인 한걸음이었기 때문이다.

"1만 석 중 2천 석은 기존과 같이 모피와 말, 약재 등을 주면 되고 5천 석은……."

너무 긴장한 나머지 봉성군은 말을 잇지 못했다.

"오천 석은?"

"아국 조선에 땅이 없어 농사를 짓지 못하는 백성이 많소이다. 그들 중 일부가 홍개호 주변에 정착하여 땅을 일구며 살아갈 수 있게 해 주시오. 그들의 안전 또한 홀라온에서 책임져 주는 대가요. 가능하겠소?"

봉성군의 말이 끝나자 만도리는 즉답을 하지 못했다. 그로서는 생각지도 못한 말이었다. 건 주위의 야인들이 조선으로 넘어가 땅을 일구며 살아간다는 말은 들었어도 반대로 조선의 백성들이 만주로 넘어와 농사를 짓고 산다는 말은 못 들어 봤다.

물론 그들의 안전을 홀라온에 부탁했으니 무력으로 땅을 넘보는 것은 아니었지만 여러 가지 생각이 드는 만도리였다.

"나머지 3천 석의 대가는 무엇이오?"

"이곳 온성진에서 홍개호까지 대로를 건설하는 대가요. 이는 우리 조선에서 할 수 없는 일이니 홀라온에서 주변 부족들을 설득하여 우마차 두 대가 지나갈 수 있는 대로를 건설하고 중간 중간에 두세 개 정도 조선 상인들이 머물며 장시를 열 수 있게 해 준다면 빠르고 안전하게 홀라온까지 이동이 가능하니 홀라온뿐만 아니라 야인여진 모두가 매우 편리할 것이오. 우리 아국의 상인들도 각종 물품을 가지고 홀라온까지 직접 가서 장사를 할 수 있지 않겠소? 더하여 하루이틀 거래를 할 것이 아니라 앞으로 계속하여 무역을 할 터이니, 이는 아국 조선이나 야인여진 전체를 봐서도 필요하오, 어떻소.”

거리상으로는 서울에서 광주 정도 되는 거리였지만 기존의 길도 있고 벌판이 많아서 그리 어려운 일은 아니었다. 이것은 홀라온 입장에서 보면 오히려 좋은 일이었다. 문제는 조선이 왜 갑자기 무역을 장려하는 정책으로 돌아섰는가 하는 것이다. 더욱이 사람들을 북방으로 올려 보낸다는 생각은 언뜻 들어보아서는 이해가 안가는 만도리였다.

“수하들과 의논을 해 봐야 할 것 같소.”

만도리가 수하들과 의논할 수 있도록 봉성군과 부장들이 자리를 비켜 주었다. 자리를 떠나는 봉성군은 인종이 쉽지는 않을 것이란 이야기를 했지만 내심 충분히 가능할 것이라 생각했다. 그러나 만도리나 그의 수하들 표정으로 보니 인종의 말대로 쉽지는 않을 것 같았다.

조선의 백성들이 만주 땅에 터를 잡게 되면 그 순간부터 조선은 각종 핑계를 대며 만주에 드나들게 될 것이다. 백성들의 안전을 확인한다는 핑계로 관원들이 드나들 것이고, 상인들이 드나들 것이다.

아이들의 교육을 시킨다는 이유로 서당을 만들고 위무한다 하며 재인들을 올려 보낼 것이다. 들짐승들에게 위협이 된다 하여 포수들이 들어갈 것이다.

그렇게 점차 조선인들을 꾸준히 올려 보내다 보면 어느새 연해주 근방에는 여진족보다 조선인이 더 많아질 것이고 전쟁 없이도 자연스럽게 조선의 영토로 편입되게 될 것이다. 그사이 명은 환란에 휩싸이고 그때를 기하여 조선은 연해주와 그 일대에 조선의 관청을 설치할 계획이었다.

다음날 봉성군과 만도리는 다시 협상에 나섰다.

"좋습니다. 제안 받아들이겠습니다. 그런데 한 가지 더 추가할 것이 있습니다. 이것은 저희 홀라온뿐만 아니라 예허부에서 요청한 것으로 저희 또한 같은 것을 원합니다."

"무엇이오?"

"농기구 대신 덩이쇠를 원합니다."

"철괴 말이오?"

덩이쇠는 철을 이용해 완성품을 만들기 전 단계의 철괴를 부르는 말이다. 이것은 주로 제철소에서 대장간으로 보낼 때 일정한 덩어리로 뽑아서 보내는 것을 두고 부르던 말이다. 결국 두 부족 모두 그것을 받아서 무기를 만들고자 하는 것이다. 봉성군은 과감하게 대답했다.

"좋소."

봉성군 또한 이제 호랑이 등에 올라탄 형국이 되었다. 누가 최후의 승자가 될지는 몰라도 결과는 몇 년 안에 결정날 것이다.

이제부터 해서여진의 예허부와 야인여진의 홀라온, 그리고 조선의 비밀 거래가 시작된 것이다.

인종 2년 4월 15일.

강녕전에 동지사에 정사로 명에 다녀온 박수량(朴守良)이 들어왔다.

"명국 사정은 어떠한가?"

"그냥 그렇사옵니다. 황제께서 정사를 등한시하고 밖으로 좀처럼 나오시지도 않사옵고, 남방은 왜구가 북방은 몽골의 침입이 끊이지 않아 혼란스러운 상황 같습니다. 전년에 비해 딱히 좋은 것도 나쁜 것도 없사옵니다."

박수량은 조정의 분위기가 많이 바뀜을 알고 솔직하게 자신의 의견을 말했다. 명에 사대한다고 더 이상 그들의 떠받드는 식의 미사어구는 필요가 없어진 조선이었다. 인종부터 그런 것을 별로 좋아하지 않아 망궐례조차 하지 않았으니 그런 분위기에 굳이 있는 사실을 숨길필요도 조심스럽게 알릴필요도 없는 것이다.

"아직도 그 도술인가 뭔가로 불로불사의 약을 만든다고 골방에 처박혀 있나?"

"변함이 없사옵니다."

"명의 조정 대신들은 어떠하던가?"

"한두 해가 아니오니 그러려니 하는 듯 보이옵니다. 그저 눈 밖에 나서 내쳐지지 않는 것만을 바라는 듯 보이옵고, 백성들의 삶은 아국 조선보다 못하옵니다. 워낙 잦은 변란에 그것 또한 무덤덤한 듯 보이옵니다."

명은 역사대로 흘러가는 듯 보였다. 가정제 즉 명의 11대 황제인 주후총(朱厚熜) 때부터 명은 망가지기 시작한다.

그러다 조선에서 발생한 임진란을 지나면서 국가는 완전히 회복될 수 없는 상태까지 망가진다.

실제로 높은 관직에 있던 대신들이 황제의 말 한마디에 죄 없이 일가가 몰락하기도하고 황후에게마지 빌길질을해서 낙태와 사망에까지 이르게 하는 등, 명의 가정제는 극단적인 인물이었다.

"알았네, 사신으로 간 관원들이나 따라간 상인들 입단속은 잘하였지?"

"네, 철저히 단속하였습니다. 조공 품목도 일전과 다를 바 없이 준비하였기에 명에서 아국의 변화를 알아차릴 수는 없습니다."

"대월국 사신은 무사히 북경을 떠났나?"

“무리 없이 대월국으로 떠났나이다.”

“혹여, 사라진 상인들에 관해서 나온 말은 없나?”

지난해 풍랑에 떠밀려 온 중국인 수백 명을 명에 돌려보내지 않고 광산으로 옮겨 강제노역을 시키고 있는 중이었다. 만약 이런 일이 발각되면 심각한 외교 문제가 발생하기에 인종은 내심 걱정이 되었다.

“그런 이야기는 전혀 나오지 않았사옵니다. 명국의 백성이 수천만이온데 일일이 관리할 수도 없거니와, 몽골이나 왜구의 침입으로 하루에도 수백에서 수천이 죽어 나가는 것이 허다하니 사라졌다는 것을 안다 해도 포기할 수밖에 없을 것 이옵니다.”

“그래그래, 알았네 수고하였어. 어서 돌아가 쉬시게.”

다행이었다. 왜구가 이럴 때는 도움이 되는 것 같았다. 앞으로도 몰래 들어오든 풍랑에 휩쓸려 들어오든 혹은 노략질을 하러 들어오든 잡히는 족족 광산으로 보내야겠다고 생각했다.

이 시대는 장비가 발달되지 않아 광산에서 일하는 것이 매우 위험하고 고됐기에 강제노역이 아니면 일하려고 하지 않았다.

못해도 광산에 2, 3만 명 정도는 일을 시켜야 하는데 인력이 매우 부족했다. 처음 잡혀서 600여 명이 광산으로 들어간 뒤 몇 차례에 걸쳐 적게는 수명에서 수십 명까지 서너 번 왜인과 중국인들을 더 광산으로 들여보냈지만 여전히 원하는 만큼 광물은 생산되지 않고 있었다.

인종 2년 4월 18일.

경회루는 왕실의 휴식을 위한 곳이다. 이곳에 인종이 오는 것은 주로 실록에 남아서는 안 되는 비밀스러운 대화를 위해서이기도 하다.

경회루에 올라 인공적으로 만들어 놓은 호수를 바라보며 조금은 어색한 옷차림을 한 왜국의 무장과 인종이 대화를 나누고 있다. 상식적으로는 이해도 안 가며 이해할 수도 없는 상황이다. 타국의 신하와 둘만의 대화인 것이다.

"스에 타카후사라 했는가?"

"그렇사옵니다. 전하!"

스에 타카후사가 직접 인종 앞에 나타났다. 인종이 죽었다 다시 살아나고 대월에 이어 왜의 정세까지 변해 버렸다.

스에 타카후사[陶 隆房]는 오오우치 가문의 가신으로 후일 반란을 일으켜 오오우치 가문을 절단 내는 인물이었다. 그 또한 몇 년의 영화를 못 누리고 전쟁터에서 죽지만, 그의 야망과 집요함은 역사에 남을 정도로 유명했다.

언제든 기회가 오면 자신의 주군을 쳐내고 그 자리를 차지할 욕심에 가득 찬 인물이 전권을 가지고 인종 앞에 나타난 것이다.

"대내의융은 결정을 하였는가?"

무엇 때문에 이자가 인종의 앞에 왔을까? 그것은 너무도 당연한 일인지도 모른다. 인종은 지난 사신 편에 비누와 유리로 만든 각종 물품들을 하사했다.

너무도 큰 가치를 지닌 물건들이고, 요시타카뿐만 아니라 그의 가신들이 보기에도 그것들의 가치는 매우 높아 보였다.

만약 이 물품들의 무역을 오오우치 가문에서 독점한다면 요시타카가 자신의 사치를 위해 사용하는 엄청난 비용을 만회하고도 요시타카 휘하의 7개국 전체가 풍요를 누릴 만큼의 가치가 있는 것이다.

북부의 영지들뿐만 아니라 원거리 항해를 하지 않는 조선을 대신해 저 남방에 가져다 판다면 각종 향신료와 쌀, 약재를 산처럼 사 올 수 있을 것이다. 아직 왜는 인종이 벌써 대월국으로 사신과 함께 무역상들을 보낸 것을 모르고 있었다.

"네, 전하! 가주는 전하가 제시한 모든 조건을 수용하시며 더하여 언제든지 조선의 관인들이 야마구치로 들어와도 좋다고 하셨습니다. 더하여 야마구치에 조선 상인들이 점포를 연다면 적극 협력하겠다. 하셨습니다."

스에 타카후사뿐만 아니라, 오오우치 가문의 모든 문치파와 무단파들은 전년에 새로 등극한 인종이 대외무역을 장려하고 외부와 소통을 원한다는 사실을 간파했다.

더불어 작년 말부터 조선 수군의 경계가 강화되고 북방 경계를 강화하기 위해 대규모 군사가 북방으로 이동한 사실과 조선신보라 하여 매월 두 번씩 발행하는 신문까지 보게 된 오오우치 가문은 충격에 빠지게 되었다.

조선에 커다란 변화가 일기 시작한 것이다. 더하여 가장 큰 충격은 오오우치 요시타카를 나무라며 보낸 서신에 오오우치 가문이 백제 왕가의 후손임을 인정한 사실이었다.

명분 그것은 매우 중요한 것이다. 왜왕을 끌어내리고 자신들이 그 자리에 올라서지 못하는 궁극적인 이유는 바로 명분 때문이다.

어느 하나가 그런 행위를 하게 되면 따르던 영주들까지 등을 돌려 그 하나를 공격할 것이 자명했기에 누구도 그런 행위를 할 수 없는 것이다. 실권 없는 왕을 계속 유지시켜 주는 가장 큰 이유가 그것이다.

"그래? 듣자 하니 데니의용이 7개의 영지를 다스린다지?"

"그렇사옵니다."

"오래전 북방의 저 몽골과 만주에 걸쳐 부여라는 제국이 있었다. 자네는 그 나라를 아는가?"

"망극하옵니다. 전하."

모른다는 말이었다.

"그럴 수도…… 그 부여에서 고구려가 나왔으며 남부여라고 불렸던 백제가 나왔다. 그리고 백제에서 왜의 왕실이 나왔지. 한데 긴 시간이 흘러 그것을 왜의 백성들은 잊어버린 모양이야, 안타깝지 않느냐?"

뿌리를 잊어버린 것이 안타깝지 않느냐는 말이었다.

"망극하옵니다. 전하!"

스에 타카후사는 처음 들어본 말이었으나 한나라의 지존이 그렇다면 그런 것이다. 왕이란 허언을 할 수 없다고 생각했다.

그만큼 그의 입장에서 인종은 높은 위치에 있는 사람이었다. 비록 자신이 7개의 영지를 거느린 주군을 제일 측근에서 모신다고 해도 그것과는 차원이 다르다. 절대 왕정국가의 지존과는 격이 다른 것이다.

"건너가거든 너의 주인에게 전하라 군주란 이름은 지옥명부에 등록되기 가장 가까운 자로 그 이유는 그가 다스리는 백성의 생사여탈권을 쥐고 있기 때문이다. 또 만인에게 떠받들려 사는 존재이기 때문이다. 하여 모든 군주는 사치와 향락, 오락에 빠져서는 안 되며 죽는 순간까지 백성과 왕실의 안녕을 위해 모든 시간을 할애하여야 한다고 말이다."

"명심하겠나이다."

"이만 물러가라. 공관 설치와 무역에 관한 세세한 내용은 예조판서와 상의하도록 하라."

스에 타카후사가 물러나는 것을 한참 동안 바라보던 인종은 지근거리에서 지켜보고 있던 남치근을 가까이 오라하였다.

"어찌 보이느냐?"

"태생이 무장이옵니다."

"그래 그렇겠지, 눈에 야망이 가득하더구나, 결국 그것 때문에 제명에 못 죽을 것을…… 쯧쯧."

그는 인종이 건넨 말을 토씨 하나 틀리지 않고 그대로 전할 위인이었다. 그것을 알기에 일부러 부여의 이야기를 하였고 군주에 대한 이야기를 꺼낸 것이다.

만약 역사대로 요시타카가 방금 전 다녀간 스에 타카후사의 반란에 죽어 버린다면 인종은 어쩔 수없이 왜에 무력을 사용해야 할 것이다. 앞으로 5년 후 벌어질 일이었다.

인종 2년 4월 25일 2번째 기사.
의법부가 올린 법령을 공포하다.

상께서 의법부에서 올린 신법을 결하시고 공포하시다.

의법부에서 처음으로 새로운 법령을 의결하여 인종에게 올렸다. 처음 의법부가 생기고 과연 의법부가 무엇을 하는 관청인지조차 몰랐던 많은 대신들과 백성들은 그들이 첫 결과물을 내놓자 그때서야 이해를 하기도 했다.

그들이 첫 번째로 올린 법령은 새로 이관 및 신설된 각조와 아문의 업무와 권한을 법으로 규정하는 일이었다. 다음은 전매법과 상법, 조세법 등이었다.

전매법은 이미 시작된 염매 공사와 함께 인삼과 광물의 전매를 실시한다는 법령이었다. 개인이나 상단이 광산 개발을 할 수 없도록 한 것이다.

인삼은 조정에 허가를 받은 자는 누구나 생산할 수 있으나 판매는 금지되어 모두 국가에서 전매하여 등급에 따라 판매토록 했다.

상법은 개인과 상단에 대한 법률로 관청에 신고하면 누구나가 상행위를 할 수 있으나 타국과의 무역은 기존처럼 국가에서 허가된 자나 상단만이 가능했고 세금을 거래 금액의 1할로 못 박았다.

나름 굉장히 세율이 낮은 편인데 그럴 수밖에 없는 것이 돈되는 상품은 거의 대부분 조정에서 직접 판매를 했기 때문이다.

더불어 조선은 농사를 하는 백성들에게 거두어들이는 세금이 전체 세금의 7할이 넘었기에 상행위를 장려하기 위해서 일부러 낮춘 것이다.

"대동청의 공사는 어느 정도 진척을 보이느냐?"

인종의 물음에 호조판서 임백령이 답한다.

"본청의 공사는 7월이면 끝난다고 하옵니다. 하나 부속 건물과 백성들이 이용할 객장은 10월은 되어야 끝날 것 같사옵니다."

인종의 지시로 남대문 앞에 대동청이 들어서고 있었다. 본래는 광화문 앞에 세우려 했으나 사대문 안은 기존의 관청과 경희궁을 확대하고 문조와 의조의 관청들이 들어서면서 마땅한 자리가 없었고 향후 남대문 밖을 더욱 개발하여 발전시키려는 계획에 따라 대동청을 남대문밖에 설치토록 한 것이다.

"그래? 허면 은과 금의 보유량을 늘리는 것은 어느 정도 진척이 있느냐?"

"은은 지난달보다 조금 늘어 38만 냥 이옵고 금은 2만 냥이 조금 넘었사옵니다."

여건이 되는 대로 은과 금을 계속 늘리는데 아직까지 큰 진척이 보이지 않았다.

"너무 실적이 저조하구나, 은과 금을 주화로 제작하려면 못해도 은 300만 냥에 금 10만 냥은 되어야 할 터인데……."

차츰 규모를 늘린다고 해도 공급이 부족하면 화폐개혁에 성공할 리가 없다. 그나마 봉성군이 함경도에서 금과 은을 채취해 지속적으로 보내 주기에 조금씩 늘어날 뿐 양반들에게서 거두어들이는 것은 거의 실적이 없는 상황이었다.

"왜와 무역을 개시하년 은은 충분히 들어올 것입니다. 하나 금은 명과 무역을 하지 않는 한 구하기가 어려울 것 같사옵니다. 처음에는 전하의 말씀처럼 100만 냥의 은과 금 10만 냥 정도로 화폐를 주조하여 시중에 푼다고 하여도 결국 서너 달 못 가서 공급이 딸려 유통이 안 될 것이옵니다. 못해도 반년에 한 번씩 10년 가까이 주조하여 시중에 풀어야 할 것이옵니다."

"명이라……."

대대적으로 전국에 광산 개발을 시킨다면 모를까 당장 반년에 10만 냥씩 꾸준히 금을 공급하다는 것은 불가능에 가까웠다.

외부에서 금과 은을 가져와야 하는데 당장에는 왜 말고는 들여올 만한 곳이 없었다. 명과의 무역은 화를 자초하는 일이니 당분간은 할 수 없는 일이었다.

거리가 먼 대월과 그 주변의 시암과 참파, 여송이 있지만 거리 때문에 한참 뒤나 되어야 거래가 이루어 질것이니 그들도 당장에는 도움이 되질 않았다.

만약 고려 때처럼 대외무역을 일찍부터 시작하여 여러 왕국과 거래하는 상황이라면 좀 더 쉽게 난관을 헤쳐 나갈 수 있겠지만 오랫동안 대외무역을 하지 않던 상황이라 이런 상황에서는 좀처럼 답을 찾기 어려운 인종이었다.

"안 되면 왜를 통해 명과 거래하는 방법밖에 없겠지……."

방법을 찾다가 안 되면 왜를 중간 대리인으로 내세우던지 왜가 명과의 교역을 늘려 은과 금을 확보하는 방법을 취해야 할 것 같았다.

"주전청은 기한 내에 완성이 되겠느냐?"

"네, 전하 주전청은 기존의 군기시자리에 들어설 것이라 장인들과 주전청을 지킬 군사들의 배치만 끝나면 되오니 한두 달 안에 끝나옵니다."

"허면 청의 준비가 되는대로 1원과 5원의 주조를 시작하라고 하여라. 무엇보다 기본이 되는 1원과 5원의 소요가 가장 클 것이니 관청이나 조정에서 보유하고 있는 모든 주화를 모아다

주고 그것을 녹여 만들도록 지시하라.”

“네, 전하!”

나중에 준다고 양반들이나 지주, 상단에 보유하고 있는 화폐를 모두 거둬들여 만들 수도 있으나 그리되면 혼란이 가중된다.

또 신화폐의 가치를 알 수 없어 숨기고 내어 주지 않는 이들도 많을 것으로 예상되어 교환해 줄 화폐를 먼저 만들어 두기로 했다.

인종 2년 4월 28일.

대마도와 산구(야마구치)로 떠날 관원과 되돌아올 통신사들이 대전에서 인종에게 작별인사를 고하고 있었다.

대마도에는 전 홍문관직제학 최연이 산구에는 선좌참찬 정옥형이 현지의 공관장으로 임명되었는데, 정식명칭은 대마대도호부사와 산구대도호부사였다.

정3품으로 지방 수령직 중 하나였는데 대마도나 산구를 제후국의 땅으로 여기겠다는 의지의 표현쯤 되었다.

만약 대등한 관계의 국가라고 여겼다면 예조에 속한 직책을 내렸을 것이나 그렇지 않기에 지방 수령직을 주어 보내는 것이다. 그들과 함께 과시에 급제하고도 출사하지 못한 40여 명의 양반들도 동행을 했다.

이번 통신사는 왜 왕이 있는 곳이 아닌 산구까지만 가는 것
으로 이들을 통솔하여 인종의 어지를 받들고 가는 영전사 이
언적과 현지 공관장들, 40여 명의 유생과 300여 명의 군사,
200여 명의 상인과 더불어 특별히 승려 50여 명이 동행했다.

거기에 양반들을 시중들 인원까지 하면 무려 800명으로 대
맹선 15척과 중맹선 20척이 동원된 엄청난 규모의 행렬이었다.

더 중요한 것은 이들 중 이언적 일행 50여 명을 제외하고는
모두 대마도와 산구에 자리를 잡고 최소 4년 길면 10년 동안
그 땅에 거주하며 양반들은 유교를 승려들은 불교를 가르치고
공관장들은 왜와 조선의 무역에 관한 사무와 왜의 동태를 살
피게 될 것이다.

물론 상인들은 왜와 조선을 오가거나 그곳 현지에서 왜인들
을 상대로 조선의 물품을 팔고 조선에 필요한 물품을 사들일
것이다.

"영전사는 돌아올 때 왜의 관원들과 함께 돌아오겠구려."

"예, 전하. 오는 길에 동래에 왜의 공관 개설과 업무의 시작
을 확인하고 올 것이니 7월은 되어야 한양에 당도할 듯 보이옵
니다."

"무사 무탈하게 다녀오도록 하세요. 그리고 다시 한 번 말
하지만 최연 공과 정옥형공은 명심하세요. 그들의 내정에 간
섭해서도 안 되지만 눈을 감고 있어서도 안 됩니다. 특히 그들
의 병력 이동이나 권력 이동 등은 수시로 치계(馳啓)할 수 있

도록 항시 연락선을 준비해놓도록 하세요. 더하여 왜에 양인들이 들어와 있다는 이야기를 들은 적이 있는데 그들의 동태를 면밀히 주시하세요. 알겠습니까?"

"명심 봉행하겠나이다."

대전을 나서는 이언적은 자신의 품에 들어 있는 인종의 서찰을 한 번 쓰다듬었다. 인종이 이언적을 보내는 이유는 따로 있었다.

바로 은과 금의 확보 때문이었다. 하루가 다르게 유리 제품과 소금의 생산량이 늘어나고 있었다. 더불어 도자기와 자개 공예품 등도 그 생산량을 늘리도록 독촉했다.

그렇게 늘어난 생산품들은 대마도를 지나 산구에 직접 대량으로 들여보낼 것이다. 왜에서 소모되고 남은 것들은 대내의 융을 통해 명과 유구 멀리는 대두국(대만)에 내다팔아 은과 금을 우선적으로 확보하고 이차적으로는 면포나 비단 등을 들여올 계획이었다.

백성들에게 꼭 필요한 것 두 가지를 고르라면 당연히 식량과 옷감이다. 그중 식량 증산은 국가 시책으로 매우 중하기는 하나 소금의 대량생산으로 먹을거리의 다양화가 시도되고 있는 상황이었다.

물론 이것도 인종의 지시로 신보에 다양한 방법이 실리고 실제로 생선의 염장이나 채소를 절여 먹는 것은 대부분 알고 있는 것이었다. 그동안 소금이 비싸 하지 못했던 것을 함으로 인해서 먹 거리가 다양해지고 있는 추세였다.

즉 쌀의 소비가 조금이라도 내려가게 되고 앞으로 이앙법이 자리 잡히면 식량은 충분히 공급할 수 있을 것으로 예상하고 옷감을 선택한 것이다.

옷감은 쌀과 함께 화폐 가치를 가지고 있는 품목이라 그것의 가격을 떨어트리기 위해서이다.

즉 신화폐가 나왔는데도 포목이나 쌀이 거래수단으로 유효하다면 신화폐가 유통되지 않을 것이기 때문에 미리 손을 쓰는 것이다.

인종 2년 5월 10일.

김포는 강화와 가까이 붙어 있는 곳이다. 한강과 서해를 가까이 두고 있기에 수로를 이용하여 도성으로도 빠르게 물자를 보낼 수 있고 바다를 통해 남쪽이나 북쪽 지방으로도 수송이 용이한 곳이다. 인종은 김포와 강화를 산업공단 겸 군수물자를 생산하는 전진기지로 키울 생각이었다.

차후에 북방이든 남방이든 혹은 바다에서든 타국과 전쟁이 발발한다면 바다를 통해 전략물자를 수송하는 것이 육로로 수송하는 것보다 빠르고 수월하기 때문이다.

해안군은 김포를 돌아보고 강화로 들어섰다 그의 뒤에는 2살 어린 금원군과 20살이 어려 아들로 보이는 덕흥군(16살—

훗날 덕흥 대원군으로 선조의 아버지)이 따르고 있었다.

왕자나 공주 옹주들은 왕족이라는 이유로 일하지 않고 놀아야 했다. 즉 국왕의 명으로 특별히 일을 하지 않는 한 나서서 일을 해서는 안 된다.

노는 것도 잘 놀아야지 잘못 놀면 그것도 큰 문제가 된다. 사냥을 열심히 하다 보면 병사를 모아 반역하려 한다고 죽이고 글에 빠져 문인들과 어울리면 파당을 만들어 반역한다고 죽인다. 시기심과 질투심이 많은 국왕을 형제로 두게 되면 선행도 마음대로 하지 못한다. 백성들의 인심을 얻어 반역한다고 죽이기 때문이다.

그러나 인종은 그런 임금이 아니었다. 어려서부터 형제들을 끔찍이 아꼈고 가족들을 챙겼다. 덕분에 아버지 중종이 죽은 다음인 지금이 오히려 왕자들이나 옹주들은 행복했다. 물론 중종도 자식들을 끔찍이 아끼고 사랑했지만 주변 시선에서 자유로울 수가 없었다. 하나 지금은 그런 시선에서 자유로울 수가 있었다.

막내 동생인 경원대군이 왕세제로 들어앉았고 인종은 강력하지는 않지만 왕권을 제대로 갖춘 임금으로 국가를 잘 다스리고 있었기 때문이다.

더 이상 보위찬탈이니 흑심이니 등등의 말을 하는 신하도 없었다. 더불어 그 서슬 퍼런 문정왕후도 지난해 한차례의 사화와 한차례의 반역 사건이 있고나서 창경궁 밖으로 거동조차 하지 않는다. 아니 할 수가 없었다. 만약 작은 분란이라도 일으키면 바로 아들과 함께 궐 밖으로 쫓겨날 판이었기 때문이다.

"형님 그 소다회라는 것이 참으로 놀랍습니다. 그것 때문에 저 아름다운 유리가 만들어지고 비누가 만들어지는 것을 보니 말입니다. 한데 형님 전하는 그것을 어찌 알고 있었을까요?"

새로 만들어진 공방을 시찰하고 강화로 돌아가는 길이었다. 덕흥군은 직접 눈으로 유리와 비누가 만들어지는 것을 보고 탄성을 자아냈다.

그 모든 것이 자신의 배다른 형인 인종이 소다회의 제조법을 알려 줘 만들어진다는 해안군의 말에 평생을 궁 안에서만 살아온 그가 어떻게 그런 방법을 알고 있는지가 궁금해졌다.

"전하께서는 왕세자 시절부터 알고 계셨던 듯싶구나, 아마도 때를 기다린 것이지 용이 되어 자신의 꿈을 펼칠 때를 말이다. 지난해 망극한 일이 벌어지고 대신들과 대비께서 함부로 준동치 못할 것이라 판단되니 그때부터 거칠 것 없이 밀어붙이시기 시작하셨지, 대단한 분이다."

"그건 그렇습니다. 지난해 9월에 한양에서 벌어진 양반회합은 장관이었습니다. 그때 대신들은 아마도 많은 것을 깨달았을 것입니다. 주자학에 목매어 명분만 따지던 대신들의 생각과는 다르게 지방 양반들은 매우 현실적이며 진보적인 모습을 보였으니까요. 윤원형 일파가 위기감을 느껴 반란을 획책한 것도 이해가 되옵니다."

금원군은 두 사람의 이야기를 듣다가 처음으로 입을 열었다.

"어쩌면… 그런 것을 계획하셨을 지도 모름이야……."

"그런 일들이 벌어질 줄 아셨다는 말입니까?"

다시 해안군이 말을 받았다.

"본시 지방 양반들은 권력에서 멀어져 있기 때문에 당연히 주상을 만나게 되면 나올 말은 뻔하다. 조정 대신들에 대한 불만이 안 나올 수 없지 더하여 그런 말을 하라고 주상께서 자리까지 만들어 주었으니 당연한 것 아니겠느냐? 주상께서는 국정을 수월하게 운영하고자 일부러 함정을 파 놓고 생각이 다른 인사들이 그 함정에 빠져 주길 기다리신 것이야 지금에 와서 생각해 보면 너무도 당연한 것인데. 그때는 경황이 없어 아무도 생각지 못한 것이지. 전하께서는 그릇이 다른 분이라는 것을 다시 한 번 느끼게 되었구나."

"소제는 봉성군 형님의 일로 그것을 느꼈습니다. 테조 대왕 마마 이후로 군왕이 형제에게 군권을 맡긴 것이 처음 아니옵니까?"

"아마도……."

세 사람은 말머리를 나란히 하고 걸어가며 대화를 이어가고 있었다. 한 달 전에 염매 공사를 폐지하고 전매청을 만들어 소금과 인삼, 광물의 전매를 담당하게 하고 금원군에게 맡겼다.

그 외에 강화에서만 생산하는 소다회와 김포의 공방과 군기시를 조선공업공사라는 관청을 만들어 해안군이 총괄하게 했

고 그것의 경비책임자로 공단경비대를 만들어 덕흥군을 앉힌
것이다.

조선공업공사와 전매청은 모두 편제상 호조에 속하지만 실
제는 독립된 관청이었다. 더구나 북방총병사로 제직중인 봉성
군에게 함경도와 평안도의 광산 개발권과 관리를 모두 맡겨
버리는 바람에 조정은 한때 말이 많았다.

왕실 친족이 돈 되는 것은 모두 틀어쥐게 만든 것이다. 신하
들을 믿지 않으니 더 이상 녹을 먹을 생각이 없다며 사직하는
관리가 여럿 있었는데 인종은 기다렸다는 듯이 모두 받아서 처
리하고 다음날로 바로 지난 국정보고대회 때 좋은 의견을 개진
한 양반들을 앉혀 버렸다. 그러자 섣불리 나서는 자가 없었다.

"형님 그나저나 근자에 이지함이라는 자가 사서를 새로 쓴
다며 이곳저곳 드나드는 모양이던데 형님에게 다녀갔습니까?"

"그자가 나를 다녀간 것을 자네가 어찌 아나?"

금원군의 물음에 해안군이 대답했다. 그러자 금원군이 지난
일을 말했다.

"일전에 저에게 와서는 북부여사와 남부여사책이 있지 않
느냐며 내어달라기에 나에게 없으나 혹여 형님에게는 있을지
모르니 가 보라 하였습니다."

"이런, 해서 그 사람이 나를 보자마자 그 책을 달라고 하였
구먼, 나에게 그 책이 있는 줄 어찌 아느냐 물어도 웃기만 하
기에 미심쩍었는데 하도 달라고 떼를 쓰니 안 줄 수도 없고 해

서 내어 주었네, 한데 그 사람은 뭐하는 인사인데 국사를 논한
단 말인가? 아무리 선비라고해도 국사를 함부로 다루어서는
아니 될 터인데?”

“들어 보니 새로 쓰는 것은 아니옵, 상고사에 관한 책들을
모아 하나로 묶는다고 합니다. 한데 그게 어려운 듯 보입니다.
형님도 아시다시피 세조 대왕 시절과 예종, 성종 대왕 시절에
걸쳐 상고사 관련 책들을 금서로 지정해서 거둬들이기를 여러
번 했으니까요.”

“생각해 보면 한숨만 나오는구나. 사대가 무엇인지 나라가
힘이 없으니 백성들이 읽고자하는 책도 마음대로 못 읽게 하
고 나라의 뿌리를 기록한 책마저 금서로 지정되었으니……”

해안군의 탄식에 덕흥군이 밝은 목소리로 말을 했다.

“형님! 그래도 앞으로는 다를 겁니다. 형님 전하는 저 고구
려의 호태왕에 버금가는 분이 되실 것 입니다. 저는 그렇게 될
것을 믿어 의심치 않습니다.”

“호태왕이라? 그분 성정으로 보아 정벌을 하실 분은 아닌
듯한데.”

“아닙니다. 제가 이리 말씀드리면 비웃으실지 몰라도 저 호
태왕과 같이 위대한 업적을 남기실 것 같사옵니다. 우선 무역
을 통해 나라를 부유하게 하시는 것도 같사옵고 백성들을 위
해 왕실 재산을 내어서라도 북방으로 군을 보내지 않았습니
까? 들어 보니 봉성군 형님에게 여진인 들을 상대할 모든 권한

을 주셨다고 들었습니다. 이는 북방을 개척할 뜻이 있는 것입니다. 더하여 조정을 일신하고 의정부 6조에서 3부 8조로 개편하신 것은 모두 내치를 안정시키고 외부로 힘을 투사하시려 하는 것 아닙니까?"

"그것이라면 벌써 시작되었지 얼마 전에 왜로 대신들이 떠나지 않았느냐? 3월에는 대월국으로 사신을 보내셨으니 너의 말대로 금상께서는 큰 그림을 그리시는 듯 보이는구나. 문제는 그런 주상의 큰 뜻을 대신들이나 백성들이 따라 주느냐 아니겠느냐? 모든 군주가 용상에 앉으면 그런 큰 꿈을 좇는 단다. 하나 현실의 벽에 부딪혀 이내 포기하게 되는 것이지 그러나 너의 말대로 이번만은 다를 것도 같구나, 금상께서는 시기를 잘 타고 나신 것일 수도 있다."

해안군은 자신의 동생이자 이 나라의 군주인 인종이 어떤 꿈을 꾸는지 어디까지 갈지 궁금했다.

현재 인종은 백성들에게 고려와 조선을 통털어 세종 대왕 이후로 최고의 성군이라는 소리를 듣고 있었다.

3.
남방경략의 기초를 다지다

인종 2년 7월 11일.

여름으로 들어선지 얼마 되지도 않았는데 장마가 시작되었다. 하삼도는 장마로 10여 명이 목숨을 잃었고 한양은 연일 무더위가 계속되고 있었다.

어찌 보면 극과 극을 달리는 날씨 탓에 조정에서 경기 일대에는 한낮에 바깥 출입을 자제하라는 명을 내렸고 하삼도는 물난리에 철저히 대비하라 명을 내렸다.

인종 또한 더위 때문에 몸에 탈이 날까 하여 강녕전 뒤편에 커다란 목간 통을 가져다 놓고 하루에 두세 번씩 들어가 몸을 식혔다.

물 안에 들어가 있을 때는 더위가 가시는 듯했으나 나오면 금세 땀이 다시 흘러내렸다.

"전하! 도승지 입시이옵니다."

"들라 하라."

도승지 이명규가 보고할 것이 있는지 장계를 쌓아서 들고 들어왔다.

"무엇이냐?"

"동래부사 조희가 올린 장계와 산구대도호부사 정옥형의 장계이옵니다. 하옵고 군기시정 이진의 장계이옵니다."

인종은 하나씩 장계를 꺼내어 읽어 내려갔다. 동래부사 조희의 장계는 왜와의 무역이 늘어남에 따라 왜인들이 머물 숙소가 부족하여 왜관 증축에 대한 답을 구하는 내용이었다. 정옥형은 대내의융의 도움으로 공관 개설이 끝나고 공관 주변에 조선 무역소를 개장한 뒤 3일 만에 가지고 간 물품이 모두 동이 났다는 보고였다.

더불어 왜의 북방에 있는 여러 영지에서 은과 금이 부족하여 대금으로 유황을 받기로 했다는 내용과 승려들은 각 영지에서 서로 모셔가려고 해서 금세 떠나갔는데, 선비들은 대내의융이 타 지역으로 가지 못하게 막고 영주성 근처에 학당을 지어 가신의 자식들과 타지에서 유학을 배우기 위해 들어오는 아이들을 가르치기를 원하여 그리하기로 결정했다는 내용이었다.

장계는 두 장으로 나뉘어 있는데 그 다음 장에는 대내씨 일족의 상황에 대해 적혀 있었다. 7개 영지를 통치하는 대내씨 족은 서국의 왕으로 불리며 영주성에는 포도아(포르투갈)에서 온 색목인 상인들과 승려가 있는데 그들은 서학을 전파하고 있다는 내용이었다.

그들로부터 철포라는 총통을 받아들여 사용하고 있으며 그 성능은 보총에 비하여 약간은 떨어진다는 내용이었다. 철포 사격 시범을 견식하였는데 자주 총통이 폭발하여 병사가 상하 는 일이 많다는 것이다.

대내의융은 좀처럼 영주성 밖으로 나오지 않으며 사치가 심 해서 유리 제품 대부분을 사들였는데 타 영지에 내다 팔려고 사는 것이 아니라 영주가 사용하려고 사갔다고 한다. 일전에 양자로 들인 아들이 죽은 뒤로 더욱 고립된 생활을 한다는 내 용이었다.

마지막으로 군기시에서 올라온 장계를 읽던 인종은 만면에 웃음을 보이더니 즉시 궐 밖으로 행차할 준비를 하라고 명했 다.

군기시가 김포로 옮긴 뒤 인종이 처음으로 방문했다. 물론 그전에 김포에 공방들이 자리를 잡고 직접 대신들과 함께 시 찰을 했지만 군기시를 방문하지는 않았다.

"전하!"

"그래! 장계를 보자마자 내 바로 달려온 것이다. 어디 있느냐?"

"안으로 드시옵소서!"

"아니다. 사격장이 어디냐? 직접 봐야겠다."

인종은 서둘러 사격장으로 이동해 새로 개발된 보총의 사격 시범을 보았다. 새로 개발된 보총은 부싯돌로 발화하며 총신 앞에 성인 손바닥으로 한 뼘쯤 되는 날카로운 칼이 꽂혀 있었다.

"방포하라!"

쾅! 쾅! 쾅!

시범을 보이는 병사가 연속하여 끊임없이 방포하는데 그 속도가 비약적으로 빨라졌다. 병사는 한 발을 발사하고 총 옆면 덮개를 열고 주머니에서 꺼낸 화약과 탄환을 넣고 덮개를 닫은 뒤 조준한 뒤 바로 쏘았다.

인종이 이리 빨리 달려온 이유가 여기에 있었다. 수석식이라고 하지만 심지를 사용하지 않고 부싯돌로 불을 붙여 발사하는 것 말고는 다른 것이 없는 초기의 수석총을 기대했다. 그런 인종의 예상과는 다르게 군기시 장인들은 그보다 한 단계 발전한 총을 개발해 낸 것이다.

바로 뇌산수은을 발라 비가 오거나 날씨가 습해도 불꽃이 쉽게 일어나 화약과 탄환만 장전하면 바로 쏠 수 있게 만든 것이다.

그것도 화약과 탄환을 한지에 일정량씩 포장하여 총구가 아닌 방아쇠 위쪽에 덮개를 만들어 한 발 쏘고 덮개를 열어 화약 봉투 한쪽을 입으로 뜯어 화약과 탄환을 쏟아 붓고 바로 덮개를 닫고 방아쇠를 당겨 발사하는 방식이다. 기존의 화승총과는 비교 자체가 안 되는 뛰어난 총이 만들어진 것이다.

이총의 개발 하나로 동아시아의 역사가 아니 세계사가 바뀌어 버리는 현장에 인종은 나와 있는 것이다. 개발한 이들이나 총을 쏘고 있는 병사는 그것을 모를 것이나 인종은 알고 있었다. 이총은 무려 300년 뒤에 나오는 총이다. 조선의 장인들은 실로 위대한 업적을 이룬 것이다.

"되었다. 이 속도라면 일각에 90발은 쏠 것 같구나 무려 3배나 빨라졌다니 과인이 직접 보고도 믿어지지가 않는다. 오늘은 여가 조선의 임금이 된 뒤 가장 기쁜 날이다."

"성은이 망극하옵니다."

"내 군기시의 모든 이들의 공을 치하하는 뜻으로 연회를 베풀 것이다! 내관은 해안군과 금원군 덕흥군을 참석하라 전하고 궐에 속히 연락해 연회를 준비하라 해라! 군기시의 모든 이들은 주변을 정리하고 과인과 함께 궁으로 간다. 남치근은 이 시간부터 덕흥군이 복귀하는 시각까지 이곳의 책임을 위임받아 군기시를 지키도록 하라! 앞으로 이곳 군기시는 특별구역으로 허가받지 않은 자는 일절 출입을 금한다."

"명을 따르옵나이다."

꼼꼼하게 하나씩 명령을 내린 인종은 아무리 생각하여도 믿

기지 않는 듯 총을 들어 이리저리 살피고 얼굴에 기쁜 마음을
그대로 내보였다.

이 총만 충분히 생산한다면 여진이나 왜가 문제가 아니라
명을 정복할 수도 있을 것 같았다. 더불어 왜에서 유황까지 스
스로 상품의 대금으로 보내 준다 하니 이보다 기쁠 수가 없었
다.

궐에 돌아온 인종은 거하게 연회를 베풀어 군기시에 속한
모든 이들을 위무하고 천인들은 양인으로 양인들 중 신량역천
들은 종7품에서 6품까지 벼슬을 내리고 기존의 관원들은 모두
2품계씩 올려 주었다. 그리고 1차 목표로 2만정을 생산하도록
명했다. 북방군과 중앙군일부를 무장시킬 계획이다.

문제라면 보총 한정에 무려 13냥이라는 쌀로 따지면 3섬이
넘어가는 엄청난 돈이 문제였지만 인종은 그다지 신경 쓰지
않았다.

그도 그럴 것이 왜에서 무려 은으로 30만 냥이 넘는 돈과
유황이 들어오고 있었고 대월과의 무역으로 수익이 발생할 것
이며 북방의 야인들에게서 소금 값 대신 받은 말 중에 일부 처
지는 말들을 비싸게 왜에다 팔려는 계획이 있기 때문이다.

인종 2년 7월 14일.

좋은 일이 생기려면 연속하여 생긴다는 말은 이럴 때를 두고 하는 말인 것 같았다. 비록 날씨는 도움을 안 주지만 조선 전체를 보면 매우 좋은 일들이 연이어 벌어지고 있었다.

대월국으로 떠났던 배들이 돌아온 것이다. 그것도 떠날 때는 3척이 출발했는데 돌아올 때는 무려 12척의 배가 들어왔다.

정사로 떠났던 예조참의 김익수가 타국 사신 7인과 함께 대전에 들었다.

"전하! 신 예조참의 김익수 무사히 명을 수행하고 돌아왔나이다."

"어서 오라! 과인은 참으로 기쁘도다. 그리 멀고 힘든 바닷길을 별 탈 없이 이리 무사히 다녀왔다니 경의 공이 참으로 크도다."

"성은이 망극하나이다."

"그래, 갔던 일은 어찌 되었소?"

"네, 전하! 대월국에 도착하여 대월국 국왕을 배알하여 전하의 국서를 전하고 답신을 받아 왔사오며 함께 떠났던 12명의 장인들은 대월국 군기감에서 앞으로 3년간 화포 제조를 전수한 뒤 돌아올 것이옵니다. 또한 대월국으로 들어가는 입구에 위치한 항구를 조차지로 받았사옵니다. 그곳은 조선현이라는 이름으로 개명하여 같이 들어간 병사 200과 4명의 관원이 대월국 국왕 전하의 도움을 받아 관청을 짓고 있사옵니다. 하옵고 일 년에 두 차례 사신을 왕래하기로 약조하였나이다."

"잘했소! 허면 따라온 사신들은 모두 대월국 사신들이오?"

인종은 사신들의 복색이 모두 달라 물어본 것이다.

"아니옵니다. 전하 이들은 시암으로 알려진 아유타야국(태국)과 여송국(술루 왕국—필리핀 남부의 무슬림 왕국) 점성국(참파) 신하들이옵니다. 모두 대월의 옆과 밑에 존재하는 왕국들로 시암 왕국 사신과 점성국 사신은 대월국에서부터 함께 동행하였고 여송국 사신들은 오는 길에 대두국 인근에서 합류하여 오게 되었사옵니다. 이들은 국왕의 명으로 온 것이 아니라 무역에 관한 권한을 행사하는 지역 토호들의 사신들이옵니다."

"아, 이해하겠소."

짧다면 짧은 시간에 3곳이나 되는 나라의 사신들을 정식으로 데리고 올 리가 없었다. 그들은 각 지역에서 상권을 독점하여 권력을 쌓고 있는 지방의 토호들인 것이다. 인도차이나반도지역이 그런 것인지 그쪽은 지역을 기반으로 하는 토호들의 권한이 매우 강력했다.

사신들은 돌아가며 인종에게 절을 하고 진상품을 올렸다. 인종은 인사를 모두 받고 연회를 베풀었다. 그들이 대월에서 돌아오는 조선의 사신단을 따라온 이유는 당연히 무역 때문이다. 그들이 가져온 상품은 향신료와 약재 그리고 소뿔이었다. 여송국은 진주와 유황, 마노, 흑요석 같은 보석들도 가져왔다.

가져가고 싶은 것은 유리 제품들과 도자기, 인삼, 종이였다. 도자기라면 명나라에서 일부분 수입해 가기도 하고 명에서 드나드는 상인들도 있기에 충분했지만 조선은 조선만의 도자기가 있기에 나름 인기 품목 중 하나인 것 같았다. 인삼은 명에서도 워낙 고려인삼이라 하여 유명하니 만병통치약쯤으로 여기는 듯했다.

다음날 오후 강녕전에 호조판서 임백령과 국무총리 신광한이 들어왔다. 준비도 하지 못한 상태에서 3국의 사신들이 들어와서 조정이 어수선했지만 앞으로의 일을 논의하지 않을 수 없었다.

"저들의 말을 들어보면 앞으로 지속적으로 아국을 찾아와 무역하고자 하는데 어찌하면 좋겠소?"

"대월까지 4개국과의 통교이온데, 고려조의 대외 징책을 다시금 살펴 참작하심이 옳을 줄 아옵니다. 상인이란 무릇 돈 되는 곳이라면 오라하지 말라 하여도 오며, 돈이 아니 되면 있으라고 해도 갈 것입니다. 김익수의 말을 들어 보니 저들 국가는 추운 겨울이 없고 강수량이 풍부하여 일 년에 두 번씩 쌀농사를 짓는다니 백성들에게 소용도 없는 진주나 마노 같은 것은 물리시고 쌀로 대금을 받는다면 큰 소용이 있을 듯 보이옵니다. 더하여 익수의 말로는 대월이 비단과 면포의 생산량도 많다 하니 앞으로는 쌀과 함께 비단, 면포 등을 대금 결제수단으로 받으시고 저들이 원하는 유리 제품들과 도자기 자개장 등을 내어 준다면 아국 조선에 큰 이익이 있을 듯 보이옵니다.”

인종은 호판 임백령이 대답하자 자신의 생각과 같은 것 같아 즉시 허락한다.

“그건 그리하도록 하고, 허면 저들이 거래를 할 때마다 한양까지 와야 하는 문제가 있소. 저들의 불편함이 문제가 아니라 그러자면 강화와 김포 인근까지 드나들 것인데 보안에 문제가 되니 거래 지역을 왜의 경우와 같이 제한했으면 하는데 어찌 처결하는 것이 좋겠소?”

인종이 다시 질문하자 국무총리 신광한이 대답한다.

“저들이 오기로는 제주가 제일 편하나, 그러자면 김포에서 제주까지 배로 물품들을 가져다 놔야 하고 다시 제주에서 한양까지 대금을 가져와야 하는 문제가 있사옵니다. 새로 건조되는 판옥선이라면 큰 무리는 없으나 맹선으로는 버거운 것이 사실이오니 목포에 남국관을 개설하심이 어떠시옵니까?”

“목포에?”

생각해 보니 목포만한 곳이 없을 듯도 보였다. 물론 제주도에 만들게 되면 국제무역항으로 제주 발전에 큰 도움이 될 것이나 오가는 것이 무리였다.

“허면 목포에 남국관을 개설하도록 합시다. 목포 만호가 누구지요?”

“조세필이옵니다.”

"허면 조세필에게 새로 판옥선 3척과 병사 300을 주어 목포를 방어토록 합시다. 언제 명의 상선과 왜구가 목포를 향할지 모르니 그에게 주변 순시를 자주하도록 따로 국무총리께서 지침을 내리세요. 이번 남국관 개설은 아국에 큰 이득이 되는 사안이니 허투루 처리해서는 아니 됩니다."

"명심하겠나이다."

결정이 나자 호판 임백령은 사신관에 나아가서 시암과, 점성, 참파국 사신들과 향후 거래에 대한 조정의 결정을 알려 줬다.

더하여 그들에게 전하기를 3국뿐만 아니라 남방의 타국들도 원한다면 남국관을 이용할 수 있으니 가까운 타국상인들과 연합하여 오도록 했다.

더불어 조선은 마노나, 흑요석, 진주처럼 먹지도 못하고 사치하는 곳에만 쓰이는 것들은 필요 없으니 쌀이나 포목, 비단과 더불어 오래 두고 먹을 수 있는 건어물 등을 대금으로 받겠다고 했다.

물론 여송처럼 유황이 난다면 유황과 은, 금 등도 대금으로 받겠다고 알렸다. 그들이 한양을 떠날 때 수군이 인도하여 목포의 위치와 찾아오는 방법 등을 듣고 9척의 배에 유리 제품과 비누, 인삼, 도자기, 종이, 자개로 만든 보석함 등을 채워 떠났다.

인종 2년 7월 16일.

남대문 밖 대동청 건너편에 왜의 관청과 대월의 관청이 들어섰다. 두 곳 모두 기존에 살던 양반의 저택을 비우게 하여 만든 것으로 왜는 대내씨 가문에서 파견된 연락관이고 대월관은 대월국 국왕이 직접 임명하여 보낸 외교 관료로 찐씨 가문의 사람을 수장으로 하고 그 외 6명이 따라와 7명이었다.

"웅 교리 있는가?"

예조참의 김익수가 대월관에 들어섰다. 웅씨는 지난해 사신을 따라 명에 들어왔다가 조선까지 와서 올해 3월까지 예조관원들에게 월국 말과 풍습을 알려 주면서 김익수와 친해졌다.

"어서 오세요."

웅씨가 김익수를 반갑게 맞아 안으로 안내했다.

"어찌 되었습니까?"

"글쎄 우리가 월국에 다녀오는 동안 큰 변화가 있었던 모양이야."

"어찌 변하였다는 말입니까?"

웅씨는 교역 대금으로 물소 뿔을 받아 달라고 청원했었다. 본래 물소 뿔은 전략물자 중의 하나로 매우 가격이 높았다.

조선뿐만 아니라 왜나 명에서도 물소 뿔은 비싸게 거래되고 군사력을 올릴 때 제일 먼저 철과 함께 물소 뿔 확보를 먼저 할 정도로 중요한 품목이다. 한데 정작 조선은 물소 뿔을 거래

품목에서 제외시켜 버렸다.

"군제에 변화가 있는 듯 보이네, 자세한 것은 군사 비밀이라 말하여 줄 수가 없네만, 활의 수요가 적어질 듯하여 물소뿔은 더 이상 조정에서 받아들이지 않을 듯 보이네."

"그러면 대금은 쌀과 비단, 포목만 받는 것입니까?"

"아닐세. 유황이나 금, 은 등도 받는다고 하네."

"알겠습니다. 조정의 방침이 그렇다면 따라야겠지요. 다음 출발 일자는 정해졌습니까?"

"장마가 끝나는 8월 중순쯤에 출발할 듯 보이네."

"그럼 그리 알고 준비해야겠습니다. 한데 새로 들어선 왜관 말입니다."

"왜관? 왜 무슨 문제라도 있는가?"

"저들이 혹 대내씨 가문의 가신들 아니옵니까?"

"그러네. 왜에서는 대내씨가 조선과 명의 무역에 대한 전권을 가지고 있다네. 해서 저들이 여기와 있는 것이지. 한데 자네가 그것을 어찌 아나?"

"아시는지 모르겠사오나 저들은 왜구입니다. 명의 남방을 어지럽힌다 하여 명국에서는 저들에게 수배령이 내려져 있습니다. 한데 조선에서 저들을 사신으로 대접한다면 나중에 큰 외교적 마찰이 있을 것입니다. 명에서 알게 되면 명 조정에서 그냥 넘어가지는 않을 것입니다."

"어허! 저들이 명에서 노략질을 했단 말인가?"

"자세한 사정은 모르나 한쪽으로는 명 조정에 조공을 바치면서 한쪽으로는 사사로이 사 무역을 하며 어떤 때는 왜구로 돌변하기도 하는 족속들로 압니다. 한데 저들을 어찌 믿고 왜관까지 열어 받아들이는 것입니까?"

대월은 해남이나 광동성과 복건성 대두와 여송등과도 왕래를 하니 왜구가 명의 남쪽 해안가를 어지럽힌다는 소식 정도는 당연히 알고 있었다.

"혹여 저들이 자네 나라에서 노략질을 하지는 않았나?"

"저들이 아국 대월까지 와서 노략질할 놈들은 아니지요. 아국과는 무역을 합니다만 듣기로 몇 해 전에 조선에서 큰 변란을 일으켰다고 들었습니다. 허면 원수나 다름없는데 어찌하여 조선은 저들을 받아들인단 말입니까?"

예조 참의 김익수는 응씨의 말을 듣고는 조용히 웃었다. 조선이 그것을 모르고 그들을 상대하는 것은 아니었다. 따지고 보면 철천지원수 같은 것들이 바로 저 왜인들이었다. 그중에서도 대마도와 대내씨 일족이 다스리는 7개 영지의 왜인들은 고려조 때부터 지금까지 끊임없이 노략질을 일삼았다.

"설명하기 복잡한 문제가 있네, 이미 전조에서부터 아국 바다를 어지럽히고 변방을 노략질했네만, 그로 인해서 토벌도 했었고 여러 차례 수전을 치르기도 했네. 한데 그때뿐이네 만약 조선이 저들과 통교를 끊어 버리면 당장에는 잘못에 대한 벌을 내린 것으로 자위할 수도 있겠지 하나 그대로 내버려 두면 저들은 더 많은 왜구를 이끌고 노략질을 하러 들어오네, 이는 결코 해결책이 될 수 없는 것이지. 이런 문제는 저들이 하나로 통일되지 못하고 각 지역마다 주인이 따로 존재하기 때문에 벌어지는 문제이며 생산되는 물산이 풍부하지 못해서 벌어지는 문제이네 자네도 알다시피 저들은 섬나라 아닌가? 해서 저들이 노략질을 하지 못하게 하려고 적당히 무역을 통해 다스려 왔는데 근자에 변을 일으켜 한동안 무역을 금했었네, 저들과 다시 통교한 것이 얼마 전이네."

"허면 변란을 일으켰는데도 용서를 했단 말입니까?"

"주상 전하께서 다 생각이 있는 듯 보이네만, 내가 생각하기로는 앞으로는 변을 일으키기는 힘들듯 보이네. 자네에게 다 말해 줄 수는 없네만 조만간 왜에 큰 변화가 있을 것이라 예견되네."

"변화라 하심은?"

"하나만 말해 주겠네, 저 대내씨 가문의 가주가 있는 산구에 산구대도호부사가 임명되어 나가 있네 이해되는가?"

응씨는 대략적으로 이해를 했다. 조선이 왜에게는 상국이며 두 나라의 내부에는 복잡한 문제로 얽혀 있다는 것을 알 수 있었다.

인종 2년 7월 20일.

봉성군은 인종이 하삼도에서 끌어모아 보내 준 남녀노소 1천 200명을 이끌고 직접 홍개호에서 100리 밑에 있는 솔빈부로 향했다.

솔빈부는 발해 때 있던 5경 16부 중 하나로 화주, 익주, 건주 등 주변 3개 지역을 다스리는 대도읍이었다.

옛날의 영화는 사라졌지만 그곳에는 여전히 그들의 후손들이 살아가고 있었다. 백성 1천 200과 병사 3천이 솔빈부에 들어서자 그 행렬이 자못 대단했다. 그들과 함께 소금과 농기구, 덩이쇠, 포목, 곡식 등을 우마차에 잔뜩 싣고 들어서는 조선인들을 보기 위해 홀라온 부족 사람들이 길가에 나와 있었다.

홀라온은 약 6만에서 7만 정도 되는 부족으로 자신들의 영역 안에서 사냥과 목축업을 하며 살아간다.

대부분 짐승 가죽으로 된 옷들을 입었으며 머리는 미혼인 총각들처럼 길게 땋아서 머리끝에 붉은 실을 묶고 있었다. 어떤 이는 묶지도 않고 늘어트린 이도 있었으며 몽골 인들처럼 앞쪽을 모두 밀고 중간에 조금 남겨 놓은 이들도 있었다.

적어도 여진인 들은 다양성이 존재했으며 하나로 규제하거나 통일하지 않은 모습이 존재했다. 그들이 유목민족이라는 것을 다시금 느끼게 해 주었다.

"오시느라 수고하셨습니다."

만도리가 다가와 봉성군을 맞았다.

"이리 환대해 주시니 감사하오."

"그래, 오시느라 힘들지는 않았습니까?"

"그리 힘들지 않았소. 아국 땅보다 평지가 많으니 말을 타고 오기에는 너무도 좋은 길들이었소."

"그러셨다니 다행입니다. 안으로 드시지요."

만도리를 따라 안으로 들어서니 시비가 차를 들고 따라 들어온다. 자리에 앉자 차를 따라주고는 이내 밖으로 나간다.

"예상했던 것과는 사뭇 다른 풍경에 적잖이 당황했소이다."

봉성군은 자신이 생각했던 것과는 야인들의 생활이 달라 조금 놀란 상황이었다.

"유목 생활을 하며 이리저리 부평초처럼 떠도는 생활을 한다기에 이런 장원과 성곽은 예상치 못했소이다."

"그렇군요. 물론 봉성군마마의 말처럼 대부분 그렇사옵니다. 하나 저희들도 유목 생활만 하는 것은 아닙니다. 일부는 항시 영역을 지켜야 하며 이렇듯 장원을 만들고 성곽도 만들어 방어를 합니다. 워낙 여러 부족이 서로 기회를 노려 쟁하기를 많이 하니 어쩔 수 없지요."

그러고 보면 홀라온 부족은 더욱 그런 일이 잦았다. 홀라온은 세종때까지만 해도 매우 강성하여 건주여진의 부족 몇 개를 초토화 시킬 정도로 강한 적도 있었다. 그러다 세종 시절에 조선과의 전투에서 크게 부족이 밀려 규모가 적어지기도 했는데 다시 조금씩 회복하여 힘을 키우는 중이었다.

"아시겠지만 조선인들은 목축업에 대한 경험이 없고 오직 농사를 지어 먹고사는 사람들이오. 전에도 말했지만 빌려 준 땅에 농사를 짓고 살아갈 것이오. 약조했던 소금 중 일부는 보셨듯이 가져왔소만, 땅은 어찌 나누어 주실 것이오?"

"뭐 어렵게 결정할 것 있습니까. 호구 당 1결씩이면 아니 되겠습니까?"

"1결이라… 땅의 질을 보아야 하지 않겠소? 듣자 하니 이곳에서도 쌀농사가 가능하고 특히 콩이나 보리, 수수, 조 등이 생산된다던데 맞소?"

"맞습니다. 땅이라면 더 내어 드릴 수도 있습니다. 호구 당 1결 50부씩 내어 드리지요. 다만 조선이나 건주삼위 쪽으로 나가시면 안 되니 동쪽이나 동남쪽 방향으로 개발하셔야 할 것입니다. 이곳에서 정리부까지가 저희 부족의 영역입니다."

정리부는 발해 때 현재의 블라디보스토크 쪽에 있는 도시 중 하나로 16부 중 하나였다.

"알겠소이다. 내 그리 명하겠소이다."

봉성군은 대화를 끝내고 밖으로 나가 부장들을 불러 모아 명령을 했다.

"이곳을 기준으로 동쪽과 동남쪽 방향으로 일가에 1결 50부씩(약 5천 평) 땅을 나눠 주고 일 가구당 5명의 병사가 지원하여 집을 짓고 농토를 개간하도록 한다. 부장들은 홀라온의 수장들과 상의하여 속히 시행하라!"

"예."

부장들이 각자 병사들을 이끌고 농민들 사이로 들어가 인원을 나누기 시작한다. 거기에 홀라온의 남자들도 각자가 미리 받은 명령이 있는 듯 조선 사람들 사이로 들어가 몇 가구씩을 이끌고 이동을 시작했다.

홀라온 부족은 그들 나름대로 봉성군은 봉성군 나름대로 치밀하게 서로를 이용할 계략을 세워둔 터라 일의 시작은 매우 매끄럽게 진행되고 있었다.

장원 안에서는 만도리가 수하들과 심각한 표정으로 대화를 나누고 있었다.

"뒤따르는 조선의 병력이 없는 것을 확인하였느냐?"

"확인하였습니다."

"조선에서 들어온 소식은 없느냐?"

"봉성군의 말처럼 저 백성들은 조선의 남쪽 지방인 하삼도에서 시원을 받거나 차출한 인원이라고 합니다. 대부분 화전민으로 땅이 없어 산으로 들어가 살다가 잡힌 이들을 모아서 보낸 것이 맞다 합니다."

"경계를 늦추어서는 안 된다. 건주삼위나 착화, 파아손 쪽의 움직임은?"

"건주 쪽은 멀어서 알지 못할 것입니다. 착화나 파아손은 이미 반은 조선에 복속된 상황이니 별달리 눈에 띄는 행동이 없습니다. 아마도 봉성군 쪽에서 미리 손을 쓴 모양입니다."

"그렇겠지. 그쪽 놈들은 수시로 봉성군과 만나서 거래를 하고 친분을 다진다니 문제는 없을 것이다.”

“위장님 그런데 저들이 진정 우리에게 도움이 되겠습니까?”

위장은 만도리의 직책이다. 명으로부터 흘라온 부족장이 받은 관직이 노아간위(奴兒干衛)의 위장이기 때문에 공식적인 자리에서는 위장이라고 부른다.

“조선은 둘째 문제이다. 조선을 끌어들여 건주삼위를 무너뜨릴 수만 있다면 우리 부족은 만주를 통일하고 지배할 수 있다.”

“하나 건주삼위 뒤에는 요동에 주둔 중인 명군이 있지 않습니까?”

“넌 그들이 우리들 싸움에 나설 것이라 여기느냐? 그들은 오히려 반길 것이다. 해서여진을 보거라 예허부와 하다부를 끊임없이 이간질하며 싸움을 시키지 않더냐? 여진이 통일하지 못하게 그러는 것이다. 명군이 나서는 것은 여진이 싸울 때가 아니라 여진이 하나로 합쳐질 때이다. 만약 우리가 건주여진과의 싸움에서 승리하면 그때서야 해서여진에 힘을 실어 주면서 우리와 해서여진과 싸우도록 이간질을 시작할 것이다. 그놈들의 행태가 안 보아도 훤히 보인다.”

“하온데 저들 조선의 농민들을 어찌 우리 편으로 끌어들입니까?”

“별로 어렵지 않다. 이곳에서 살아남으려면 말 타기와 활쏘기는 기본으로 해야 하지 않겠느냐? 우선 아이들에게 저들과 어울리도록 내버려 두거라 그러다 친분이 쌓이면 같이 주변 부족 약탈에 동참시키면 된다."

나쁜 짓도 같이하면 동질감이 생겨 친해지기 마련이다. 더구나 약탈을 통해 희열감을 느끼도록 해 주면 하루 종일 밭을 일구고 논에서 허리 숙여 일하는 것은 못하게 된다. 말 타고 초원을 달리며 타 부족을 약탈하는 것은 그만큼 큰 희열을 느끼게 해 준다.

물론 여진인들 대부분이 그렇지는 않다. 건주여진 같은 경우는 농경문화를 받아들여 대부분 농사를 짓는다.

하지만 아직도 대부분의 여진인들은 말을 타며 활을 쏘고 약한 부족을 약탈해 가며 살아간다. 강력한 지도자가 없기 때문에 벌어지는 일들이다.

인종 2년 7월 25일 첫 번째 기사.

상께서 전날 월국 출신 궁녀 호씨가 올린 쌀국수를 드시고 상찬(賞讚)하시었다.

대월관에서 관리들의 시중을 들기 위해 따라온 시녀 중 한 명인 호씨를 인종이 직접 명하여 수라간에서 근무하게 했다. 일종의 계약직으로 월국으로 돌아갈 때까지 한시적으로 근무하는 것이다. 이는 월국의 음식 문화를 왕실 사람들과 대신들에게 맛보여 주기 위함도 있었고 월국에서 나는 안남미를 들여오기로 했으니 미리 그들의 식문화를 알아둘 필요도 있기 때문이었다.

왜나 명의 식문화는 잦은 교류로 어느 정도 알고 있는 상황이나 월국의 식문화는 색다른 것이니 그것을 느껴보기 위함이 사실 가장 크다.

"안남미는 조선의 쌀과 달라 밥하는 법부터 맛과 향이 다르다 합니다. 하여 그들이 자주 만들어 먹는다는 쌀국수를 만들게 하였으니 대신들 또한 맛을 보도록 하세요."

인종은 점심에 당상관 이상의 대신들을 불러 모아 쌀국수를 대접했다. 들어가는 양념이 달라서인지 나름 색다른 맛에 대신들이나 왕실 사람들의 평가는 매우 좋았다.

"매콤하고 국물이 시원한 것이 맛이 좋습니다."

"그렇습니다. 국수 한 그릇이지만 포만감이 드는 것이 한 끼의 식사로 제격입니다."

대신들 입맛에 맞는 것 같아 인종은 그 만드는 법을 수라간 나인들에게 알려 주도록 하여 가끔 점심 식사 대신 올리라 했다.

인종 2년 7월 25일 두 번째 기사.

상께서 의강원 설치를 속히 시행하라 명했다.

의조판서 박세거가 아뢰기를 의강원에 설치가 늦어지고 있어 이미 뽑아 놓은 원생들이 허송세월하며 혜민서에서 다만 잡스러운 심부름을 하며 시간을 죽이고 있다고 보고했다.

상께서 이르기를 그동안 공사다망하여 챙기지 못했는데 이는 즉시 시행하여야 하니 인수궁을 의강원으로 활용토록 했다.

인수궁은 본래 태종 대왕이 세자 시절 거처하던 궁으로 본래 수리하여 선대왕의 후궁들의 거처로 쓸 요량이었으나 의강원 설치가 급하니 그리하라 명하셨다.

"전하 하오면 선왕의 빈들께서는 가실 곳이 마땅히 없사옵니다."

도승지 이명규가 옆에서 듣고는 한마디 했다.

"정업원(淨業院)이 있지 않느냐?"

정업원은 불당으로 이 시대까지 왕실의 여인들과 사대부 여인들은 불자가 많았다. 특히나 왕실 여인들은 모시던 임금이 죽게 되면 대부분 머리를 깎고 비구니가 되는 경우가 많았다. 정업원은 고려 말부터 왕실 여인들이 불가에 귀의하는 대표적인 불당이었다.

"하오나 대신들의 반대가 심할 것이옵니다. 일전에 인수궁을 선대왕의 빈들께서 거처하는 궁으로 수리하라 하신 것은 왕실에서 모범이 되어 국시인 유학을 장려하는 뜻에서 결정하신 것인데 이를 번복하신다면 반발이 심할 것이옵니다."

"허허! 나 원 참!"

인종은 혀를 찼다.

"송구하오나 유생들이 그냥 넘어가지 않을 듯하옵니다."

마음은 급한데 사사로운 일로 발목이 잡히니 짜증이 나는 인종이었다. 하나 상황이 그러니 뭔가 수를 내기는 해야 한다. 그 정도 규모의 관청을 짓자면 돈은 둘째 치고 시간이 너무 많이 걸린다. 몇 년을 허송세월 할 수는 없는 것이다.

"허면 정업원을 앞으로 인수궁이라 부르게 하라!"

"네? 전하!"

"그러면 되는 것 아니냐! 이 문제는 더 이상 거론치 마라. 유생부터 대신들까지 왕실 내부의 일을 하나하나 모두 간섭하고 따지다 보면 국사는 언제 논한단 말인가? 중요한 것은 국사이지 전대 후궁들의 거처를 어디로 할 것이냐가 아니질 않느냐? 갈 곳 없으면 창경궁에서 머물면 되는 것이고 그곳에도 자리가 없으면 사가에 나가서 지내면 되는 것이다. 왕실인척은 왕실에서 알아서 할 것이니 앞으로 왕실 문제에 대신들이나 유생들이 나서서 왈가왈부하는 것은 들어 주지 못한다고 하라."

어찌 보면 황당한 말이었다. 왕이 곧 국가이고 국가가 왕인 왕국에서 왕실 문제에 대신들이 나서지 않으면 어찌 왕실이 유지되고 운영된다는 말인가.

봉성군부터 해안군, 금원군에 덕흥군까지 하나씩 조정의 일을 맡기더니 종국엔 아예 왕실문제에 대해서는 아무도 거론치 말라는 말까지 하는 인종이었다. 인종이 이렇게 강하게 나가는 것에는 다 이유가 있다.

대신들이나 유생들까지 시급한 조정의 일보다는 왕실 내부의 권력에 지나치게 관심을 쏟고 줄을 대려 하기 때문이다. 만약 인종이 새로 후궁을 들여 총애를 하게 되면 출세를 원하는 관원들은 후궁의 친정 집을 뻔질나게 드나들게 눈에 보였다.

전대 왕인 중종 시절에도 그랬기 때문이다. 대신들이나 일반 관원들 그리고 유생들까지 자신들이 신경 써야 할 것은 사사로운 왕실 문제가 아니라 조정과 나라 문제였다.

그것을 알려 주고 싶었기에 강하게 나가는 것이다. 하나 왕이 주인인 왕국에서는 그렇게 되기가 너무도 어려웠다.

당장에 한쪽에서 기사를 쓰는 기사관마저도 쓴 것을 먹은 표정으로 심각하게 뭔가를 열심히 적고 있었다.

화가 난 인종이 벌떡 자리에서 일어나 기사관 윤결을 한대 치려다가 참고는 다시 자리에 앉는다.

"대신들이 인수궁 건립하는데 돈 한 푼 냈는가? 아니면 의강원 만드는데 쌀 한 톨 보탰는가? 백성들의 피 같은 세를 걷어 들여 선대왕 후궁들이 머물 거처를 마련하는데 모두 쏟아 부어야 되는가? 정업원이 비록 비구니들이 머무는 불당이라 하더라도 그곳에서 남은 여생을 편안히 보낼 수만 있다면 그것으로 족한 것이다. 그런 사사로운 왕실 문제까지 따지는 대신들은 그 시간에 백성과 나라에 보탬이 되는 것을 논해야 할 것이다. 이것은 임금인 내가 결정하기 이전에 내명부의 일이며 지극히 사사로운 문제이다. 도승지 이명규는 괜한 걱정 말고 정업원을 인수궁으로 바꿔 부르게 하고 인수궁은 의강원이라 현판을 달고 당장 준비되는대로 의생 교육을 실시하라 이르라."

인종이 강하게 나가자 더 이상은 말을 하지 않는 도승지였다.

인종 2년 8월 10일 첫 번째 기사.
의법부에서 두 번째로 법 개정에 대한 안건이 올라왔다.

의법부 수상 유관이 형조판서 윤임과 함께 강녕전에 들어 간하기를 지난해 1차 국정보고대회를 마침과 동시에 여러 대신들과 학자 선비들이 논의하고 의법의원 30인이 뽑힌 뒤 다시 논하여 결정한 것입니다. 하고 그 내용을 간하였는데, 대저 신분이라는 것은 그 맡은 직분에 따라 나뉘게 되나 고려조는 조정에 나아가 나라를 위해 헌신한 이들과 지방 호족이 주축이 되어 나라를 이끌어 나갔으며 조선조에 들어와서 지방 호족이 혁파되고 건국 공신과 유학자들이 등용되면서 문반과 무반을 하나로 묶어 양반이라 이르며 그들이 상을 보필하며 나라를 이끌어갔습니다. 하나 조선 건국 150년이 지난지금 왕실과 양반, 중인, 양인, 천인 등으로 나뉘어 세분화되었으며 양인들 또한 농민, 어민, 상인, 공인, 신량역천 등이 각각 차별이 있고 더불어 나라의 근간이 되어야 할 양인의 숫자가 줄고 천인이 늘어 세를 납부하는 백성의 수가 줄어 국가 운영에 차질이 빚어지니 이번 개정으로 이런 모순된 상황을 혁파하고자 합니다.

첫째로 왕실은 전대 왕이 승하하고 3대까지 왕실 인척으로 예우될 것이며, 둘째로 양반과 사대부라는 용어와 명칭은 사용치 아니하고 건국공신과 국가를 위난에서 구한 자, 학문적 업적이 뛰어난 자 등 그 타당한 이유로 국가에서 인정한 자를 불천위로 삼아 영원토록 모시는 법이 있으니 이를 기준으로 삼으시면 될 것이옵니다. 하여 불천지위에 오른 자와 그의 위패를 모시는 후손에게 나라에서 봉토를 하사하고 영원 세세토록 만백성의 귀감이 되게 하심이 옳사옵니다. 셋째로 기존의 양반과 중인, 양인은 모두 호구를 조사하여 등재하고 관료 중 대신 반열에 오른 이들은 그 맡은바 책임이 막중하니 당대에 한하여 통용되는 위를 내리심이 가한 줄 아뢰옵니다. 조정에서 인재를 등용할 때에는 양반의 자제나 중인, 양인을 가리지 않고 능력만을 가려 뽑아 불평 부당함이 없게 해야 하며 호적에 등재할 시에는 신분에 따라 나누어 관리하지 않고 지역과 성별 출생년으로만 구분해야 하옵니다.

천인이란 대저 그 하는 일이 무당, 승려, 재인, 창기, 백정 등인데 이 또한 불평 부당함이 있사옵니다. 만고의 역적이나 매국한 이와 단지 소와 돼지를 잡았다는 이유로 천인이 된 이는 다릅니다. 하여 역적의 자식이나 노략질과 같은 중한 범죄를 저지른 이는 노와 비를 새겨 관리하는 법이 엄격하게 적용하여야 하나 재인, 기생, 백정 등은 그 하는 일이 천할 뿐 나라에 위해를 가하지도 않았으며 해가 되지 않았으니 따로 관리치 마시고 조정에 호적을 신청하여 양인이 될 수 있도록 길을 열어 주심이 마땅합니다. 다만 무당, 승려 등은 유학을 국시로 하는 조정의 법도에 어긋나니 천인에서 면천해 주면 아니 되옵니다.

하나 이리되면 양인이 많아지고 힘든 일을 하지 않으려 할 터이니 양인 또한 신분을 유지하기 위하여 의무를 지게 해야 합니다. 첫째로 조세납부의 의무를 지워야 합니다. 모든 양인은 국가에서 정한 조세를 납부해야 하며 이를 어길시 제재를 가해야 하옵니다. 둘째로 병역의 의무 지워야 합니다. 국가를 유지하고 지켜 나가기 위해서는 누구도 예외 없이 병역을 저야 합니다. 해서 관직에 있거나 설사 불천지위에 오른 자라 하더라도 군포를 모두 납입하도록 법제화 하여야 합니다. 이는 여인들에게도 똑같이 적용하여 15세에서 60세까지 남성은 면포 2필 여성은 1필을 내도록 해야 합니다. 이를 어길 시에는 노역 1천 일에 처해야 합니다. 더하여 부모를 버린 자, 친족을 해한 자, 역모한자, 타국에 국가 기밀을 넘긴 자, 패거리를 만들어 노략질을 한 자, 기군망상의 죄를 범한 자, 고리대금을 하여 국가 경제에 해를 끼친 자등 7대 죄를 저지른 자는 사형

하고 그 친족들은 3대를 천인으로 강등하여 호적에서 삭제하고 그 행적을 형조에서 관리토록 해야 할 것입니다.

하니 상이 하문하길,

"허면 국정보고대회에 참석하여 민의를 말할 대표들은 어찌 뽑을 것이냐?"

하니 수상 유관이 아뢰기를,

"아국 조선은 350여 개의 부?대도호부, 목, 도호부, 군, 현 있사옵니다. 이를 가장 작은 현에 1명, 군에 2명, 도호부에 4명, 목에 5명, 대도호부에 7명 부에 10명씩 학식 있는 자, 명망 높은 자, 덕 있는 자들로 3배수를 천거 받아 각 지방관의 입회하에 양인 중 15세가 넘은 이들로 하여금 가려 뽑도록 하되 그 임기를 6년으로 하여 지방관의 행실을 감시하고 감찰하도록 하시고 2년에 한 번씩 조정에 입조하여 상신하게 하심이 좋을 듯하옵니다."

라고 답하자 형판 윤임이 이어말하기를,

"그러하면 그중에 제일 능력이 뛰어난 자를 입각하게 하여 의법부에 입직하게 한다면 전일에 전하께서 말씀하신 2년에 한 번씩 의법 의원을 교체하시기로 명하신일 또한 자연스럽게 이루어지니 그리하심이 옳을 듯하옵니다."

하니 상께서 이르기를 대신들과 숙의한 후 다시 올리라 하였다. 말대로 한다면 민의를 제대로 수렴할 수는 있으나 그 또한 문제가 많았다.

　분명 기존과는 획기적으로 다른 방법이지만 부정을 감시할 인력과 교육이 선행 되어야 한다. 되더라도 내년은 힘들고 3년 후쯤에는 가능한 방법이었다.

　인종은 수상 유관과 형판 윤임이 나가고 난 뒤 한참을 곰곰이 생각하다가 허탈하게 웃어버렸다.
　"결국 달라지는 것이 없는 것인가?"
　파격적으로 신분 개혁을 하는 것처럼 떠들고 나갔지만 기존의 신분법에서 달라지는 것은 거의 없었다. 조선에서 양인이라면 누구나 문과와 무과에 응시할 수 있었다.
　양반이라는 것이 얼굴에 양반이라고 써 놓고 다녀서 양반이 아니다. 당상관 이상의 관직을 가진 자들은 어차피 지금도 작위를 받았으며 정5품 이상만 되어도 위세가 대단하여 3대가 양반 대접을 받는다.
　더구나 양인이나 중인들이 문과에 급제하여 나라에 큰 공헌을 해도 당상관 이상의 벼슬은 암묵적으로 주지 않는다.
　결국 대지주이거나 조부나 당숙이라도 큰 벼슬을 하게 되면 그 집안은 양반 집안이 되는 것이고 그렇지 못하면 출세에 한계가 있기 마련이다.
　더불어 생원과나 진사과에 합격하고 나서 성균관에 입학하여 무려 9년 가까이 교육을 받아야 대과를 보는데 집안이 빈한하여 그 공부를 시키지 못하면 아무리 뛰어난 자라도 높은 벼슬길에 올라갈 수 없다.

조선 후기에 전체 인구의 7할이 양반이 된 이유가 여기에 있다. 나라가 안정되고 국정이 제대로 돌아가면 기존의 기득권층이 권력을 독점한 상태라 양인들이 그 자리를 비집고 들어갈 틈이 없으나 나라가 혼란해지고 국정이 문란하게 되면 오히려 높은 신분을 얻기가 쉬워진다.

해서 조선은 결국 신분제가 조선 후기에 무너지고 만다. 백정, 노비, 창기, 재인, 무당 등의 특수한 직업에 속한 이가 아니라면 누구나 양반이고 족보를 가지게 되는 것이다.

덕분에 신분 개혁을 자연스럽게 이루었지만 이것은 서양의 시민혁명과는 전혀 다른 하층민의 상류층 신분 대량 획득으로 이루어지는 일로 고금을 통틀어 조선에서만 나타나는 일이었다.

각설하고 의법부의 안선에는 낭연하게도 사노비와 관노비에 관한 사항은 전혀 언급조차 없다. 노비 한 명의 가격이 소 한마리 값보다도 못한 것이 현재의 상황이었다. 노비는 23냥이고 소는 30냥인 것이다.

노비를 면천하여 양민을 확보하려 했던 처음의 계획은 물 건너 간 것이나 다름없다. 다른 방법을 찾아야 함을 느낀 인종은 노비 문제는 뒤로 미룰 수밖에 없었다.

결국 유관과 윤임이 올린 신분법은 기존의 법과 거의 차이가 없는 법이다. 그럼에도 인종은 이번 법을 전향적으로 검토

한다.

어쨌든 천인 중 일부가 호적에 등재되고 병역의 의무가 강해지며 호적으로만 보자면 불천위를 모시는 집안은 국가 공인 귀족이 되는 것이고 천인에 속하는 공노비와 사노비 무당과 승려 등의 천인들을 제외한 나머지 전체가 법적으로는 양인으로 통일되는 것이다.

이 말은 능력만 된다면 누구나 출세할 수 있는 법적 근거가 생긴다는 것이다. 물론 법과 현실을 거리가 멀지만 인종이 계획한 대로 산업화를 가속화시키고 상인으로서 출세하는 것이 벼슬해서 권력을 가지는 것과 다를 바 없다든지, 기술을 통해 큰 부를 쌓거나 군관으로써 큰 공훈을 세워 일가를 이루게 된다면 기존의 주자학에 목을 매지 않을 것이기 때문이다.

관건은 인종이 왕권을 잘 유지하면서 개혁을 점차 확대해서 제도를 정비해 나가다 보면 모든 문제는 하나씩 풀려 나갈 것이다.

노비 문제 또한 한 번에 획기적으로 개선하지는 못하지만 천천히 방법을 찾아서 개선할 생각이었다. 더불어 먼 미래에서나 볼 수 있는 선거제도를 의법부에서 꺼냈다는 것에 큰 의미가 있었다.

비록 당장의 여건상 바로 시행하기는 힘들었지만 몇 년간 준비를 차분히 한다면 충분히 가능한 방안이었다. 인종으로서는 상상하지 못한 내용이었음에는 틀림없다.

어찌 되었든 피 선거권 자가 백패를 받은 양반이기에 가능한 이야기였지 양인이나 천인을 대표로 선정할 일은 없으니 민주주의와는 거리가 멀긴 했다.

인종 2년 8월 15일.

군기시에서 보총 50정을 만들어 올려 보냈다. 인종이 생산되는 보총이 50정이 되면 모두 궁으로 보내라고 명했기에 1차로 보내온 것이다.

보총에는 생산된 날짜와 지역 관청 제조 순서를 나타내는 숫자를 불도장으로 찍어서 출처를 명확히 해 놓았다. 보총이 도착하자 인종은 남치근을 불러 보총을 전해 주며 내금위를 무장시키라 명했다.

"너는 과인과 함께 군기시에 들려 그 사용법을 알고 있을 터이니 네가 이총의 교범(敎範)을 만들도록 하라, 우선 총신에 대검이 꽂혀 있는 것은 육박전을 대비하여 그리한 것이니 이 총기를 이용하여 총검술을 만들도록 하고 제식에 관한 교범도 만들라 더하여 개별전과 집단 전으로 나누어 전투 교범을 만들어야 할 것이다. 할 수 있겠느냐?"

"성심을 다하겠나이다."

남치근이 보총 50정을 가지고 물러가자 도승지를 불러들였다.

"겸사복과 우림위 내금위의 인원이 얼마인가?"

"네, 전하 겸사복은 55인 우림위는 53인 내금위는 190인이옵니다."

"다른 직을 겸하는 이는 얼마나 되느냐?"

"43명이옵니다."

모두 합쳐 300명이 안 되었다. 물론 그 이외에도 궁을 수비하는 이들은 많았지만 적어도 국왕을 시위하는 이들은 정예화하고 통일할 필요성을 느꼈다. 임진란이 끝나고 나서 내금위만 500명 넘게 뽑기도 하지만 그렇게까지는 필요 없을 듯 보였고 적어도 통솔하는 위장까지 하여 320인 정도로 맞춰서 통일하는 것이 관리하기도 편하고 유지하기도 편할 듯 보였다.

"내금위, 우림위, 겸사복을 통합하여 용호영으로 개칭하고 남치근을 그 수장으로 하며 체아직으로 다른 직과 겸임하는 자들은 모두 그 직에서 제외시키도록 하라."

"허면 전하의 시위만을 전담하는 것이옵니까?"

"그리할 것이다."

"부족한 인원은 어찌 충당하옵니까?"

"내년 봄에 무과를 보아 뽑도록 하라."

본래 올해 과시를 시행해야 하나 인종은 한해 늦추었다. 그 전에 조정의 개각과 함께 신분법 더하여 관리들의 승진에 관한 제도를 개정하고 공포한 후에 과시를 치를 예정이었기 때문이다.

인종 2년 8월 19일 1번째 기사.

상께서 기사관 윤결, 이진률과 함께 고초장떡과 된장떡을 드셨다.

인종 2년 8월 19일 2번째 기사.

상께서 고초장을 잘게 다진 소고기에 발라 구운 적을 드셨다.

인종 2년 8월 20일 첫 번째 기사.

상께서 강냉이는 산기슭이나 척박한 땅에서도 잘 자라니 널리 보급하라 하시었다.

인종은 이틀에 걸쳐 기사관 윤결을 시켜 음식에 대한 내용을 적으라 했다. 인종이 그리한 것은 먼 미래에 고추의 유래 때문에 후손들이 자꾸 딴소리를 하기 때문이다.

이미 세종 대왕께서도 고초장을 드셨다고 기록해 놨고 여러 문헌에도 기록해 놨음에도 불구하고 고추를 잘 먹지도 않는 왜인들에게서 전래됐다는 말도 안 되는 소리가 나오지 않게 하기 위함이다.

고추는 만주를 통해 이미 오래전부터 먹고 있었으며 임진란 때 들어온 것은 인도차이나 반도의 고추로 당시 명의 남부와 대월 등과 무역을 했던 왜의 상인들을 통해 들여왔다.

그 고추는 남만초라고 부르기도 하고 땡초라고 부르기도 한다. 그것을 후세의 사람들은 고추를 왜를 통해 임진란 때 들여왔다라고 알고 있는 것이다.

누군가에 의해서 의도적으로 왜곡되었을 수도 있고 혹은 학자들의 게으름으로 제대로 연구하지 않은 결과 일 수도 있다.

사실 이시기에 전래된 가장 중요한 농산물은 옥수수다. 옥수수는 명의 강남 지역에서 넘어오는데 그래서 강냉이 또는 강내미라고 부른다. 옥수수라는 말은 중국인들이 옥미라고 불러서 만들어진 말로 척박한 곳에서도 잘 자라기에 인종은 이 옥수수를 널리 보급하라고 특별히 지시했다.

더불어 종자확보를 위해 내수사에 일러 특별히 재차 명하고 수확량까지 일일이 확인해서 전국 팔도에 종자를 직접 내려 보내 논두렁이나 밭두렁 야산 등에 심게 했다.

강녕전에 내수사별좌 윤참이 들어 인종에게 그동안 내수사 전의 작황과 토지 정리 상황에 대해 보고했다.

"허면 이제 토지는 3,200결이 되는 것이고, 한 해 평년작으로 하면 쌀 3만 섬에 콩 1만 2천 섬 정도 되는 것인가?"

"그렇사옵니다."

"올해는 1천 결을 처분한 대금 중 일부라도 들어와야 할 터인데 가능하겠소?"

연초에 1천 결을 처분하라 했기에 윤참은 바쁘게 돌아다니며 땅을 팔았다. 그러나 땅이 팔렸다고 해서 그 대금이 한 번에 모두 회수되는 것은 아니다.

규모가 워낙 크기도 했고 땅값으로 은과 금 또는 쌀이나 포목을 받아야 하는데 판매 대상에 대지주나 사대부를 제외시키라 명해서 처분하기가 매우 힘들었다.

물론 일부는 자신의 일가와 삼자를 통해 직접 사 들이기는 했지만 여력이 안 되니 1할도 처분하지 못했다.

해서 인종이 특단의 조치를 내린 것이 농민들에게 팔되 그 대금을 3년에서 5년으로 나눠서 갚아도 좋다고 한 것이다.

여력이 조금 되는 자영농들이 앞다투어 사들였고 결국 다 팔 수 있었다.

"내수사전인 것을 알고 샀으니 차질은 없을 것이옵니다."

"그럼 그 문제는 되었고, 저수지와 수로 정비는 어찌 되어 가고 있소?"

"봄부터 소작인들을 동원하여 5일은 농사를 짓게 하고 3일은 저수지를 파게 하고 수로를 정비하도록 하고 있사옵니다. 장정 1인당 하루 품삯으로 백미 반말을 주고 있나이다."

반말이면 4kg로 매우 후하게 쳐 주는 품삯이다. 그렇게 해서라도 서둘러 공사를 마무리하려고 인종이 명한 것이다.

"계속하여 3년 안에 내수사전은 모두 이앙법을 정착시켜야 하오. 내수사전이 이앙법으로 수확량이 늘어야 조정 대신들에게 결과를 보여 주고 전국에 확대할 수 있으니 각별히 신경 쓰도록 하시오.”

“명심하겠나이다.”

인종은 내수사전 1천 결을 판 대금이 들어오면 그 자금으로 일종의 왕실 소유 광산 개발을 전문으로 하는 공기업을 만들 계획이다.

물론 참여를 원하는 상단들에게 지분과 생산되는 광물을 납품하기도 할 것이다. 그동안 되도록 외부에 알려지길 원하지 않아서 광산 개발을 본격적으로 하지 못했는데 이제는 그렇게 버틸 수 있는 단계를 넘어서 버렸다.

야인들과의 거래뿐만 아니라 화포와 보총의 대량생산과 자전차와 각종 공사 장비 등의 수요가 폭발적으로 증가해 버렸기 때문이다.

더불어 농기구가 부족해 나무를 깎아 곡괭이나 호미를 만들어 사용하는 백성이 있다는 보고를 받고서는 도저히 그냥 넘어갈 수가 없었다.

명에서 이를 알고 조공 품으로 은과 철 등을 원한다면 대신 소금과 인삼을 가져다주는 한이 있더라도 개발해야 할 것 같았다.

4.

대동화를 발행하다

인종 2년 9월 5일.

　어찌나 빨리 움직였는지 여송국 사신이 남국관에 들어왔다
는 목포만호 조세필의 상계가 올라왔다.
　그들은 배 13척을 끌고 왔는데 가지고온 품목은 쌀, 유황,
후추, 정향, 물소 뿔과 은 5만 냥과 금 3천 냥을 가져왔다.
　아직 준비가 약간은 부족했기에 일부는 관아에 숙소를 제공
토록 하고 김포에 연통을 넣어 급하게 그들이 원하는 품목들
을 배에 실어 목포로 가도록 했다.
　"그래, 오느라 고생하지는 않았소?"
　목포만호 조세필이 예조에서 파견 나와 있는 역관의 통역을
통해 질문을 했다. 여송국 말은 아니었고 명나라 말이었다. 여

송국 사신 또한 명나라 말로 대답했다.

"날씨만 좋다면 그리 먼 거리는 아닙니다. 이곳과 가까운 왜나 명 남부와는 오래전부터 통교를 해 왔기에 고생하지는 않았습니다. 한데 오다가 유구국을 들렀는데 그곳 국왕이 오래전부터 유구는 조선에 사대하는 관계로 친분이 두터운데 자신들을 부르지 않은 연유가 무엇인지, 혹여 한동안 사신을 보내 인사를 여쭙지 못한 것에 서운한 감정이 있는 것은 아닌가 하여 근심이 크셨사옵니다. 해서 본인에게 만약 그렇지 않다면 사신을 보내겠다는 말을 전해 달라 했습니다."

"그 문제는 장계를 올려 떠나기 전에 답을 드리겠소. 한데 명이나 왜와 거래했다고 하는데 그들과는 무엇을 교역했소?"

"명에서는 도자기와 비단, 차 등을 구입했습니다. 왜와는 거래라기보다는 그들이 은을 주고 주로 물소 뿔이나 후추 등의 향신료를 구입해 갔습니다."

이 당시 왜는 한참 은광을 개발해 은을 사용하기 시작했다. 왜가 은을 본격적으로 사용하기 시작하는 시점이 이시점인데 본래 왜는 은을 다룰 기술이 전혀 없었다. 그런데 중종 연간에(1533년) 조선의 은 세공 기술자가 회취법을 왜에 넘기는 바람에 왜인들이 은을 본격 적으로 생산하게 되었다. 그 후로 왜인들은 은을 가져다 면포와 쌀 등을 사가기 시작한 것인데 워낙 왜인들이 은을 많이 사용해서 조선에서는 은값이 폭락하기도 했다. 일전에 안심동당이 왜은 8만 낭을 가져

와 생떼를 부린 것은 모두 이런 과정의 일부였다. 이미 왜는
은광을 대대적으로 개발하여 각 지방 번에서 타국과의 무역
에 결제 수단으로 사용하기 시작한 것이다.

"그렇구려… 한데 아국은 사실 물소 뿔이 그리 필요하지 않
소. 차라리 다음에 올 때는 유황이나 쌀을 더 가져와 주시오.
아국 북방 지역은 매우 춥기에 쌀농사가 잘되지 않소. 하여 대
부분 목축업을 하는데 그들에게는 쌀이 귀하니 아국 주상 전
하께서 되도록 쌀을 대금으로 받으라 하셨소."

"그렇습니까? 저 또한 쌀을 많이 가져오고 싶었으나 쌀은
아시다시피 무게가 많이 나가서 조선국의 판옥선이라면 모를
까 아국 배로는 그리 많이 싣고 올 수가 없습니다. 만약 쌀이
필요하다면 원하는 만큼 구해 드릴 수는 있사오니 판옥선을
아국으로 보내 주시지요. 허면 얼마든지 구해 드리겠습니다."

여송의 사신은 딩딩하게 말했다. 그래 봐야 조선 사정으로
10여 척 정도 보내면 많이 보내는 것이라 여겼다.

지난번에 보았던 판옥선이 크고 좋기는 했으나 대월국 사신
말로는 이제 막 진수하기 시작했다고 하니 그 정도가 한계라
고 생각한 것이다.

"그렇소? 사실 판옥선은 아니지만 아국에 대맹선이라 하며
세곡을 운반하는 대형 함선이 있소. 자세한 것은 조정에 답을
구해야 하지만 공께서 쌀을 원하는 만큼 구해 주실 수 있다면
돌아가는 길에 아국의 대맹선을 이끌고 가서 실어 올 수도 있

으니 확실하다면 가는 길에 더 많은 물목을 싣고 가실 수도 있을 것이오."

"대맹선이요? 그건 판옥선보다 큽니까?"

"그렇진 않소. 보시면 아시겠지만 당신이 타고 온 배와 비슷합니다."

대맹선은 한 척당 약 50섬에서 60섬 정도의 쌀을 실을 수 있다. 대맹선은 약 80척이 넘게 있었는데 현재는 모두 세곡선으로 쓰이고 있었다.

그리고 중맹선이 있는데 그것은 약 40섬의 쌀을 실었는데 모두 195척이 있었다. 수군전함으로도 쓰이며 간혹 세곡선으로 차출되어 쓰이기도 하는 배였다.

조세필의 장계를 받은 인종은 고심을 했다. 전라 좌수사 소연의 보고로는 현재 판옥선이 모두 12척이 진수됐다고 한다.

인종의 전폭적인 지원으로 빠르게 판옥선을 만들고는 있으나 배라는 것이 하루 이틀 만에 만들어지는 것이 아닌지라 삼도수군에 모두 배치하려면 앞으로 수년은 더 건조를 해야 할 듯 보였다.

그나마 12척을 건조할 수 있었던 것도 삼도의 수영에 보관 중이던 목재가 있었기에 가능했다.

마음 같아서는 맹선 모두를 하루빨리 상선으로 돌리고 싶지만 현실적으로 그럴 수가 없었다. 지금은 잠잠하지만 왜구가 언제 또 몰려올지 알 수도 없으며 중국의 상선이 느닷없이 서

해로 들어올 수도 있기 때문이다.

그래도 인종은 결단을 내렸다. 대월국을 다녀온 판옥선과 새롭게 건조된 판옥선을 포함하여 15척의 판옥선과 대맹선 80척을 과감하게 여송국으로 보내기로 했다. 문제없이 항해를 끝내면 모두 95척에 이르는 배에 약 7천 섬에 이르는 쌀을 싣고 오는 것뿐만 아니라 새롭게 건조된 배를 수군들이 직접 타고 원양항해를 경험하는 것으로 훈련에도 많은 도움이 될 터였다.

더구나 여송국 상인들이 길잡이 역할을 하는 것이니 이보다 더 좋은 기회는 없는 것이다.

조선 건국 이후 최초로 대 함대를 이끌고 먼 바다를 나가는 역사적인 사건으로 기록될 것이다.

결정을 내린 인종은 바로 전라좌 수군절도사 소연에게 교지를 내렸다. 내용은 대맹선 80척과 판옥선 15척을 이끌고 여송국에 다녀오라는 내용으로 간략하게나마 여송국 내정을 설명해 넣었다.

여송국은 무려 7천 여 개의 섬으로 만들어진 곳으로 여송국이라 부르지만 실제로는 통일왕조가 없으며 큰 섬을 중심으로 여러 부족이 자치를 하고 지난 신사년(1521년) 색목국의 배가 들어와 처음으로 서양에 알려지기 시작했다.

또한 말레이나 명의 상인들도 드나드는 곳으로 각별히 충돌을 주의할 것이며 피치 못할 사정으로 충돌을 할 경우에는 중

거가 남지 않게 완벽하게 처리해야 한다는 내용이었다.

더불어 판옥선에는 필히 훈련된 병사들로 하여금 화포를 운용케 하며 화포의 사거리가 타국에비에 길고 강력하니 근접전은 피하고 원거리 공격으로 피해 없이 상대하라 이르고 군기시에서 50정의 보총을 내려 보낼 테니 바다에 나가기 전에 병사들로 하여금 충분히 훈련케 하여 실전에서 당황하는 일이 없도록 하라고 명했다.

더불어 도착한 곳 말고도 주변을 살펴 정세를 파악하고 향후 수시로 조선의 무역선이 드나들 수 있으니 회유하여 친 조선으로 돌아설 수 있는 부족을 살피라 명했다.

친 조선으로 끌어들일 부족이 있다면 일정이 다소 늦더라도 머물며 거점을 확실히 다지고 순차적으로 함대를 나눠서 회군시키고 돌아올 때에도 부장과 일부 병사를 남겨 그곳을 방어케 하고 남아서 항만 시설을 건설하고 조선의 무역상들이 차후 들어갈 때 머물 수 있는 진을 설치하라 명했다.

사실 여송국은 1521년 스페인의 마젤란이 도착해 후에 1565년 스페인의 식민정책이 시작된다. 이미 인도네시아나 말레이시아 명의 화교 상인들이 일부분 정착하여 사는 필리핀은 스페인이 필리핀의 중앙에 위치한 세부를 시작으로 무력과 종교로 앞세워 식민지화하면서 결국 1571년에는 완전히 스페인의 식민지가 되어 버린다.

그 후로 여러 부족이 추장을 앞세워 독립운동을 펼치지만 번번이 실패한다. 이런 식민지상황은 2차 대전이 끝날 때까지 지속된다.

그러데 스페인이 본격적으로 진출하기 시작하는 1565년보다 20년 전인 현재 인종의 명에 의해 소연이 필리핀으로 진출하게 되면서 또다시 역사가 크게 변화될 전망이었다.

인종 2년 9월 15일.

홀라온의 구역인 솔빈에 다시 500여 명의 농민들을 들여보냈다. 이번에는 처음과는 달리 200여 명의 병사들을 농민으로 위장하여 들어보냈다.

먼저 들어간 농민들과 부녀자들의 안전이 걱정되기도 했으며 만약을 위해 취한 조치였다.

"새로 들어온 농민들은 일을 살하게 생겼습니다."

봉성군은 처음 들어온 농민들의 정착이 어느 정도 완료되자 병사 1천과 그들을 관리할 사람으로 병마사 이수형을 임명하고 되돌아갔다.

이수형은 직접 새로 들어온 농민들이 농지를 분배받는 현장에 나와 있었다. 옆에는 만도리의 수하 장수 중 하나인 김나벌이 동행하고 있었다.

"아무래도 내년에 파종을 시작하려면 건장한 청년이 많이 필요할 터이니 일부러 젊은 장정 위주로 보낸 것 아니겠습니까?"

"그럴 수도 있겠습니다. 한데 이곳에서 쌀농사를 지을 수가 있겠습니까?"

"소출은 적더라도 가능할 듯 보입니다."

오랫동안 버려졌던 땅이라 다시 개간하여 농토로 바꾸려면 많은 힘이 들겠지만 기온이나 수량 등은 충분히 농사를 지을 만했다.

"예전 기록을 보면 이곳에서는 콩이 잘된다고 합니다. 그러고 보니 건주 쪽에서는 명 남부에서 들여온 옥미(옥수수)를 많이 심는다고 하던데 그것은 어떻습니까?"

김나벌은 여진인 같지 않게 조선 쪽 사람들에게 매우 호의적이었다. 성씨에서 알 수 있듯이 그의 조상이 신라가 망할 때 건너온 조선인이기 때문이다.

물론 그것만은 아니고 근자에 조선의 전폭적인 지원으로 홀라온 부족이 많이 강성해졌기 때문이기도 하다.

김나벌은 홀라온과 조선이 가깝게 지낼수록 자신들에게 이득이라는 사실을 피부로 느끼고 있었다. 확실히 유목민보다는 농경민들이 부를 쌓기에 좋고 문화가 발전한다는 사실을 절실히 느끼는 김나벌이었다.

"그렇지 않아도 강냉이가 척박한 땅에서 잘 자란다는 사실을 주상 전하께서 아시고 많이 심도록 장려한다고 합니다. 아직 이곳에서는 그 씨앗을 구하지 못해서 어떨지 모르겠습니다.

혹여 건주 쪽에 연줄이 닿는다면 씨앗을 좀 구해 주실 수 있겠습니까?"

"알아보겠습니다. 한데 그 초당이라는 곳은 무엇을 하는 곳입니까?"

"아, 초당은 어린아이들에게 정음과 산술, 역사 등을 가르치는 곳입니다. 살아 가는데 꼭 필요한 기본적인 것을 가르치는 것이지요."

인종은 전국 팔도에 향교를 중심으로 초당을 운영토록 했다. 하루에 2, 3시간 보름이면 끝나는 아주 간단한 정음 교육과 다시 보름이면 교육이 끝나는 산술 즉 사칙연산과 정음만 알면 누구나 읽을 수 있게 쉽게 풀어 쓴 역사책을 편찬하여 나눠 주고 공부시키게 했다. 인종은 전 백성을 모두 읽고 쓰고 계산할 수 있게 하라고 명했다.

이것은 향교를 운영하는 지방 교수와 훈도에게 의무적으로 시킨 것으로 만약 향교가 속한지역의 8세 이상의 아이가 정음을 읽을 수 없고 사칙연산을 하지 못하고 고조선부터 조선에 이르기까지 국가건립시기와 각 국가별 건국왕의 행적을 알지 못하는 경우에는 그가 속한 향교의 교수와 훈도들은 모두 크게 문초하리라 공포하였다.

이때의 향교는 각 부, 목, 군, 현 등에 모두 존재하는 명실공히 지방의 국공립 교육기관으로 자리를 확고히 잡은 상태이기 때문에 별도로 초당을 짓는다거나 교사를 양성할 필요 없이 그들을 양인들의 초등교육을 시키는 업무만 늘리면 되는 일이었다.

물론 기존의 향교 업무인 유교 경전의 교육은 양인들에게 의무적으로 시키지 않아도 되었다. 이런 인종의 조치는 별다른 거부도 반발도 없이 이루어졌다.

가르치라는 것이 너무도 간단한 한글이었고, 기본적인 산술이었다. 역사책이라고 해도 몇몇 건국왕의 일대기와 국가들의 건국 시기 정도를 가르치는 것이었기 때문에 빠른 사람은 보름이면 모두 떼고 느려도 한 달이면 모두 배울 수 있기 때문이다. 그것도 하루에 2, 3시간이면 충분했다.

이런 인종의 정책에 따라 솔빈에서도 초당이라 불리는 향교가 들어서게 되었다. 현재 여진인 들은 한자도 사용했지만 대부분 원나라 시절부터 쓰게 된 파스파 문자를 쓰기도 했다.

그런데 이 파스파 문자는 소리 글자이긴 하지만 빠르게 쓰기가 너무 불편했다. 더불어 원 제국도 멸망한 상태라 그 사용하는 이들이 점점 줄어들고 대부분 다시 한자를 사용하기 시작했다.

"그렇습니까? 우리 여진도 우리만의 글자가 있었으면 좋겠습니다. 그런데 그 정음은 배우는데 얼마나 걸립니까?"

"정음은 성인들이라면 반나절이면 배웁니다. 아주 쉽죠. 소리 나는 대로 쓰기만 하면 되니 그래서 여인네들이나 평민들이 주로 사용합니다."

"허면 우리 여진인 들의 말도 그대로 옮겨 적을 수 있습니까?"

"당연히 됩니다. 배워 보시렵니까?"

김나벌은 이수형에게 그 자리에서 정음을 배운다. 그리고 반나절 만에 떠듬떠듬 자신이 쓰고자 하는 말들을 쓸 수 있게 된다.

너무도 신기한 김나벌은 이 글자를 여진인 들이 사용하면 매우 이로울 것이라 판단하고 초당에 새롭게 부임한 교수와 훈도에게 여진 아이들에게도 가르쳐 달라는 부탁을 하게 된다.

9월 중순이 넘어가자 북쪽으로 올라갔던 여진인들이 순록이며 말, 양들을 이끌고 홍개호 쪽으로 내려오기 시작했다. 겨울을 나기 위해 내려오는 것이다.

일부는 솔빈부에 도착해 변해가는 홀라온 부족의 수도를 보자 아연실색했다. 생전 처음 보는 양식의 주택들과 창고마다 가득 차 있는 소금들 그리고 개간을 시작한 땅들에는 조선 사람들이 보였다.

거기에 추장이 거주하는 장원 앞에는 몇 개의 점포가 들어서 있었다. 생전 처음 보는 유리그릇과 경대, 손거울, 안경과 천리경이라는 물건은 너무도 신기했다.

유리구슬은 아름답기 그지없었으며 구하기 힘든 조선의 한지와 그보다는 질이 낮지만 저렴한 종이도 팔리고 있었다.

도자기와 비누에 소금까지 비록 점포수가 많지는 않았지만 흘라온 부족민들뿐만 아니라 남쪽 지역에 거주하는 착화와 파아손 부족의 야인여진인들까지 드나들고 있었다.

그와 더불어 솔빈 지역에서는 그동안 볼 수 없었던 술과 밥을 팔고 잠자리까지 제공하는 객관까지 들어서 있었다.

"이거 도읍이 들어섰네?"

"그러게 말일세, 언제 이리 바뀌었지? 이거 원 장원을 보고 이곳이 우리 부족 땅인 것을 알았지 아니면 잘못 온 것으로 알았을 거네."

"그런데 저 손거울은 얼마나 한다든가?"

"좀 처지는 말 한 마리는 줘야 산다네."

"허면 경대는?"

"그건 많이 비싸더군, 말 두 마리는 줘야 하네."

"이런… 어쩐지 아름답다 했네. 진주는 안 받아 주려나?"

"진주 구했나?"

"작년에 파아손 쪽에서 진주 채취하는 이들에게 순록 세 마리를 주고 좀 구했는데… 이건 안 받아 주려나?"

"한 번 말은 해 보게, 자네 딸 주려고 그러나?"

점포에서 조금 떨어진 곳에서 두 중년 사내가 대화를 나누고 있었다. 이런 대화는 겨울이 가까워 올수록 늘어날 것 같았다.

무엇보다 북쪽 지역에서 내려오는 이들에게 가장 좋은 소식은 소금을 구하기 쉬워졌다는 것이다. 소금은 이들에게 정말 절실한 품목이었다.

9월말이 되자 일차로 덩이쇠 즉 철괴가 홀라온 부족에게 전해졌다. 그중 일부는 해서여진의 예허부에게로 전해졌고, 나머지는 홀라온이 사용했는데 덕분에 홀라온 전사들은 더욱 많은 화살을 보유하게 되었다. 만도리는 봉성군이 전해 준 소금 중 일부는 예허부에 넘기고 나머지 소금 중 일부를 건주로 직접 가져가 식량과 면포 옥수수 종자와 콩 등을 사들였다.

이시기 건주여진에 속한 대부분의 여진족들은 농경민으로 정착 생활을 했기 때문에 타 부족에 비해서 넉넉하게 생활하는 편이었고 귀하다는 산삼과 약초들을 채취해 명과 조선 양쪽과 거래를 해서 나름 안정적인 생활을 유지했다.

덕분이 인구가 늘어나면서 조선 국경을 넘어 들어가 징착하기도하고 분란을 만들기도 하는 등 매우 활발한 활동을 보여준다.

그런 건주여진이었지만 그들에게도 소금은 귀했다. 건주여진은 바다와 접하지 않아서 명이나 조선에서 소금을 들여오지 않으면 살 수 없는 상황이기도 했다.

봉성군은 일부러 건주 쪽과의 소금 교역을 일절 금했다. 덕분에 건주에서 연일 봉성군에게 사신을 보내기도 했고 안 되겠는지 비싼 대금에도 불구하고 밀무역을 하거나 요동에서 비싼 값을 치르고 소금을 구해 가기도 했다.

덕분에 홀라온의 만도리는 비싼 가격으로 소금을 팔 수 있었고 많은 이문을 보게 되었다.

그런 상황은 해서여진의 예허부도 마찬가지였다. 그들은 홀라온을 통해 전해 받은 소금을 힘이 약한 중소 부족에게 주는 대신에 예허부에 종속 되게 하는 방법을 사용하기 시작했다.

그 결과 2, 3천 명 규모의 소규모 부족들이 예허부에 들어오기 시작하자 요동 총독이 견제에 나서기 시작했다.

하다 부족에 저렴하게 소금을 넘겨주자 하다 부족이 나서서 예허부에 들어간 부족이 다시 하다 부족으로 돌아서는 등 복잡하게 상황이 전개되기 시작했다.

두 부족 간에 갈등이 생기기 시작한 것이다. 이런 실상은 마치 조선과 명이 대리자를 내세워 싸우는 모습과 흡사하여 매우 흥미진진하게 전개되고 있었다.

예허부가 해서여진을 통일하게 되면 조선의 승리가 되는 것이고 하다 부족이 승리하게 되면 명이 승리하게 되는 동북아 역사 변화의 핵으로 부상하고 있었다.

인종 2년 10월 3일 1번째 기사.

예조 판서 윤개가 황해도 구월산 삼성묘의 위판을 개조할 것을 청하다

예조 판서 윤개가 임금에게 아뢰기를,

"황해도 구월산(九月山) 삼성묘(三聖廟)의 위판(位版)의 흙으로 만든 것이 많이 훼손되었으니, 마땅히 개조(改造)해야 합니다."

하니, 임금이 대사헌 김언거를 불러 삼성(三聖)의 고적(故蹟)을 물으매, 김언거가 말하기를,

"삼성은 곧 환인(桓因)·환웅(桓雄)·단군(檀君)이며, 역사에서 말하는 바 아사달산(阿斯達山)은 곧 지금의 구월산입니다."

하고, 그 고사(故事)를 심히 상세하게 아뢰었다. 임금이 말하기를,

"그렇다면 환웅은 곧 단군의 아버지이고 환인은 곧 단군의 할아버지이다."

하였다. 이에 김언거가 말하기를,

"고구려 동명왕(東明王)이 개국한 것이 을유년이었고, 지금 또 삼성묘의 일이 있으니, 마땅히 치제(致祭)하는 거조가 있어야 합니다."

하니, 임금이 말하기를,

"올해를 넘길 수는 없다."

하였다. 이어서 동명왕묘(東明王廟)의 제문(祭文)을 몸소 짓고, 향축(香祝)을 보내며, 삼성묘의 토판(土版)을 나무 독(櫝)으로 만들어 덮으라 하고는 독제(櫝制)를 몸소 그려서 예조 참

의 김익수를 특별히 보내어 덮도록 하였다.

　조선에는 국가에서 특별히 관리하는 제사가 셋 있는데 대사(大祀), 중사(中祀), 소사(小祀)이다.

　대사는 종묘(宗廟), 영녕전(永寧殿), 사직(社稷)의 제사이고 중사(中祀)는 풍운뇌우(風雲雷雨)와 악독해(嶽瀆海), 선농(先農), 선잠(先蠶), 우사(雩祀)와 문선왕(文宣王:공자), 단군·기자·고려 시조의 제사이다. 마지막으로 소사는 마조제(馬祖祭)·마사제(馬社祭)·마보제(馬步祭)·명산대천(名山大川)에 대한 제사인데 대사는 국가를 건국하고 이끈 임금들을 제사 지내는 것이니 당연한 것이고 중사는 국가의 정통성을 세우고 역사를 후대에 전하는 의미로 뿌리를 알리기 위한 제사이다.

　그중 삼성이라 하여 환인, 환웅, 단군을 모시며 단군께서 아사달산 즉 구월산에서 신선이 되었다 하여 그곳에 삼성묘를 만들고 매년 제사를 지낸다.

　그런데 이 삼성묘 즉, 삼성단은 구월산에만 있는 것이 아니라 전국 각지의 명산과 고대국가의 수도뿐만 아니라 절간에도 있으며 마을 동내 어귀에도 있다.

　조선뿐만 아니라 여진과 몽골 등 동북아에서 살아가는 모든 사람들은 천손이라 하여 하늘에서 내려온 민족임을 자처했다.

　그것은 그들이 저 사백력(시베리아) 평원에서부터 요하(홍산)로 내려와 터를 잡으면서 부터 만들어진 일종의 신앙이었고 역사였다.

돌이켜 곳곳의 설화와 개국 신화를 살펴보면 부여, 몽골의 원, 고구려와 후일 청국까지 모두 고조선의 건국신화와 맥을 같이하며 매우 유사하다. 모두 천손임을 강조하는 설화인 것이다.

이것은 몽골과 만주 조선에 이르는 이 땅의 모든 이들이 단군을 조상으로 두고 있기 때문이다.

단군은 천손으로 하늘사람과 땅의 백성이 만나 태어난 존재이다. 즉 저 위 사백력 평원에서 내려와 만주 땅의 사람들과 하나가 되어 새로운 강성한 문화를 꽃피웠음을 의미한다.

인종은 특별히 예조판서에게 명하여 전국에 있는 삼성단의 실태를 조사하라 했다. 조사가 끝나자 오랫동안 살피지 않아 부서지고 깨어진 곳을 수리하게 하고 인근 현령들에게 봄가을로 제향하고 국조의 사당으로서 보살피라 명하였다.

인종2년 10월 9일.

인종이 대동청에 나아갔다. 왜와 여송, 대월 등에서 들여온 은과 금을 녹여 대동전을 만들었다.

그 양이 은은 모두 80만 량 금은 15만 량이었다. 무게로 따지면 은은 30톤 금은 5.6톤에 달했다. 그런데 금은 모두 1만

량만 금화로 만들고 14만 량은 그대로 대동청 지하에 마련된 지하 금고에 보관하게 했다.

대신 금을 대신할 태환화폐인 지전을 발행했다. 종이 화폐인 지전은 일종의 금 보관 증서였다. 언제라도 대동청에 가서 지전화폐를 주면 거기에 적혀 있는 무게만큼의 금을 내어 주게 되었다.

이 지전화폐는 인종이 특별히 질기게 만든 종이에 찍어낼 도안을 그려서 내려 준 것이다. 발행 할 때마다 일련번호와 함께 국새 즉 국가의 도장이 무려 세 곳에 찍히게 만들었다. 그래서 이 지전을 위조하거나 일부러 훼손하게 되면 임금을 능멸한 죄와 국가 경제를 위태롭게 한 죄로 본인은 극형을 받게 되고 가족들은 3대가 천인이 되는 중한 벌을 받게 된다. 동으로 1원과 5원을 만들게 했다.

그런데 그것은 가장 낮은 단위로 1원은 콩 한 되를 살 수 있으며 3원으로 쌀 한 되를 살 수 있다.

1원 밑으로 1전 5전이라는 단위가 있지만 화폐를 발행하지 않았다. 반올림 반 내림 등으로 계산하게하고 1원을 가장 낮은 거래 수단으로 기준을 잡은 것이다. 달걀 한 알의 값어치가 대략 2전 정도하며 다섯 알에 1원으로 거래하게 한 것이다.

10원은 은화의 가장 작은 단위로 한 돈도 안 되는 무게였다. 한 돈이 3.75g이니 10원은 약 2g정도하는 무게로 중앙에 구멍이 뚫려 있고 테두리에 조선국 10원 이라는 글자가 양면에 새겨져 있을 뿐이다.

10원은 콩 한 말의 가치가 있었다. 쌀은 대략 30원 정도를 한 말을 살 수 있었으며 쌀 한말은 8kg으로 한 가마는 80kg으로 300원 정도이다.

그러니 쌀 10섬은 3천 원으로 금화의 기본 단위인 1천 원을 세장 줘야 살 수 있다. 금화의 기본 단위인 1천 원은 금 2g 정도로 은 10원과 같은 무게였다. 그러나 부피는 작았다.

금이 은보다 무겁기 때문이다.

말 그대로 금을 가장 적게 세공한 크기 정도로 보면 된다. 기존의 금 2돈이 3천원이 되는 것이다.

발행하는 화폐 중 가장 큰 단위인 1만원은 쌀 33섬을 살 수 있는 큰돈으로 무게로 치면 20g에 기존의 개념으로 보자면 금 5돈 반 정도가 만원이었다.

보유한 금만을 따지면 약 28억 원 정도를 발행할 수 있으며 은은 모두 80만 냥으로 30톤에 이르니 3억 원 정도를 발행할 수 있다.

그렇게 해서 모두 31억 원 발행하고 가장 낮은 화폐인 1원과 5원은 기존의 동으로 만든 주화들이 회수 되는대로 계속하여 발행하기로 했다.

인종의 계획으로 일 년에 동화 1억 원 은화 5억 원 금화 10억 원 정도를 10년 정도는 꾸준히 발행해야 비로소 화폐 경제가 안정적으로 돌아가리라는 생각을 했다.

그 뒤로도 매년 일정 금액을 발행해야 하며 대동청을 통해 입출금과 대출, 납세, 금리 통제를 국가에서 관리하게 되면 현물 화폐는 사라질 것이라 예상했다.

물론 이런 일들은 하루 이틀 만에 모두 완성되는 것은 아니고 오랜 시간 동안 노력을 기울여야 한다.

"이 돈은 일견 그 양이 매우 크게 보일 수 있으나 아국 백성의 수와 거래 상황을 보면 매우 적은금액 이며 한양과 경기 일대나 간신히 퍼트릴 수 있는 금액밖에 아니 되니 대동청과 호조는 기존의 주화를 거두어들이는 대로 즉시 주전소로 보내어 1원과 5원 동화 주조에 최선을 다하도록 하시오. 이번 달부터는 일전에 명한 대로 조정에서 일하는 모든 관속들에게 신화폐인 대동화를 지급할 것이니 조정 대신에서부터 잡직에 있는 모든 이들은 현물 거래를 금하고 대동화를 사용토록 하시오."

"명심하겠나이다."

따라온 대신들이 허리를 숙여 대답하자 인종은 대동청장을 불러 조선 최초로 통장을 만들었다.

그 자리에서 인종은 무려 금 2만 량, 은 3만 량을 입금했다. 돈으로는 3억 8천만 원에 달했다.

그 뒤를 이어 호판과 형판 의법부 수상 유관, 국무총리 신광한 국방총리 홍섬 등이 통장을 만들고 자신들이 가진 금과 은을 입금했다.

향후 당하관 이상의 모든 대신들은 대동청의 통장으로 녹봉

을 지급할 것이라 명했기에 만들기 싫어도 통장을 만들어야
했다.

인종 2년 10월 11일.

강녕전에 공조판서 이추가 들어와 있었다. 대동청이 본격적
으로 대동화를 발행하며 화폐개혁이 시작되자 대동화를 백성
들에게 퍼지게 해야 했다.

물론 조정에서 사용하는 모든 대금을 대동화로 결재하게 하
지만 그렇게 해서는 일반 백성들에게 퍼트리기가 쉽지 않았다.

주로 조정을 상대하는 상단이나 대지주 등에게 나가는 대동
화는 은화와 금화의 가치가 시간이 지나도 그대로 유지하기
때문에 집안에 쌓아 놓고 쓰지 않을 가능성이 많았다. 그들의
문제는 대동청을 통해 일부 해결하도록 하고 우선 일반 백성
들이 사용하게 하기 위해서는 대공사가 필수였다.

"공판도 아시다시피 대동청에서 기존 화폐와 신 화폐를 교
환해 준다고 해도 화폐를 교환해 간 이들이 금고 안에 그 돈을
그대로 넣어 두고 쓰지 않으면 일반 백성들은 그 돈을 구경도
못하게 됩니다. 돈이란 돌고 돌아야 하는 피와 같은 것으로 한
곳에 멈춰 있으면 몸을 상하게 하듯이 국가경제를 마비시키고
맙니다. 하니 이번에 주교서와 주도서를 만들어 전국 팔도에
있는 강과 다리를 만들고 한양을 중심으로 위로는 개성까지

남으로는 김포와 이천까지 대로를 건설하세요."

"알겠사옵니다. 허면 인부들의 급여는 모두 대동화를 주옵
니까?"

"당연한 것입니다. 제일 낮은 잡직 인부의 하루 일당은 30
원입니다. 30원이면 쌀 한 말을 살 수 있으니 결코 적은 액수
가 아니며 더 큰 단위의 돈도 사용할 줄 알아야 하니 급여는
보름에 한 번씩 일한 날짜 수를 확인하여 정산토록 하고 전라
도는 전주와 광주를 잇는 대로를 경상도는 부산과 대구를 잇
는 공사를 평안도는 평양을 중심으로 남으로는 남포 북으로는
갑산과 명으로 가는 길목인 신의주방면의 공사를 하도록 하고
이것은 각목사와 관찰사에게 일러 은밀히 시행하도록 명할 내
용인즉 평양에서 신의주와 갑산방면 대로 공사에는 여진인 들
도 원하면 참여시키도록 하세요."

"여진인 들을 말이옵니까?"

"그렇소. 더하여 그들 중 조선에서 살고자 하는 이들은 호
패를 발급해 주라 하세요."

"알겠사옵니다."

어차피 명에서야 여진인 들이 조선에 들어와 살든 왜로 건
너가든 신경도 쓰지 않는다. 만주 땅에서 사라져 주면 오히려
반기면 반겼지 막을 이유가 없는 것이다.

말로는 만주가 자신들의 땅이라 하지만 그것은 어디까지나
말뿐이고 현지를 통치하는 것이 여진족 부족장들이니 알아도

신경 쓰지 않을 것이 당연했다.

"주교서에서 제일 먼저 할 일은 한강 다리 건설인데 한강은 수심이 깊고 폭이 넓어 인력으로 돌다리나 나무다리를 놓기 힘들 것이오. 하여 과인이 고심하여 방법을 찾았는데 그것은 배다리를 놓는 것이오. 배를 묶어 연결하고 그 위에 나무판자를 올리면 한 번에 수십에서 수백 명이 지나가도 버틸 수 있는 다리가 되지 않겠소?"

공판은 인종이 내놓은 기상천외한 방법을 머릿속으로 그려 봤다. 분명 가능성이 있어 보였다.

"충분히 가능하옵니다. 하나 한강을 연결하려면 수십 척의 배가 필요하옵니다. 더구나 비가 많이 와서 수위가 높아지고 풍랑이 일면 훼손될 염려가 있사옵니다. 이는 어찌합니까?"

"배는 소맹선을 쓰면 될 것이오. 판옥선으로 대체되는 상황이니 소맹선 수십 척을 빼서 연결하면 충분할 것이오. 본래 세곡선으로도 이용되었으니 그 튼튼함이 더욱 알맞지 않겠소? 장마철 비가 많이 와서 수위가 높아지기 전에 분리하여 뭍으로 올려 놓았다가 장마철이 끝날 때 다시 설치하면 되는 것 아니오?"

"허면 수시로 다리를 설치하고 철거하는 것을 반복해야 하니 수고로움이 이루 말할 수 없을 것이옵니다."

"어허! 공판, 그 정도 수고로움이야 다리가 완성된 뒤 백성들이 편하게 다리를 건너는 것에 비하면 충분히 감내할 수 있는 것 아니겠소? 그리고 한강을 건널 때 뱃삯을 내지 않소? 다리를 완성한 뒤 적정한 수준의 통행료를 받아 다리를 유지 보수하는 비용으로 쓴다면 재정을 계속 사용하지 않아도 유지가 될 것이오. 아니 그렇소?"

"그렇사옵니다. 허면 즉시 배다리를 설계하도록 하고 계획을 잡아 보겠나이다."

원 역사에서 정조가 만들게 되는 배다리가 이때 만들어지게 되고 그로 인해 기존의 물동량보다 훨씬 많은 수의 사람과 물량이 한양에 들어오고 나가게 된다. 물론 그와 함께 전국각지에서 대로 건설을 시작하여 전국 팔도를 이어 주는 대로가 완성된 뒤에는 조선의 경제규모가 더욱 커질 것이 자명했다.

인종 2년 10월 20일.

날씨가 점점 쌀쌀해지고 있었다. 인종이 죽었다 살아 난 뒤 조선은 천지개벽이라 할 만큼 많이 바뀌어 가고 있었지만 그것은 큰 역사 흐름에서 보면 정말 작은 변화 일 수도 있었다.

김포에서 생산되는 각종 상품들은 보부상들을 통해 전국 팔도에 팔려 나갔고 함경도와 충청도 전라도 일부 광산에서 채굴되는 철과 금, 은 등으로 인해 농기구가 더욱 많이 농민들에게 보급되었다.

전국에 있는 향교에서 정음과 산술, 역사를 배운 사람들은 매월 두 번씩 발행되는 조선신보를 통해 나라가 어찌 돌아가는지 알게 되었고 더불어 집현전에서 매월 출간하는 책들은 한 번에 수천 권씩 찍어 냈지만 그 수요를 감당하지 못해 지방에서는 필사를 통해 유통되기도 했다.

초지기 덕분에 질은 낮지만 매우 저렴한 종이로 인해 일반 백성들의 종이 이용이 많아졌다. 소금 값이 떨어지면서 각종 젓갈들과 염장한 생선들을 내륙 지방 사람들이 먹기 시작했고 덕분인지 쌀의 소모가 조금은 줄은 듯 보였다.

반찬 가지 수가 늘었으니 그만큼 쌀의 소모가 줄어든 것이다. 소금과 덩이쇠, 유리 제품판매로 해서의 예허부와 야인여진의 홀라온에서 말들이 들어오면서 말 값이 떨어져 무과를 준비하는 양인들이 늘어나기도 했다.

가장 큰 변화라면 군기시가 염초 밭을 이용해 염초의 대량 생산으로 화약의 양과 증가와 보총의 생산으로 그동안 활로 잡던 호랑이를 보총으로 잡기 시작했다는 것이다.

조선 중반에 유명했던 착호 군이 보총의 개발로 일찍 만들어져 활동을 시작했다. 원 역사에서 착호군이 호랑이를 잘 잡아 유명세를 타고 직위가 높아져 백성들에게 횡포를 부린 것을 알고 있는 인종은 착호군의 활동을 엄격히 규제했다.

호랑이나 멧돼지 사냥에 양민들을 동원하지 못하게 한 것이다. 처음 출발을 20명으로 시작한 착호군은 사냥을 시작한지 3달 만에 경기도에서만 3마리의 호랑이를 잡아들였다. 다시

10명을 추가해 30명이 된 착호군은 호랑이가 자주 나타난다
는 지리산으로 원정을 나가 있는 상태였다.

10월이 되면서 시암, 참파, 대월 등에서 배가 들어와 무려 3
천 석 가까운 안남미가 한양에 들어왔다. 인종은 그것을 모두
한양의 각 객사나 주막 등에 팔도록 했는데 그 가격이 백미의
반값이었다.

쌀의 종류가 달라 밥을 해서 팔지 못하고 수라간 나인들을
통해 쌀국수를 만드는 법을 배워 파니 백성들은 그것을 월 국
시라고 불렀다. 인기가 좋아 점심 때 그것을 먹기 위해 줄을
서서 기다리는 일이 벌어졌다.

"모두 기록했느냐?"

"했나이다."

기사관 윤결은 인종이 불러 준 내용을 적고는 검사를 받고
있었다. 인종은 자신을 욕하는 내용에 대해서는 신경 쓰지 않
았으나 주변국 상황, 사신들의 왕래, 신기술 등에 대해서 특히
음식 문화에 대한 내용과 백성들의 일상생활, 무역 내역 등에
대해서 만큼은 철저히 세밀하게 적으라고 명을 내리고 간혹
직접적으로 적었는지 안 적었는지 내용 확인까지 했다.

더불어 간혹 황당한 것까지 주문했는데 간혹 지방에서 올라
오는 장계 중에 기묘하거나 신기한 사건들은 특별히 세세히
기록하도록 명했다.

후손들이 이것을 팔아 먹고사는데 도움이 된다는 말도 안

되는 소리였지만 군왕이 명했으니 안 할 도리가 없는 윤결이
었다.

지난 실록을 보면 대략 하루에 적는 내용이 길어 봐야 서너
장에 불과했지만 근자에 들어서는 하루에 수십 장 분량을 적
을 때도 있었다.

더불어 매월 두 번씩 발행하는 신보와 조정 내에서만 발행
되는 조보 등도 모두 철저히 분류하여 보관하라 이르고 과거
에 기록되어 폐기되기를 기다리는 선대 왕들의 낙서 하나까지
도 만들어진 날짜와 작성한 장소 등을 기록하여 보관하도록
했다. 덕분에 사관들과 승지들은 매일 야근을 해야 했다.

인종 2년 10월 27일.

이 시기 명나라는 매년 한 차례 이상을 북원의 진당인 몽골
의 전사들에게 침략을 받았다. 그중 가장 강성한 자는 현재의
내몽골 지역에 위치한 오르도스 지역에 분봉된 북원의 33대
대칸(황제) 바르스 볼트 저넌 칸의 아들 알탄 칸이었다.

알탄 칸은 현 북원의 대칸인 보디 알라크 칸과 사촌 형제로
아버지가 2년간 대칸에 머물기는 했지만 할아버지인 몽골의
위대한 군주로 불리는 32대 대칸 다얀 칸이 직접 지명한 알라
크 칸에게 대칸 자리를 넘겨주고 그 해 죽었다.

그 후 알탄 칸은 오도로스 지역에 자신만의 왕국을 세우고

칸의 자리에 올라 명의 국경을 수시로 넘나들며 명을 위협했다.

"겨울이 되기 전에 만리장성을 한 번 더 넘어야 하지 않겠습니까?"

"병력이 충원되지 않았더냐?"

부하 장수의 물음에 알탄 칸은 명의 국경방어군 상황을 물었다.

"전혀 변화가 없습니다. 주후총(朱厚熜)이 국사에 전혀 신경을 안 쓰는 것 같습니다."

"황제라는 놈이 국사는 뒷전이고 명약 만든다며 골방에 처박혀 있으니… 어쨌든 우리에게는 고토를 회복할 기회가 될 것이다."

대원 제국의 황족으로서 중원은 수복해야 할 땅이었고 후손들에게 되찾아 물려줘야 할 땅이었다.

"출정 준비를 하라!"

"네! 칸"

알탄 칸의 출정으로 명의 국경은 또 한 번 아비규환이 될 것이다. 이번 원정으로 알탄 칸은 더욱 세력을 키우고 주변 부족을 복속시키며 명의 군사력을 약화시킬 것이다.

사실 알탄 칸이 이렇게 마음대로 명의 국경을 휘젓는 것은 북경에 있는 명의 황제 주후총의 실정도 한몫했지만 더 큰이유가 있었다.

그것은 남 왜라 불리는 명 남부 해안가의 왜구 덕을 본 것도 있다. 이시기 명은 북로 남 왜라고 하여 북으로는 몽골 부족들의 연인은 침입과 남으로는 왜구들의 노략질이 극에 달하는 시기였다.

남의 왜구 문제는 비단 왜구뿐만 아니라 밀 무역을 하는 명의 상인들이 왜구들과 손을 잡았기 때문에 더욱 문제였다. 외부의 적뿐만 아니라 내부의 적 때문에 명은 더욱 곪아 가고 있는 것이다.

"대도의 소식은 없느냐?"

병사들이 출정 준비가 끝나자 혹시라도 후방의 대칸이 움직일지도 몰라 물어보는 알탄 칸이었다.

자신의 아버지가 대칸의 지위에서 내려온 것은 힘에 밀렸기 때문이다. 근자에 자신이 여러 부족 세력을 규합하여 명까지 넘보는 힘을 길렀다지만 방심하면 언제라도 자신의 사촌인 대칸 알라크에게 공격받을 수 있다.

그들은 명목상으로는 신하와 군주 관계였지만 현실은 경쟁 관계인 것이다.

"걱정하시지 않아도 됩니다. 병력이 이동하게 되면 즉시 알려올 것입니다. 멀리 떠나는 원정이 아니니 연락을 받고 회군을 하더라도 충분하옵니다."

"알았다. 출정한다!"

알탄 칸의 명이 떨어지자 초원의 전사들이 움직이기 시작했다. 줄줄이 이어지는 수만 명의 전사들은 장관을 이루고 있었다.

알탄 칸이 명으로 원정을 떠날 시점에 북원의 34대 대칸인 알라크 칸은 해서여진의 예허부 사신과 만나고 있었다.

다얀 칸의 손자로 알탄 칸과 사촌 지간인 그는 원 역사에서 1년 후 1547년 죽게 된다.

"대칸이시여 만수무강을 기원하나이다."

"그래, 예허부의 사신이라고?"

"그렇사옵니다."

해서여진은 몽골과 밀접한 관계를 가지고 있다. 혈연관계인 것이다. 후일 누르하치가 건주여진을 장악하고 해서여진을 정벌할 때 해서여진은 몽골과 연합군을 만들어 싸우게 된다.

당시 누르하치의 건주여진보다 더욱 강성했던 것이 해서여진으로 1600년이 넘어갈 때까지 해서여진은 북방에서 가장 강성한 부족으로 명의 견제를 가장 크게 받는 부족이다.

누르하치로 인해 청나라가 탄생했지만 실상 명이 가장 두려워한 것은 해서여진이었다. 그이유가 바로 그들의 뒤에 북원이 있기 때문이었다.

"무엇 때문에 왔느냐?"

"대칸을 배알하는데 이유가 있겠사옵니까. 다만 대칸의 용안을 뵙고 충성스러운 신하로써 예를 다하기 위함 이옵니다."

사신의 말이 끝나자 옆에 시립해 있던 장수가 알라크 칸에게 다가가 조용히 귓속말을 한다. 예허부에서 소금을 무려 1천섬을 가져왔다는 내용이다. 더불어 근자에 명을 등에 업은 하다부와 잦은 마찰로 힘을 빌리기 위해 온 것임을 알렸다.

"요동의 명군이 움직이지 않겠느냐?"

자신이 전사들을 파병하는 것에는 큰 무리가 없다. 어차피 알탄 칸은 자신에게 말머리를 돌리지 못한다.

아무리 알탄 칸이 세력을 규합하고 명을 정벌해 능력을 인정받아도 노 대신들과 각부족의 부족장들이 그의 아버지를 버렸기에 그를 대칸으로 인정할 수없는 것이다.

그가 대칸이 되면 피바람이 불 것을 알기 때문이다. 문제는 예허부에 몽골의 전사들을 파병하게 되면 요동에 있는 명군이 움직일 가능성이 있다.

요동에 명군이 주둔하는 이유가 바로 이런 시태 즉 여진족들 중 어느 하나가 세력을 확장하는 사태를 막기 위해서 이기 때문이다.

"아무리 독이 강한 뱀이라도 머리가 없으면 공격할 수 없나이다. 몸을 움직일 시간을 주지 않고 머리만 제거한다면 나머지는 빠르게 흡수할 수 있나이다."

"하나 요동의 명군을 막으려면 건주위와 야인여진들이 도와주지는 않아도 움직이지 않아야 할 것인데?"

"작전이 실행되면 야인여진이 군사를 일으켜 건주위를 견

제해 주기로 했나이다. 더하여 대칸이시어 투메드 군이 움직
여만 준다면 명 또한 움직일 수 없을 것이옵니다."

알탄 칸이 다스리는 지역을 투메드 몽골이라 불렀다. 즉 알
탄 칸을 움직여 달라는 이야기였다.

"네놈이 감히!"

알탄 칸과 자신의 관계를 알고 있을 사신이 그를 움직여 달
라고 하자 자신의 기망하는 것으로 여긴 대칸이 노성을 터트
렸다.

"대칸이시여, 대칸께옵서 움직이실 필요는 없사옵니다. 매
년 한두 차례씩 투메드 군이 원정을 떠나는 것으로 아옵니다.
하니 그 시기만 알면 되는 것이옵니다."

사신은 급하게 고개를 조아리며 변명을 했다. 즉 투메드 군
이 국경을 넘을 때를 미리 알아낸 뒤 동시에 움직이면 된다는
말이었다.

북원이나 예허부, 아니 명의 주변국들은 모두 알고 있는 사
실 중 하나가 명이 지금 주변국들의 도전으로 몸살을 앓고 있
다는 것이다.

한두 해도 아니고 수십 년 전부터 명은 변변히 국경을 단속
하지 못하고 있었다. 시기만 잘 조절한다면 예허부가 해서여
진을 통일하고 요동의 명군이 움직이기 전에 일을 마무리 지
을 수 있었다. 그리된다면 북방에서 명의 입지는 더욱 좁아지
게 될 것이다.

"허면 내년 봄이 가장 빠르겠구나?"

지금부터 준비를 한다면 두메드 군이 국경을 넘을 가능성이 많은 내년 봄이 가장 적절했다. 준비할 시간은 충분해 보였다.

"그전에 합동으로 작전을 펼치는 만큼 명령체계 정비와 훈련의 일환으로 북쪽의 다우르족을 경략하심이 어떠하시옵니까?"

"다우르라…… 좋다. 허면 올겨울에는 다우르를 복속시켜 후방을 안정시키고 내년에 추위가 가시는 대로 동태를 살펴 하다족을 친다!"

알라크 칸의 결정에 예허부 사신은 목적을 이루어 기쁜 마음으로 얼굴에 화색이 돌았다. 북원에서 1만의 전사만 지원받는다면 해서여진을 모두 장악하고 요동의 명과도 일전을 겨루어 볼만 했다.

인종 2년 11월 20일 첫 번째 기사.
대동청에 관한 운영 시행 규칙과 법령을 공포하다.

호조판서 임백령과 참의 채세영, 수상 유관이 강녕전에 들어 아뢰기를 지난달 개관한 대동청의 운영 방안과 관련 법령의 시행이 늦어져 백성이 대동청에서 돈을 빌리지 못하니 본래 대동청을 설립한 취지와는 다르게 다만 백성과 조정의 금고 역할만을 할 뿐이니 서둘러 법령을 공포하고 이를 시행해야 한다고 말을 했다.

백성들에게 나라에서 직접 대출을 해 주는 제도는 기존에도 존재했다. 동양에서 뿐만 아니라 서양에서조차 일반 백성이 사사로이 대부업을 하는 것을 금하는 조치들을 취하는데 이런 것을 국가에서 제재하는 이유는 당연히 힘없고 나약한 일반 백성들을 지키기 위해서이고 국가경제를 건전하게 유지시키기 위함이다.

조선도 고리대금업자들을 막기 위해서 대동청을 통해 이자 없이 돈을 빌려 주는 제도를 마련했다. 다만 제도를 운영하기 위해 원금의 5푼의 수수료가 붙을 뿐이다.

인종이 이런 제도를 마련한 것은 단순히 고리대금을 없애기 위한 것만은 아니었다. 이 일은 국가가 백성에게 해야 하는 기본 제도이기 때문이다.

더하여 승자 독식의 자본주의는 사실 인본주의 사상의 반대에 위치한다. 자본주의 꽃이라는 대부업(貸付業)은 전통적으로 모든 왕조 국가들이 억제책을 실시하거나 금하는 업종이다.

모든 백성이 자유롭게 자신이 생산한 생산물을 시장에 내다 팔아 부를 축적하는 것은 인정하되 그렇게 모인 돈 자체를 상품으로 하여 고리의 이자를 받고 빌려 주고 되받는 것은 국가경제를 좀먹는 최악의 암 덩어리로 규정되었다.

그런 생각을 하는 가장 큰 근거는 돈을 발행하는 주체가 국

가이고 국가는 백성들의 세금으로 운영되기 때문에 그 혜택
또한 모든 백성에게 돌아가야 하며 그것으로 인해 백성들이
곤란한 상황에 빠지지 말아야 한다는 생각에서 비롯되었다.

기실 조선뿐만 아니라 이 땅에는 오래전 삼국시대 때부터
이런 제도를 시행했다. 고구려에서는 진대법(賑貸法) 신라에
서는 점찰보(占察寶)를 설치 운영했으며 고려에서는 흑창(黑
倉)과 의창 등 이름을 바꿔 가며 백성들의 살림을 살폈다. 현
재 조선으로 이어져 운영되는 제도는 환곡이다.

화폐 자체가 쌀과 포목 등이기에 주로 환곡은 쌀을 빌려 주
고 약간의 이식 즉 이자를 받아 운영되는 제도로 어려운 백성
들에게 큰 도움이 되는 제도이다.

하나 국가가 정상적으로 작동되지 않고 탐관오리나 일부 토
호들이 이제도를 악용하여 이득을 보면 꼭 문제가 발생한다.

원 역사에서도 이런 환곡 제도를 지방 관아의 수령들이 악
용하면서 민란이 일어나기도 하고 군비를 확충하기 위해 이자
를 늘리기도 하는 등 여러 우여곡절을 겪게 된다.

이런 환곡 제도를 대동청으로 이관하여 대출 제도로 만드는
데 대출 제도 또한 일반 백성들의 생활안정 자금을 위한 대출
과 상인과 공인들의 사업 확장과 자금 유통을 위한 대출 등으
로 나뉘게 된다.

"법령은 모두 완비가 된 것이오?"

"예, 전하."

"검토하여 문제가 없으면 바로 조회에 나아가 공포하겠소."

인종은 세 사람이 올린 법령을 받아서 살폈다. 기본 골자는 환곡 제도와 비슷하고 일반 백성들의 생활을 위한 대출은 이자 없이 운영비만을 약간 받는 수준으로 결정되고 대출 금액의 상한선은 3천 원이었다.

상단과 공방 운영자들에게 빌려 주는 대출 금액은 이자가 조금 있다. 연 1할로 돈을 빌리고 6개월 뒤부터 갚아야 하며 최대 금액은 10만 원까지로 한정 지었다. 쌀로 치면 330섬으로 그 정도면 충분하다 여겼다.

이 모두가 왜와 남방의 여러 국가와 무역을 시작하고 북방이 안정되고 광산 개발로 물자가 어느 정도 소통이 되기 시작했기에 가능한 것이다.

"이제 세를 받는 문제를 손봐야 할 터인데 대신들의 의견이 어떻소?"

"아직 전국에 설치된 대동청의 숫자가 많지 않사옵니다. 더욱이 대동화가 전국 방방곡곡에 뿌리내리지도 않았사오며 그 양 또한 적어서 이는 한성을 비롯한 각 부, 묵, 현에 대동청이 더 설치되고 난 뒤에 점차적으로 시행하심이 옳을 듯하옵니다."

"알겠소. 허면 이번 대출 제도와 관련하여 전국에 있는 의창을 손보아 기존의 구휼을 담당하는 업무는 의조의 복지 청으로 이관하고 환곡을 담당하는 것은 대동청으로 이관하여 시행토록 하시오. 말썽 없이 잘 조정되도록 대신들이 나서서 직접 챙기세요."

"명심하겠나이다."

"내년 초까지 경기 지역에 대동청을 더 늘리도록 하세요. 한양에는 좌우에 두 곳을 더 만들고 김포와 강화에도 각각 설치해야 합니다. 당분간은 기존과 같이 세를 납부받더라도 대동화로도 납부 받는 다는 사실을 알려서 점차 대동화로 받을 수 있게 준비를 하세요."

"그리하겠나이다."

이를 테면 화폐개혁과 함께 근대적인 국가주도의 서민 정책이 드디어 시작된 것이다. 저승에서 돌아온 지 1년 반 만에 이루어 낸 변화로 기존에는 없던 새로운 세상을 맞이하게 된 조선이었다.

5.
남방(南方) 개척을 시작하다

인종 2년 11월 25일.

전라좌도 수군절도사 소연이 이끄는 100척에 가까운 대함
대가 유구와 대두국을 거쳐 여송에 도착한 깃은 10월 20일 경
이었다.

당초 예상으로는 적어도 10일 정도 안에는 다시 북쪽으로
항해를 시작해 대두와 유구를 거쳐 조선으로 돌아가려고 했다.

그런데 예상치 못한 문제로 인해서 발이 묶여 버렸다. 소연
이 이끌고 내려간 배는 판옥선과 대맹선을 포함하여 95척의
배에 병사 2,400명에 전라좌 우수영과 경상좌 우수영에서 지
원하거나 뽑힌 무관들이 수군절도사 소연을 포함하여 318명
이었다.

대맹선에는 함포를 일부러 내려놓고 왔지만 판옥선에는 각 배당 24문씩 총 360문의 함포가 실려 있었다.

모르는 사람들이 그것을 본다면 분명 전쟁을 하러 떠나는 것으로 오해할 소지가 컸지만 그들은 엄연히 무역을 위해서 떠난 것이고 그것을 빌미로 원거리 항해 훈련을 하는 중이었다. 소연은 자신이 직접 완성한 판옥선을 타고서 첫 원양 항해에 나서는 만큼 준비를 단단히 하고 나온 것이다. 문제는 그들을 인도하는 상단이었다.

그 상단의 정체는 바로 남부의 술루 왕국 소속이라는 것이다. 그들은 필리핀 지역 남쪽에 위치한 무슬림 왕국으로 이렇다 할 정치 집단이 없던 필리핀을 남부에서부터 올라오며 지배력을 확장시키고 있는 중이었다.

그들 의도대로 상황이 전개되면 원주민들이 모두 술루 왕국에 편입되면서 필리핀이라는 이름도 만들어지지 못하고 술루 왕국에 편입될 상황이었다.

물론 원 역사에서도 이런 그들의 활약에 제동을 거는 사태가 발생한다. 바로 이미 벌어진 스페인의 마젤란이 필리핀 중부에 위치한 세비아에 도착하면서 상황은 달라지기 시작하는 것이다.

그들은 1565년 함대를 이끌고 다시 필리핀을 찾아 본격적으로 식민지를 개척하고 종교를 알리면서 술루 왕국과 마찰이 빚어지게 된다.

더하여 화교들까지 가세하여 필리핀의 원주민들은 말 그대로 이곳저곳에 치이면서 힘들게 살아가는 신세로 전락하게 되는 것이다. 하나 조선의 대함대가 1546년 현재 그들과 접촉을 시작하면서 역사가 바뀌어 가기 시작했다.

술루 왕국 상단은 조선으로부터 구입한 각종 상품을 서쪽 지역에 있는 조호르, 브루나이 등에 팔아서 그 대금으로 병사를 모집하여 필리핀 남부의 만다나오 섬에 있는 원주민들을 침략하여 무슬림화 시키고 착취하여 다시 그 자금으로 조선에서 상품을 구입하는 방식으로 세력을 넓히려 하고 있었다.

본래 술루 제도에서 탄생한 왕국인 만큼 무역을 왕국을 유지하는 방책으로 삼고 있었기에 술루 왕국의 상단은 이미 인도차이나에 있는 시암이나 참파 명의 화교들이 진출해 있는 루손 섬에 진출해 있었다.

덕분에 빠르게 조선에 도착할 수 있었던 것이다. 그리고 그곳에서 무슬림을 전파하고 있는 상황이었다.

원 역사에서라면 후일 스페인 함대가 들어오면서 쫓겨나게 될 것이고, 더하여 지금 머물고 있는 화교나 인도차이나반도에서 들어온 상인들도 2번에 걸친 대량 학살에 힘을 잃고 스페인의 땅이 될 것이지만 현재는 여러 세력이 공존하며 무역과 세력 확장을 하는 중이었다.

화교는 이 당시만 해도 무려 3만여 명이 진출하여 커다란 세력으로 커가고 있는 중이었고 시암이나 참파 또한 여러 상단이 들어와서 원주민들과 거래를 하고 있는 상황이었다.

루손 섬은 대두국(대만) 바로 밑에 있는 섬으로 크기가 조선 전체와 비견될 정도로 큰 섬이다.

섬 남부에는 수천 개의 섬들이 존재하며 루손 섬 안에도 곳곳에 원주민들이 일정한 크기로 공동체를 이루며 살아가고 있다.

원주민들은 바랑가이라는 제도로 적게는 150에서 200가구 등이 모여서 사는데 일행이 도착한 지역에는 500가구 정도가 모여 사는 대규모 집단이 있었다.

그들은 지도자를 다투라 부르는데 절대자로서 일종의 군주였다. 그는 행정, 입법, 사법 등의 모든 권한을 행사하며 대체적으로 권력을 행할 때는 원로들과 상의하여 집행한다.

한데 조선이 대함대를 이끌고 술루의 상인들과 함께 그곳에 도착하고 며칠이 지나지 않아 원주민들과 명나라 이주민들과 마찰이 빚어지게 되고 그것에 휩쓸리게 되었다.

사건의 발단은 명의 이주민들이 원주민의 땅에 들어가 금광을 개발하면서 벌어졌다. 그들은 원주민 땅에 금맥이 있음을 알고 무단으로 들어가 나무를 베고 금광을 개발하기 시작했고 원주민들은 그들을 쫓아내기 위해 광부들을 살해했다.

처음에는 원주민 전사들이 신성한 땅이니 들어와서는 안 된다며 나가라고 했지만 그들은 듣지 않았고 결국 피를 보고만 것이다.

이에 명나라 상인들이 타 지역의 원주민까지 동원하여 공격을 했다. 양측은 치열하게 전쟁을 했고 양측 모두 피해가 커지기 시작할 때 술루 왕국 상인과 조선의 함대가 도착한 것이다.

조선의 함대를 보고 명의 이주민 대표인 장인용은 자신들의 편으로 끌어들이려 했다.

"우리는 명나라 사람이오. 조선이 우리 명나라에 사대하는 입장으로 지금 우리의 처지가 이러함을 보고 그냥 넘어가는 것은 있을 수 없는 일이오. 양국의 관계가 오래전부터인데 어려울 때 일수록 서로 도와야 하는 것 아니오? 하니 우리를 도와주시오. 저들 야만인들을 몰아내는 것에 힘을 보태어 준다면 조정에 상신하여 귀공과 공의 병사들을 크게 상찬하고 우리 또한 섭섭지 않게 보상을 할 것이오."

소연은 장인용의 말에 아연실색하고 말았다. 자신들을 전쟁에 끌어들이려 하고 있었고 더하여 이들은 본국 명과도 연계가 되어 있는 것이다. 더하여 술루 왕국의 사신이 소연에게 한 말은 더 가관이었다.

"이 기회에 명의 이주민들을 몰아내야 합니다. 이곳은 아국 술루 왕국이 먼저 진출하여 터전을 일구던 곳입니다. 저들이 먼저 광산 개발을 하여 정착한다면 아국에 큰 피해가 갑니다. 하니 수군사령관이신 소연 공께서는 저희 술루 왕국과 함께 저들을 물리치는데 힘을 보태어 주십시오 허면 이곳 땅에 조선의 지분을 드릴 것입니다. 이곳 루손 섬은 매우 큽니다. 오시다 보셨겠지만 저 위쪽에는 아직 개척하지 못한 땅이 많습니다. 우리가 도울 것입니다. 하니 아국을 도와주십시오."

가만히 소연이 생각하여 보니 명의 이주민도 술루국의 상단들도 모두 침략자들이었다. 떠나기 전에 인종에게 들었던 내용을 상기해 보니 그것은 더욱 명확했다.

소연은 따라온 부장들에게 병사들을 딸려 보내 주변 사정을 살펴보게 했다. 오세웅과 풍계정 등이 병사 500씩을 데리고 약 보름간 북과 동으로 이동해 사정을 살펴보니 역시나 이곳의 주인은 따로 있고 이들은 그저 침략자들일 뿐이었다.

본래는 무역을 하기 위해 들어온 이들이었으나 원주민들이 문화가 발전하지 못하고 하나의 정치 집단을 만들어 내지 못하는 등 조금은 원시적인 생활을 하고 있었고 그 덕분에 주변 부족이 외지인들에게 복속되거나 밀려나도 남에 일처럼 여겨나 몰라라 하는 상황으로 이대로 가면 분명 저들 모두가 노예가 될 것이라 판단했다.

조선에서 이리 가까운 곳이 어떻게 이렇게 낙후되었는지 도통 이해하기 힘들었지만 그런 문제는 둘째였고 우선 결단을 내려야 했다.

처음부터 술루 왕국과 거래하기 위해 따라온 것이니 그들과 거래를 마치고 가면 그뿐이지만 상황을 보니 그것이 쉽지 않았다.

더구나 이대로 떠난다면 명의 원주민들이 면의 조정에 자신들의 존재를 알릴 것이 자명해보였다.

아직까지 조선의 이런 행보를 명이 알아서는 안 되니 각별에 조심하라는 명도 받았으며 자칫 명에서 알게 되면 명 남부를 노략질하는 왜구와 한패로 오인 될 수도 있는 여지가 있었다.

정찰을 나갔던 오세웅과 풍계정이 돌아오자 소연은 진지하게 그들과 의논을 했다.

"명의 이주민이 얼마나 되는 것 같소?"

"정확하지는 않지만 2만은 넘는 것 같습니다."

"참파와 시암의 상인들도 드나든다고 하지 않았소?"

"그들은 적습니다. 이곳에서 좀 더 북쪽에 정착하거나 거점을 만들어 두고 드나드는 것 같습니다."

"허면 이곳 최대 세력은 술루 왕국과 명이겠구려."

"그런 깃 같습니다."

"도통 이해 못할 곳이구먼. 어찌 이렇게 풍족한 땅에 살면서 이리도 문화가 발달하지 못하고 원시적으로 산단 말인가?"

"그러게 말입니다. 저들 원주민의 입성을 보니 원숭이와 다를 바가 없더군요. 참으로 이해 못할 곳 입니다."

"그건 그렇고 우린 어찌해야 하는가? 술루 왕국과 거래를 마치고 돌아가야 하는데 저들이 이번 일에 힘을 보태지 않으면 무역을 하지 않을 뜻을 내비치니… 명 또한 문제요. 어느 한쪽에 편을 들 수도 없고 그렇다고 이대로 돌아갈 수도 없는 노릇 아니오?"

"참으로 상황이 난감하게 되었습니다."

딱히 답을 내리지 못하고 고민에 빠져 있는 조선 함대의 지휘부였다.

"그곳이 얼마 거리요?"

"어디 말입니까?"

"그 분쟁 지역 말이오."

소연의 질문에 오세웅이 답을 했다.

"금광이 있다는 그곳은 이곳에서 북쪽으로 이틀 거리에 있습니다. 그곳 원주민들과 접촉해보았는데 말이 통하지 않아 주변만 둘러보고 이동했습니다. 워낙 길이 험해서 이틀이 걸렸지만 길만 정비한다면 하루거리도 안 될 듯 보였습니다. 명의 원주민들이 욕심을 낼 만한 곳이었습니다. 술루 왕국 사신에게 물어보니 노천 광산으로 금과 함께 여러 보석들이 지천에 널려 있답니다. 주변을 보니 땅도 기름지고 물도 풍부하여 매우 살기 좋아 보였습니다. 아마도 명이 그 땅에 자신들의 거주지를 만들 생각인 것 같습니다."

옆에서 듣고 있던 풍계정이 뭔가 이상하다는 듯 한마디 했다.

"한데 명나라 사람들은 왜 여기까지 와서 살려고 할까요?"

"아마도 왜구들과 지방 관리들의 등쌀에 도망 온 것이겠지……"

"하긴 여기 와 있는 이들은 대부분 명 남부에서 온 것으로 보입니다. 따라온 역관이 알아들을 수 없는 말을 한 것으로 보면 그들은 북경 인근 사람들은 아닌 것이 확실합니다."

"허면 저들이 우리의 일을 명 조정에 알리지는 못하겠구려."

"아마도 헛소리일 것입니다. 자신들의 땅에서도 못 살고 이곳까지 이주해 온 자들이 어찌 조정에 품신한단 말입니까?"

다음날도 결정을 내리지 못하고 항구 근천에 병사들이 머물고 있는 지역 주변을 순찰하던 소연에게 풍계정이 달려왔다.

"수사영감!"

"무슨 일인가?"

"다투를 다스리는 자가 왔습니다."

"다투?"

"그 명의 이주민들과 전쟁 중인 부족의 수장입니다. 그가 부족의 전사들을 이끌고 좌수사영감을 만나러 왔습니다."

소연은 풍계정을 따라 다투를 다스리는 자라고 불리 우는 원주민 추장이 있는 곳으로 향했다. 도착해 보니 원주민 추장이 20여 명의 전사들과 참파 왕국 사람으로 보이는 역관을 대동하고 기다리고 있었다.

소연 옆으로 대월국의 말을 하는 역관이 자리하자 인사를 나눴다.

"안녕하시오, 나는 조선국 수군사령관 소연이라 하오."

소연이 말을 하자 역관이 대월국 말로 바꿔 말했고 참파국 역관이 듣고는 원주민 말로 바꿔서 추장에게 전해 주었다.

"나는 갈링가 부족의 아띠한이오. 당신들과 대화를 나누고 싶소."

"안으로 드시지요."

며칠 동안 주변의 나무들을 가져다 임시로 만든 사령부 막사 안으로 아띠한이라는 사내를 이끌고 들어갔다.

대화를 시작할 준비가 되자 소연이 먼저 질문을 했다.

"용건이 무엇입니까?"

"전에 우리 부족에 당신의 전사들이 들어왔었소."

"맞소."

"당신들 누구편이요?"

"우리는 누구의 편도 아닙니다. 거래를 하기 위해 왔을 뿐입니다."

"명나라 사람들도 처음에는 거래를 위해 왔다고 했소. 그리고 우리 땅에 자리를 잡았는데 나중에는 우리 땅의 사람들 죽이고 잡아 갔소. 우리의 원래 거주지가 지금 명과 술루 사람들이 살고 있는 곳이요. 우리는 그들이 살 곳이 없어서 왔다고 생각하고 그곳을 양보했소. 바다에서 고기 잡던 우리는 가족들을 이끌고 산으로 들어가 사냥을 하며 과일을 따며 살아가고 있소. 그런데 그들은 이곳에서도 물러나라고 하고 있소. 저들이 옳은 것이오? 만약 당신들이 명과 같은 편이 아니라면 우리와 그들이 싸우지 않게 중재해 주시오, 우리는 평화를 사랑하는 부족이오. 우리는 다른 사람들과 싸우고 싶지 않소. 하지만 그들은 우리의 형제자매들을 잡아다 노예로 부렸고 죽이기까지 했소. 그리고 다시 우리를 우리의 집에서 쫓아내려 하고 있소. 이게 옳은 것이오?"

추장의 말을 한참 동안 듣고 있던 소연은 눈을 감았다. 울컥하니 무언가 올라오는 것이 있다.

평화를 사랑하는 것이 죄가 되어 가족을 잃고 살던 땅까지 빼앗긴 것이다. 그들이 강하게 외부인들과 싸우지 않고 뒤로 물러난 것이 화근처럼 보였다.

수만 년을 평화롭게 살아오던 사람들이라 전쟁과 다툼은 낯설게만 느껴졌고 살기 위해 동물을 사냥하던 무기로 사람과 싸우려니 여간 고통스러운 것이 아닌 듯 보였다.

이들은 간신히 국부만 가린 옷에 창 하나만을 들고 있었다. 이런 그들이 명과 술루, 그 외의 타 지역에서 온 사람들에게 대항하기란 여간 어려운 것이 아니다. 상대가 되질 않는 것이다.

"어찌해 주었으면 좋겠소?"

"중재를 해 주시오."

"무엇을 원합니까?"

"우리는 우리 땅에서 저들은 이곳에서 서로의 영역을 침범하지 않으면 되는 것이오. 만약 우리 땅에서 나는 무엇인가가 필요하면 말하라고 하시오. 우리가 구해서 주면 되는 것이오.
저들이 우리 땅을 침범하지 않는다면 우리는 그것으로 족하
오.”

아띠한의 말을 듣고 한참 동안 대답을 하지 않던 소연이 입
을 열었다.

“저들은 당신들 땅에서 나는 금이 필요한 듯 보이는데 아마
금을 가져다준다고 해도 그것으로 만족하지 않을 것이오. 직
접 채취하길 원하고 있소. 이럴 때는 보통 침입자를 막기 위해
전사들을 동원하여 그들을 물리치는 것이 상책이오. 아까 당
신이 말했듯이 저들이 당신들을 산으로 몰아내고 자리를 잡은
것은 이곳에 뿌리를 내리고 살기 위함이오. 저들은 계속하여
많은 사람들이 들어올 것이고 결국 더 많은 땅이 필요할 것이
오. 그러면 당장은 평화를 유지한다고 하더라도 나중에는 또
땅을 놓고 분쟁이 생길 것이오. 더구나 당신들 땅에는 저들이
매우 귀하게 여기는 것들이 있소. 저들뿐만 아니라 이곳 이외
의 타 지역 사람들은 모두 당신들이 가진 것을 탐내고 있소.
당신들의 바다에서 나는 해산물들과 진주는 매우 귀하고 땅에
서 나는 보석들은 수천 명의 전사들이 목숨을 걸고서라고 가
지고 싶어 하는 것들이오. 당신들의 땅은 비옥하여 과일이 지
천에 널려 있소. 이 섬 밖은 어떤 줄 아시오? 저 위로 올라가면
먹을 것이 없어서 굶어 죽는 이들이 부지기수요. 하나 당신들
은 바다와 강, 숲에 먹을 것이 널려 있소. 그러니 당신들 땅을

목숨을 걸고 노리는 것이오. 저들 명국 사람들뿐만 아니라 저 서쪽의 섬에는 머리가 노랗고 코가 높은 색목인들이 들어왔다고 합니다. 저 남쪽으로는 회회족들이 그리고 이곳에서 가까운 명과 그 옆에 왜에는 큰 칼을 차고 바다를 누비는 무사들이 이곳에 몰려올 것이오. 왜냐하면 이곳은 자원이 풍부하기 때문이오. 어쩌시겠소? 당장 저들과 타협하여 금을 채취하여 주고 안전을 보장받았다 여기며 살아갈 것이오? 그 뒤에 술루의 회회족과 색목인 왜인들이 찾아오면 그들에게도 금을 채취하여 주고는 평화를 유지할 것이오? 아마 금을 채취하다가 먹을 것도 구하지 못하고 아이들을 키울 시간도 없을 것이며 사냥할 시간도 없게 될 것이오.”

소연의 말에 아띠한과 전사들은 커다란 충격에 빠져 말을 하지 못했다. 통역을 하는 참파의 역관과 조선의 역관 또한 표정이 굳었다.

“그럼 어찌해야 한다는 말이오?!”

“무엇인가를 지키기 위해서는 대가를 지불해야 하오. 전사가 필요한 것은 가족을 지키기 위함이고 집이 필요한 것은 비바람을 막아 주기 위함이오. 당신들만의 힘으로는 저들 명과 술루, 그 외 지역의 침입자들을 막을 수 없소. 가장 쉽고 빠른 길은 주변에 여러 부족이 하나로 뭉쳐 외부의 적과 싸워 이기는 것이오. 그들을 몰아내지 않으면 당신들은 계속하여 땅을 빼앗길 것이고 가족들은 노예로 팔려 갈 것이오. 더욱 안전하게 살기 위해서는 나라가 필요하오. 외부 사람들은 나라를 만들어 젊은 전사들을 강하게 훈련시켜 외부의 적과 싸우고 가족들의 안전을 지킵니다. 당신들 부족은 불과 2천여 명이 전부이지만 저들은 수백만 수천만에 달하는 사람이 모여 나라를 이루고 전사를 훈련시키고 있소. 당신들에게 필요한 것은 그것이오."

필리핀이 오랜 역사 동안 식민지가 된 것은 그들이 하나의 왕조가 탄생하지 못했기 때문이다.

덕분에 술루 제도의 작은 섬에서 탄생한 왕국 하나가 남부 지역에서 약탈과 인신매매를 일삼아도 막을 수 없었으며 스페인의 함대가 들어와 식민지를 건설해도 막을 수 없었다. 역사가 틀어지면서 소연의 함대가 루손 섬에 들어오게 되자 그런 역사가 바뀔 조짐이 보였다.

하지만 아따한을 비롯한 전사들에게 그것은 생소한 것이다. 말도 통하지 않는 타 부족은 외부에서 들어온 이방인과 다를 바가 없는 것이다.

"우리는 한 번도 그런 것을 해 본 적이 없소."

"살아남기 위해서는 해야 하오. 이것은 선택이 아니라 생존을 위해서는 무조건 해야 하는 것이오."

"방법을 가르쳐 주시오."

"우리는 술루국과 거래를 하기 위해 온 사람들이오. 와서야 사정이 이렇다는 것을 알게 되었지만 이득을 위해서는 당신들이 강해지는 것보다 이대로 약한 상태가 좋소. 그럼에도 불구하고 여러분에게 그 방법을 알려 준다면 그만한 대가가 있어야 하오. 우리는 빈손으로 돌아갈 수 없소.”

“당신들이 원하는 것이 무엇이오?”

소연은 자리에서 일어나 일행을 밖으로 데리고 나갔다.

“저 배들이 보이시오?”

“보입니다.”

“저배들을 가득 채워서 돌아가려고 왔소, 저 배들에는 많은 상품들이 실려 있소. 그것들을 팔고 대신 쌀을 사 가려고 왔는데 이렇게 발이 묶이고 말았소. 저배에 무엇을 채워 줄 수 있으시오?”

추장 아띠한은 대답하지 못했다. 무엇을 줄 것인가? 아무리 생각해 봐도 떠오르지를 않았다. 자신의 부족보다 많은 병사들을 거느리고 온 이방인들이었다.

이들이 저 명의 이주민들과 한패가 된다면 자신들은 어쩔 수 없이 더 깊은 숲으로 들어가야 했다. 애초에 거래가 성립될 리 없는 대화였다. 줄 것이 없는 아띠한이었기 때문이다.

“당신들도 금을 원하시오?”

“금이라, 좋지요. 금을 싫어하는 사람은 없습니다. 적어도 문명이 발달한 곳들의 사람들은 말이오, 하나 금보다 더 소중한 것이 있소. 그것을 줄 수 있소?”

“그것이 무엇이오?”

"사람이오."

소연의 대답에 아띠한은 무슨 의미인지를 가늠하지 못하고 한참 동안 생각하는 듯 보였다. 소연의 말이 이어졌다.

"가족과 금을 바꾸라면 바꾸시겠소? 벗과 쌀을 바꾸라면 바꾸시겠소? 당신들이 생존을 위해 선택해야 하는 것은 새로운 가족과 친구를 얻는 길이오. 금보다 값진 것이지요. 나는 저배에 당신들의 우정을 담아 가고 싶소만… 그리한다면 나를 이곳에 보낸 임금께서도 용서하실 것 같소. 당신의 의견은 어떻소?"

머리가 복잡한 아띠한이었다. 세상 이치를 조금이라도 깨우친 사람이라면 혹은 조금이라도 공부를 한 사람이면 쉽게 이해되는 말이건만 아띠한은 그렇게 뛰어난 인물이 아닌 듯 보였다. 옆에서 지켜보기 답답한지 참파의 역관이 나섰다.

"조선인들은 지금 당신에게 동맹을 맺자고 말하는 겁니다. 친구가 되자는 거죠. 친구가 되면 어려운 상황을 모른 척할 수 없으니 도와줄 수 있다는 말입니다. 하나 친구가 되지 않으면 타인이니 도와줄 명분이 없는 것입니다."

역관의 말에 아띠한은 고개를 끄덕이고는 부족의 원로들과 상의를 하고 온다며 물러갔다. 원주민들이 물러가자 오세웅과 풍계정이 소연에게 걱정스러운 표정으로 질문을 했다.

"수사영감 어찌하실 요량이십니까?"

"우리는 서둘러 돌아가야 합니다. 이미 돌아갈 날짜가 지난

상황입니다. 우리는 주상 전하의 명으로 무역을 하기 위해 온
것 아닙니까?"

"둘 다 걱정 마시오."

소연은 말과 함께 서찰을 품에서 꺼내 보여 주었다. 그것은
임금의 밀지였다.

"아니, 이것은?"

마치 지금의 상황을 예견이라도 한 듯 인종이 직접 떠나기
전 내린 밀지에는 이곳 땅에 대한 자세한 내용과 함께 상황에
따라 대처 방법이 적혀 있었다.

"이렇게 자세히 이곳의 사정을 아시다니……?"

"놀라운 일입니다. 어찌 이런?"

둘 다 너무 놀랍다는 듯이 소연을 바라보았다. 이곳 루손뿐
만 아니라 이들이 가 보지도 못한 저 남쪽의 섬들과 그 밑에
존재한다는 술루 왕국 그 너머의 말레이인들에 대한 것까지
자세하게 설명하고는 무역보다 현지의 부족을 회유하여 친 조
선으로 만들고 거점을 확보하라는 명이었다.

"아마도 지난번에 대월에 갔던 사신들이 이끌고 온 시암이
나 참파 술루의 사신들에게서 들은 것이겠지요. 왜 또한 이곳
을 드나든다니 그들을 통해 들으신 것이 있을 것입니다. 문제
는 그 밀지에 나와 있는 대로 우리는 이곳에 차후 조선 상인들
이 들어와 머물 수 있는 거점을 만들어야 합니다. 그리고 원주
민 부족들을 더 포섭하여 우리 편으로 만들어야 합니다. 이곳

에 와 보니 명나라 사람들은 이곳 원주민들과 어울리려 하지 않고 몰아내고 자신들이 차지하려 하는데 우리는 그래서는 안 됩니다. 명에 비해 아국 백성은 얼마 되지도 않을 뿐더러 이 땅은 원주민 부족의 땅입니다. 다들 무슨 말인지 알겠지요?"

"알겠습니다. 허면 저들이 동맹에 협조해 온다면 그 뒤에는 어찌하실 요량이십니까?"

"저들과 의논하여 진을 만들 장소를 정하고 일부는 돌아가 이런 사정을 주상 전하께 고하고 나머지는 이곳에 남아 저들에게 도움이 될 방도를 찾아야겠지요. 물론 명국 사람들이나 술루 왕국 쪽 사람들에게는 우리가 철저히 중립임을 알려야겠지요."

"가능할지 모르겠습니다. 만약 우리가 원주민들과 어울리는 것을 저들이 알게 되면 양쪽모두에게서 공격을 받을 수도 있습니다."

"그러니 각별히 주의하여 행해야 합니다. 우리가 전면에 나서서는 곤란합니다. 기술은 가르쳐도 직접 그들을 이끌어서는 안 됩니다. 그렇게 되면 남북으로 적을 만들게 되고 본국도 위험에 처하게 됩니다."

세 사람은 자신들이 역사에 어떤 변화를 주었는지 모른 채 진지하게 대화를 이어 나가고 있었다.

이들의 이런 노력은 만주에서 벌어지는 변화보다도 더 커다란 폭풍이 되어 동남아시아에 있는 수십 개의 왕국과 부족들에게 영향을 끼치게 된다.

인종 2년 11월 29일.

　한겨울의 쌀쌀한 날씨에도 불구하고 조선 전역에서 관모를
쓴 관원들과 병졸들이 거리를 활보하고 다니고 있었다.
　워낙 큰일이라 소속을 따지지 않고 모든 관원들과 병졸들이
동원되었는데 그들은 마을마다 돌아다니며 인구를 조사하고
조정의 새로의 정책을 알리고 있었다.
　"호패 있는가?"
　"없습니다."
　"왜 없나?"
　"그것이……."
　"뭐 없다고 벌하는 것이 아니니 겁낼 것은 없네, 자네는 무
엇을 하나?"
　"그냥 뭐 농군이지요."
　"자네 땅이 있나?"
　"밭이 조금 있고 논은 두 마지기가 안 됩니다."
　"그래? 자영농이구만. 양인이니 꼭 호패를 신청하게 그리고
이번에 주상 전하께서 새롭게 법을 바꾸시어 양인들 또한 그
의무와 권리가 새롭게 마련되었다네. 혹시 들어 보았는가?"
　"그런 일이 있었습니까요? 전혀 모르겠습니다."

“자네 정음은 읽을 줄 아나?”

“정음이요? 이름도 못씁니다.”

“이런, 가까운 향교에 아이들과 함께 가서 정음을 꼭 배우도록하게 만약 향교 인근 백성들이 정음을 배우지 못하면 향교의 교수와 향도가 크게 벌을 받게 되니 가기만 하면 무료로 정음을 배우고 산술과 사서를 공부할 수 있네, 그리고 여유가 된다면 자식들에게 공부를 시키게 새롭게 바뀐 법에 의하면 양인들이라고 해도 실력만 인정받게 되면 나라에서 중히 쓴다니 혹여 자네 자식이 총리가 될지 알겠나?”

“그럴 일이 있겠습니까요?”

“여하튼 주상 전하의 명이니 향교에 가서 정음 꼭 배우도록하고 호패는 며칠 안에 관아에 단자를 서둘러 올리시게, 내년 봄부터는 호패 없는 이들은 모두 중벌로 다스린다고 하니 서두르는 것이 좋을 것이야.”

“알겠습니다요.”

하루 종일 같은 말을 반복하여 가가호호 집집마다 돌아다니며 일일이 설명을 하고 호패와 정음 교육, 새로운 신분법에 대해서 설명하는 관원들이었다.

호패는 분명 조선 시대 신분을 증명하는 역할을 하는 중요한 도구이나 그리 잘 시행되지는 못한다. 호패를 가진다는 것은 그와 함께 의무를 진다는 것과 같았다.

군역, 조세, 공역 등 여러 의무를 져야 하는데 일반 백성들이 이를 반가워할 리가 없는 것이다.

어떤 이들은 이 호패를 받지 않으려고 일부러 양반의 노비가 되거나 위조하기도 했다. 더구나 이 호패는 신분 별로 재료에 차등을 두어 2품 이상의 관리에게는 상아로 만들어 주고 3품 이하의 벼슬아치들에게는 뿔로 만든 것을 쓰게 했고, 그 이하 생원이나 진사들은 황양목으로 만든 것을 가지고 다니도록 했다.

7품 이하 중인들과 양인들은 자작목이나 잡목 등으로 만든 호패를 착용하게 했는데 2품 이상의 관원들과 삼사 관원들을 제외하고는 본인이 직접 만들어서 관청에 가서 본인 확인을 한 뒤 낙인을 받아서 쓰게 했다.

분명 관원들이 돌아다니며 호패를 만들라 해도 대부분 많은 이들은 만들지 않으려고 할 것이나 그것을 그냥 두고 볼 인종이 아니었다.

대대적으로 국가에서 백성들에게 여러 지원 사업을 할 것이고 이런 지원 사업에 참여하거나 혜택을 받기 위해서는 호적에 등재된 자들을 우선적으로 사용할 계획이다.

전국에 펼쳐지는 도로 확충 공사와 배다리 공사의 참여, 은행의 대출, 향교의 입교, 도성의 출입, 상인 등록 등 국가에서 하는 모든 일에 우선 호패를 가지고 있어야 할 수 있게 규정을 바꾸어 나가고 있다.

더불어 기존에는 16세 이상의 남성들에게만 호패를 발급받도록 했으나 규정을 바꾸어 8세 이상의 남녀 모두에게 호패를 발급하도록 규정했고 관노비와 사노비 천인들까지 모두 호패를 발급하도록 규정을 바꾸었다.

이런 사업의 실시로 자연스럽게 인구 조사가 실시되고 더불어 당상관 이상의 대신들과 왕족, 불천위를 제하고는 모두 동일한 재질의 호패를 사용토록 함으로써 호패만을 가지고서는 신분을 구분할 수 없게 만들었다. 이는 주인과 노비가 똑같은 호패를 사용하게 함으로써 같은 인간이라는 생각을 심어 주기 위함이었다.

약간의 반발은 있었지만 권도로 시행한 법이고 지난날 의법부에서 올린 법과도 어느 정도 맞추어진 조치라서 바로 시행하였다.

이법이 시행되면서 때 아니게 조선 전역에서 목공들이 큰 호황을 누리게 되었다. 호패의 재질을 나무로 하되 신분에 따라 달리하지 않는다고 했기에 누구나 돈만 있으면 좋은 재질의 나무로 자신의 호패를 가지게 되었고 아녀자들은 호패를 장식하기 위해 노리개나 유리구슬 등을 장식하는 경우가 많아지게 되었다. 며칠 후 관원이 다녀간 곳에서는 대부분 비슷한 대화들이 오갔다.

"자네는 호패 무슨 나무로 했는가?"

"나는 딸내미 것 만들어 주면서 같이 향나무로 했네."

"거참…… 딸 덕분에 향 나는 호패를 가지게 생겼구먼, 한데 호패에 들어갈 말을 정말로 정음으로 쓰는 것 맞는가?”

“맞네, 낙인 받으러 관아에 가서 보니 양반들도 정음으로 다시 새겨 왔더구먼.

“그럼 나도 정음으로 파야겠구먼, 한데 호패 만드는데 얼마나 들었는가?”

“보리 한 말 주고 우리 집 식구 것 전부 파 왔네, 저 밑에 박 씨네 둘째 아들이 도장을 파지 않았나. 그 사람이 잘 파더구먼, 주변에서는 다들 그 집으로 간다네.”

“그 사람 대목 만났구먼 그려”

“그러게 말일세.”

“한데 말일세. 그 새로 법이 바뀌어 40살이 넘으면 공역과 군역을 면해 준다는데 그 말이 사실일까?”

“그거 사실일세. 나도 그것 때문에 호패 만들기가 꺼려졌는데 관아에 있는 신보를 보니 40세가 넘으면 공역과 군역을 면해 준다고 주상 전하가 직접 어명으로 말씀하셨다는 내용을 보았네. 왜 저 아랫마을 김 씨네 장남이 용양위에 속해서 1년 넘게 북방으로 가 있지 않았나? 한데 신법에 30살이 넘으면 예비군인가 뭔가로 편성되어 현역근무를 안 하고 난리가 날 때에만 징집 대상에 들어간다며 되돌아 왔다네. 더불어 북방 근무를 했다고 주상 전하가 앞으로 군역과 공역을 평생 면해 주었다는구먼”

“나도 들었네, 그 장남이 35살인가 그렇지? 공역만 없어도

살 만하지 그런데 그렇게 공역 면해 주고 군역 면해 주면 나라
는 누가 지키고 공사는 누가 하나?"

"참 별 걱정도 다하는구먼, 주상 전하가 다 복안이 있으니
그리하시겠지, 일전에 황 진사 어른 말 들어 보니 명나라가 하
도 조공으로 바치라고 들들볶아서 철광산이니 금은광산을 막
아 버렸는데 근자에 그것을 다시 개발해서 나라 살림이 폈다
고 그러지 않나? 그래서 이번에 대동화가 나온 것 아닌가."

"말로만 들었지 대동화 구경도 못했네."

"자네 대동화 못 봤나?"

"자넨 봤나?"

사내의 물음에 대화를 나누던 사내가 바지춤에서 주섬주섬
무엇인가를 꺼내었다.

"이게 대동화일세"

사내의 손에는 5원과 10원, 50원이 들려 있었다.

"아니, 이걸 어찌 구했나?"

"이거 쌀 3말 팔아서 90원 받았는데 딸내미가 먹고 싶다고
해서 엿 좀 사 주고 피마자기름 좀 받느라 쓰고 남은 거네."

"듣던 대로 10원과 50원은 은으로 만들었구먼, 가볍고 정
교하게 잘 만들었네 그려."

"그렇지? 이 은화는 위조하려고 해도 힘들다네. 자네도 알
다시피 은이 제일 가볍지 않은가? 해서 누군가 위조해서 만들
더라도 딱 받아서 손에 올려놔 보면 그 무게만으로도 식별이

가능하네, 하니 매우 안전하지."

"그렇겠구먼."

두런두런 두 사람의 이야기가 끝날 줄 모르고 계속되고 있었다. 근자에 세상이 빠르게 변하는 만큼 할 이야기도 많은 것이 조선의 백성들이었다.

인종 2년 12월 10일.

원양함대를 이끌고 있는 수군절도사 소연은 판옥선 2척과 대맹선 5척에 연락무관과 병사일부를 태워 조선으로 돌려보내고 나머지 병사들을 이끌고 원주민들이 후백(수빅)이라고 부르는 해안가로 이동했다.

후백은 기존의 항구에서 북서쪽으로 이틀 거리에 있는 자연 항구로 소연을 찾아왔던 원주민들과도 가깝고 항구로써의 입지도 매우 좋았다.

무엇보다 해안가에 포대를 설치하면 적들로부터 항구를 방어하기가 매우 수월한 지형이었다.

병력 이동을 마친 소연은 풍계정에게 병사 200을 주어 주변 정찰을 시키고 오세웅에게 병사 200을 주어 식량을 구하도록 했다.

처음 가지고 온 식량이 거의 바닥을 드러냈기 때문이다. 남은 병사들을 직접 이끌고 배가 접안하기 쉽게 항구를 정비하고 배에서 떼어낸 화포를 항구 양쪽에 설치하여 포대를 구축하고 병사들이 머물 수 있게 막사를 지었다.

재료는 지천에 널려 있었으나 독초와 독충, 악어, 뱀 등 독으로 사람을 공격하는 동식물이 너무 많아서 병사들이 고역이었다.

다행이라면 겨울임에도 춥지 않은 날씨와 주변에 먹을 수 있는 과일과 동물, 바다에서 나는 해산물과 물고기 등으로 식량 구하기가 쉬웠고 워낙 대함대를 이끌고 와서인지 공격할 적이 없다는 것이 큰 위안이 되었다.

"수사영감."

"말하게."

작업 현장을 지켜보던 소연에게 부장 중 하나가 다가와 불렀다.

"배들을 모두 정박하기는 했지만 큰 비나 태풍이 오게 되면 위험할 수 있습니다. 배들 중 일부라도 뭍으로 올려놔야 하지 않겠습니까?"

"자네 말이 맞는 것 같네. 하나 만약을 대비해야 하네 원주민들이나 해적 중 일부가 공격을 해 온다면 급히 대응을 해야 할 터인데 배를 올려놓으면 문제가 되질 않겠나?"

"물론 그렇기는 합니다만. 근처에 우리를 공격할 만한 세력은 없어 보입니다. 그리고 더 큰 문제는 배에 실려 있는 물품들입니다. 술루와의 거래가 이루어 지지 못하게 되면 저 많은 것들은 어찌합니까?"

무역을 하기 위해 떠나온 길이라 배들에는 여러 상품들이 가득하게 실려 있었다. 유리 제품인 손거울, 경대, 천리경, 안경, 각종 유리그릇, 술잔과 도자기, 비누, 인삼, 종이 등이 배마다 가득 차 있는 것이다.

더구나 조선으로 되돌아간 배들에서 옮겨 실어 사람이 타기도 힘들 만큼 가득 차 있는 배도 있었다. 떠나올 때 보유하고 있던 모든 상품을 실어 준 것이나 다름이 없다.

"거주할 막사 공사가 오늘 끝나면 주변에 목책을 두르고 중앙에 창고를 짓도록 하게 창고가 완성되면 물품들을 옮겨서 보관하고 배들 중 일부는 뭍으로 끌어 올려놓게."

"알겠습니다."

다음날 병사들을 이끌고 주변 정찰을 나섰던 풍계정이 돌아왔다. 되도록 원주민들과 접촉을 피하고 주변에 거주하는 원주민의 숫자만 파악하여 알아오라고 했는데 풍계정은 여럿의 원주민들을 이끌고 나타났다.

"어찌 된 것인가?"

"수사영감 명대로 그저 근처에서 살피고만 오려고 했는데 이들이 워낙 눈치가 빨라야지요. 근처에 가지도 못하고 걸려서 이렇게 되었습니다."

풍계정이 이끌고 온 원주민들은 젊은 남자들이었다. 그들은 직접 이 새로운 이방인들이 어디에 자리를 잡았으며 원하는 것이 무엇인지 알기 위해 온 것 같았다.

서로 말은 통하지 않으나 적대적이지 않고 웃으며 대했으니 적으로 생각하지는 않는 듯 보였다.

"그래, 근처에 있는 부족들의 현황을 말해 보게."

"반나절 거리에 약 200가구 정도 되는 부족이 있습니다. 자신들을 일노까노라고 합니다. 그 주변에 더 있을 것으로 추측됩니다. 그리고 더 올라가면 이로카라는 부족이삽니다. 그들도 대략 150여 가구가 됩니다. 다시 동쪽으로 가니 아이따라는 부족이 있는데 그들은 매우 큰 산 근처에 모여 삽니다. 이들 말을 잘 들어 보니 고을을 이들 말로 바랑가이라고 부른다는 것을 알았습니다. 그리고 그 바랑가이를 이끄는 군주를 다투가 아니라 라자라고 부릅니다. 라자가 부족장을 부르는 이름이고 다투는 그들의 정치 체제를 이르는 것 같습니다. 이들은 산 중턱에 드문드문 마을을 만들고 넓게 퍼져 삽니다. 거기서 내려오다 보니 이고롯 족이 있습니다. 따라온 사람들과 손짓발짓으로 어느 정도 대화를 했사온데 그 외에도 이푸가오라는 부족이 북쪽에 산답니다. 추측컨대 대략 이들은 바랑가이당 200가구 안쪽으로 집단을 이루고사는 씨족 체제인 것 같습니다. 그리고 저들이 산이나 내륙에서 살기 시작한 것이 얼마 전부터랍니다. 말레이족이라고 부르는데 바다 건너에서 오는 사람들 때문에 해안가에 살던 사람들이 대부분 내륙으로 이동한 것 같습니다. 일전에 저희가 처음 들어왔던 항구남쪽을 시작으로 위로 올라오면서 거주지를 늘리는 듯합니다. 이런 모든 상황을 종합해 볼 때 바다 건너에서 오는 말레이족과 명나라, 참파, 대월, 시암, 왜 등이 이곳에 드나들며 술루 왕국이 저 밑 남쪽에서 위로 올라오는 것 같습니다. 즉 우리는 7개 세력이 알력 다툼과 거래를 하는 지역에 들어온 것입니다. 물론 원주민들을 제외하고 말입니다.”

“대략 그렇게 계산해 보면 이 섬에 원주민이 최소 10만 정도에 외부인이 4, 5만 정도 산다는 말인가?”

“섬의 크기에 비해서 매우 적어 보이지만 그 정도가 맞는 것 같습니다. 지금까지 저희가 배를 타고 둘러본 지역과 내륙 지역을 돌아다니며 가늠해 보건데 땅의 크기는 아국과 비견될 정도였습니다. 어쩌면 더 클 수도 있습니다. 거기에 일 년 사시사철 춥지 않고 따뜻하니 사람 살기에는 더없이 좋기는 합니다. 물론 독충과 악어, 뱀이 많기는 하지만 어차피 사람 사는 곳과 동물 사는 곳은 다른 것 아니겠습니까?”

소연은 풍계정의 보고에 내심 마음이 뛰는 것을 느꼈다. 소연이 알기로 조선이 500만이 넘는 백성인데 땅이 없어 농사를 짓지 못하는 백성들이 많아서 북방의 추운 지역에 대가를 주고 땅을 빌려 농사꾼을 보낸다고 알고 있었다.

그럴 것이 아니라 이곳에 오기만 한다면 땅은 널렸으며 일 년에 두세 번씩 수확을 할 수도 있으니 이곳은 극락이나 다름이 없다.

더구나 주변에 지천으로 먹을거리가 널려 있으니 아무리 가난한 자라도 굶어 죽을 리는 없다.

"이곳이 점점 마음에 드는구먼! 자네는 그렇지 않은가?"

"마음에 듭니까? 저는 독충들 때문에 하루 빨리 조선으로 돌아가고 싶나이다. 이곳 모기는 어찌 된 것인지 아국 모기보다 몇 배는 독해서 물리면 그 고통이 배는 되는 것 같습니다."

"하하하, 어찌 다 완벽할 수만 있겠는가?"

소연은 자신에게 큰 기회가 왔음을 피부로 느끼기 시작했다. 풍부한 자원과 기름진 땅에 기후도 좋다. 거기에 순박한 원주민들에 적대적인 집단으로 분류된 이들은 자신이 이끌고 있는 병사들보다 전투력이나 무기 또한 한참 뒤진다. 어떤 사람이 이 자리에 있더라도 큰 욕심이 날 것이 자명했다.

하나 소연은 바보가 아니다. 무력으로 이 큰 섬을 지배하려는 어리석은 생각은 없다. 무력을 동원하거나 식민 지배를 하지 않아도 얼마든지 목적을 달성할 수 있다.

"자네 저들 원주민 말 좀 배워야겠네."

"네?"

"마침 잘되었구먼. 따라온 원주민 청년들에게 숙소를 마련해 주고 저들과 친하게 지내게 그리고 부장 서넛을 붙여서 원주민 말을 배우도록 지시하게 필요하다면 원주민 마을에 가서 살다 와도 좋네."

"수사영감은 이곳에 눌러앉을 계획이십니까?"

"가능하다면 아국 조선을 위해 그리해 볼 생각이네."

"수사영감!"

"자네도 생각해 보게 이곳은 무인지경이야, 나라에 녹을 먹는 처지로 이런 땅을 포기하란 말인가?"

"이곳을 조선의 땅으로 만들려는 생각이십니까? 전하의 명 없이 단독으로 그런 행동을 하시면 나중에 큰 문제가 될 수 있습니다. 더구나 이곳 원주민들의 반발은 어쩌하시려고요?"

"자네 너무 앞서가는구먼, 전하에게 허락을 받아야지 어찌나 혼자만의 결정으로 그리할 수가 있겠나? 그리고 원주민들은 반발하지 않을 것이네. 자네도 생각해 보게 저 원주민들이 나라를 못 만들고 이리 문화가 뒤떨어진 것은 모두 저 씨족 체제에서 벗어나지 못해서 아닌가? 저들 원주민들의 거주지를 보장해 주고 권리를 보장해 주면 반발할 이유가 없지 않겠나? 우리는 저들과 다툼 없이 천천히 그러나 완벽하게 우리에게 동화시켜 나가면 되네."

"어찌 말입니까?"

"백제 유민의 후손을 만들까? 아니라면 신라 유민의 후손을 만들까?"

"네?"

"하하하, 아니네. 어찌 되었든 저들 각각의 바랑가이를 연결하는 소통의 중심에 우리가 자리 잡으면 되네, 원나라가 적

은 백성으로 중국 땅을 비롯해 서역까지 그 힘을 떨친 이유가
무엇인가? 잘 생각해 보게 우린 원나라처럼 폭압이나 차별 정
책을 펼치지도 않을 것이네 다만 우리가 저들을 하나로 묶는
튼튼한 노끈이 되면 되는 것이네 우리의 말과 글을 가르치고
우리의 앞선 문화를 전파시켜 천천히 동화시키면 되는 것이네
그러니 이는 전투를 하는 것보다 몇 배는 어려울 수도 또는 쉬
울 수도 있는 것이네."

"무슨 뜻인지 잘 알겠습니다. 하나 나중을 위해 전하께는
꼭 허락을 받으셔야 합니다. 만약 그렇게 하지 않으시면 조정
의 대신들로부터 큰 곤혹을 치르시게 됩니다."

"알겠네. 걱정 말게."

두 사람의 대화로 루손 섬의 운명이 바뀌어 버렸다. 소연은
향후 계획이 정해지자 거칠 것 없이 일을 진행시켜 나갔다. 새
롭게 자리를 잡은 후백 항을 기점으로 북쪽과 동쪽으로 풍계
정을 다시 보내서 원주민들에게 선물을 주고 친분을 다지라
명했다.

포섭할 원주민 부족은 이고롯족, 이푸가오족, 일노까노족,
아이따족, 이로카족이었다. 더 있겠지만 현재까지 확인된 부
족 중 가장 규모가 크고 큰 땅을 소유한 부족들로만 정하고 난
뒤 조선 함대의 이동 원인을 제공한 갈링가족에게 연통을 넣
었다.

"어서 오시오."

연통을 넣자마자 아띠한이 부족 원로를 비롯한 전사들 20여 명을 이끌고 조선군이 자리 잡은 후백 항으로 달려왔다.

"이곳이 이제 당신들의 거주지요?"

"그렇게 될 것 같습니다. 안으로 드시지요."

소연을 따라 새롭게 마련된 거처로 들어갔다. 지난번에 만났던 장소보다 훨씬 넓고 깔끔하게 만들어진 곳으로 한 달여 만에 만든 곳이라고는 믿기 않을 만큼 훌륭한 집무실이었다.

"좋군요. 튼튼해 보입니다."

"감사합니다. 저희 쪽 병사들은 잘 지내지요?"

"그렇습니다."

소연은 함대를 이동할 때 병사 30을 갈링가족에게 보내어 주었다. 그들은 대부분 30대 후반에서 40대로 연륜이 있는 노병들이었다.

"변화가 있습니까?"

"체계적으로 전사 훈련을 받고 있습니다. 더불어 그 정음이라는 글자와 산술 등도 배우며 바랑가이 주변에 목책과 감시소 설치를 추진하고 있습니다."

"명은 그 뒤로 공격해오지 않습니까?"

"몇 번 정찰을 하러 왔다가 되돌아갔습니다. 하나 더 이상 공격은 하지 않습니다."

몇 번 무력을 동원해 공격에 나섰으나 갈링가족이 강하게 되받아치자 멈칫거리며 공격을 하지 못하는 명이었다.

조선군이 자신들 편으로 돌아섰다면 다시 공격에 나섰을 테지만 조선이 중립을 표방하고 술루 왕국이 비난을 시작하자 섣불리 공격하지는 못했다. 더불어 근자에 말레이족들의 이주가 많아지면서 언제 그들에게 공격을 받을지도 모르는 상황이 되자 더욱더 조심스럽게 움직이는 명의 이주민들이었다.

"전에 물어보고 싶었는데… 참파나 시암 왕국 사람들과는 친분이 두터운 것 같습니다."

소연의 질문에 통역을 하던 참파역관이 대답했다.

"저희들은 입장이 조금 다릅니다. 우선 대규모로 이곳에 상선이나 이주민을 보낼 형편도 아니고 주로 왜나 명국 사람들의 물건을 이곳에서 거래하는 입장입니다. 시암은 더구나 말레이 즉 조호르 왕국과 사이가 좋지 못하여 더욱 그렇습니다. 거주하는 사람도 수십에 불과하며 2, 3년에 한 번 정도 오는 것이 전부입니다. 저희 참파는 조금 더 많기는 하지만 주로 왜의 상인들에게 물건을 넘기고 바로 건너가는 형편입니다. 이곳에 거주하는 참파인들은 수백도 안 되며 안전을 보장할 수 없으니 명과 원주민들의 통역을 해 주거나 왜인들이 들어오면 참파의 물건을 넘기고 대금으로 말레이나 명의 물건을 매입했다가 본국으로 보내는 것이 전부입니다."

"허면 많은 이득을 보겠군요?"

"그렇게 볼 수도 있으나 거래 자체가 드물어서 그리 큰 이득은 보지 못합니다. 왜나 명이 직접 본국으로 상선을 이끌고 가는 경우가 많아서 이곳에서 큰 이문은 보지 못합니다. 그저 포기할 수 없어서 있을 뿐입니다."

"입장을 잘 알겠습니다. 허면 갈링가족에게 대금을 받고 통역을 하시는 겁니까?"

"그렇다고 볼 수 있습니다."

"통역을 하게 되면서 양쪽의 비밀스러운 내용을 모두 알게 되었는데 참파는 어떤 입장을 취할 생각입니까?"

소연이 조금은 정색한 표정으로 참파의 통역관을 바라보았다.

"하하하, 그리 걱정하실 필요는 없습니다. 역관의 일이란 것이 다 그렇지요. 제가 명과 원주민, 왜와 원주민들의 통역도 합니다. 하나 그들의 일을 조선에 알린 적 있습니까? 만약 저를 통해 말이 새이 나갔다면 전 벌써 죽었을 겁니다. 하니 그 부분은 걱정 안 하셔도 됩니다."

"그래도 이곳에서 살아가는데 도움은 되지 않소?"

"초기에는 그런 정보들이 많은 도움이 되기도 했습니다. 하나 지금은 그렇지 못합니다. 각자 원주민이나 이곳에 진출한 여러 나라의 말을 하는 역관을 대동하거든요. 해서 지금은 원주민들의 편의를 봐주는 것이 고작입니다."

"알겠소이다."

대화가 끝나자 소연은 일행을 이끌고 밖으로 나와서 창고를 향했다. 창고 문을 열고는 상자 여럿을 꺼내 펼쳐 놓고 아띠한 에게 부족에 필요한 것이 무엇인지 물었다.

"천리경이라는 물건과 안경은 매우 쓸모가 많을 듯합니다. 더불어 이 거울도 여자들에게 필요해 보입니다. 비누는 피부 병에 좋다고 하니 남녀노소 누구나 반겨 할 것 같고 종이 또한 필요합니다. 뭐 하나씩 살펴보니 모두 필요하군요."

"본래 이 물건들은 술루 왕국 사람들에게 팔아 쌀을 사 가 려고 했으나 이제 그 일은 힘들듯 보이니 이곳 사람들에게라 도 팔아야 할 것 같습니다. 타 지역 원주민들에게도 쓸모가 있 겠지요?"

"그럴 것입니다. 한데 쌀이라면 이곳 사람들도 재배를 하니 많이는 아니더라도 구할 수 있을 겁니다. 꼭 그것하고만 거래 를 해야 합니까?"

"이것을 제하고 당신들에게 꼭 필요한 것은 무엇입니까?"

"사실 부족을 산악 지역으로 옮기고 소금이 매우 귀해졌습 니다. 해서 소금이 필요합니다. 내륙지역에 사는 부족들도 소 금이 필요할 것입니다. 더불어 말린 생선이라도 좋으니 생선 도필요하고 해삼 같은 바다에서 나는 것들이 귀하게 취급됩니 다. 본래 해안가에 살 때는 쉽게 구하던 것인데 지금은 구하기 가 어려워 곤란한 처지입니다."

"알겠습니다. 방법을 찾아보도록 합시다. 내륙에 사는 부족 중에 쇠를 다루는 부족이 있습니까?"

"쇠는 모든 부족이 다룹니다. 금이나 은, 특히 은을 녹여 장신구나 식기로 사용하기도 합니다. 강철은 당신들이 사용하는 것보다 질은 떨어지나 칼이나 화살촉에 들어가는 것들은 자체 생산하는 부족이 많습니다."

"좋군요. 허면 쌀도 구할 수 있고 철도 구할 수 있으니 여건은 충분한 듯합니다."

소연은 아띠한의 대답에 밝게 웃으며 원로들과 아띠한 모두를 한자리에 모아 식사를 대접했다.

그날 밤 양측이 진지하게 대화를 나눈 뒤 다음날이 되자 각자가 한 짐씩 물품을 짊어지고 떠났다.

6.

4군 6진

인종 3년 2월 3일.

한겨울의 추위가 조금씩 물러가자 북방의 봉성군 휘하 8천 500의 용양위 군사들과 함경북도와 남도의 2만 군사들이 움직이기 시작했다.

함경도의 병사는 북방을 지키는 최고의 병사들이라 칭해지면서도 봉성군이 부임하기 전에 고작 1만 5천이 안 되는 병사들이었는데, 봉성군이 부임하면서 2만 3천으로 늘렸다.

기병 6,500을 8,000천으로 보병 2천을 4천으로 갑사 3,400을 무려 1만 1천으로 늘려 놓았다. 1년 반이라는 시간에 이룩한 업적 치고는 실로 대단했다. 갑사란 갑옷을 입고 무장을 완벽하게 갖춘 병사로 전투력이 기병 다음으로 좋은 병사였다.

기병은 야인여진에서 들여온 말 덕분에 더 많이 늘릴 수는 있었으나 전투에 임할 정도로 훈련하는 것이 힘들어 숫자가 대폭적으로 늘지는 못했다.

더불어 말들은 보급 수송에도 필요했고 일부는 후방의 기병 양성에도 사용되어야 하기에 1,500 정도를 늘리는 것에 만족하고 병사들의 방호력을 올릴 수 있는 갑사들을 양성하는 것에 최선을 다했다.

이당시 조선군이 사용하는 갑옷으로는 철갑(수은갑. 유엽갑, 엽아갑, 별철갑)과 피갑(가죽 갑옷), 지갑(종이)과 면갑 등이 사용되었는데 지갑은 훈련용으로 주로 사용되고 철갑은 고위 무관들이 사용하며 일반 병사들은 피갑과 면갑들을 사용했다.

피갑이나 면갑은 이름만으로는 방호력이 떨어질 것 같으나 실제 전투에서는 철갑에 뒤지지 않는 방호력을 보여 주고 움직임이 자유롭기 때문에 전투력에도 큰 도움이 되었다.

이 또한 홀라온과 예허부를 통한 거래가 큰 도움이 되었다. 이렇게 병사들을 양성이 어느 정도 괴도에 오르자 봉성군은 세종 대왕이 이룩한 4군 6진 중 지금은 완전히 폐쇄되어 운영되지 않는 4군에 1만 5천의 병사들을 주둔시켰다.

4군은 압록강 상류인 여연(閭延)·자성(慈城)·무창(武昌)·우예(虞芮)로 건주여진과 마주보고 있는 지역으로 이번 조치로 인해 건주여진이 잔뜩 긴장을 하기 시작했다. 그도 그럴 것이 그동안 건주여진의 국경 침략이 워낙 심했기 때문에 자신들을 공격하기 위해 조선의 병사들이 움직였다고 판단할 수밖에 없었다.

4군에 주둔하는 병사는 봉성군이 이끌고 올라간 8천 500의 병사와 함경남도 병사 6천 500으로 주로 갑사와 보병이었다.

6진에는 함경남북도 병사 1만 6천 500을 6곳에 나누어 주둔시켰는데 홀라온 부족이 그들 부족 땅에서 정착하여 사는 조선 백성에게 위해를 가할 경우 언제라도 출정할 수 있는 태세를 갖추기 위함이었다.

기병대 부분이 이곳에 편제되었고 보병으로 불리는 4천의 병사는 4군에 2,500, 6진에 1,500이 주둔했는데 모두 보총병으로 양성되고 있었다.

보총의 보급은 가을 추수가 끝나는 9월 말까지 모두 보급할 계획으로 현재는 반 정도가 보급된 상황이다. 그와 힘께 군기시의 연구 개발이 활발히 진행됨에 따라 여러 무기들이 등장하기 시작했다.

기존에 있던 질려포통(초기의 수류탄)을 개선하여 폭발력과 함께 질려(마름쇠)의 파괴력을 증가시켰고 화포의 숫자도 대폭적으로 늘어나기 시작했다.

거기에 한동안 방치되어 있던 신기전이 다시 만들어지고 있었다. 모두 광산 개발이 선행됨에 따라 나타나는 현상이었다.

이제 조선에서 인종의 야심을 모르는 사람은 아무도 없었다. 무역을 통해 부를 쌓고 군을 양성하여 남벌과 북벌로 국경을 안정시키고 기회가 되면 고토를 회복한다는 계획은 눈치가 조금이라도 있는 사람이라면 모두가 알고 있다.

다만 겉으로 드러내 놓고 말하는 사람은 없었다. 명에 사대하는 입장이고 형식적으로 만주의 여진족은 명국에 속하며 왜 또한 엄연히 타국이니 그들의 귀에 들어가서 좋을 일은 없는 것이다.

다만 모두가 이렇게만 나라가 발전하면 조만간 이라는 생각을 하기 시작했다.

"북원과 예허가 움직이는 시기가 언제라고 합니까?"

"4월 초입니다. 조선에서는 3월 말에 움직이셔야 합니다."

"우리가 먼저 움직이라는 말이오?"

"저희는 더 빨리 움직입니다."

홀라온 측에서 김나벌이 6진에 머물고 있는 봉성군을 찾아와 대화를 나누고 있는 자리였다.

김나벌은 자신들이 3월 중순이 지나자마자 건주여진 쪽으로 병력을 움직일 것이라 말했다. 더불어 조선이 4군에 병력을 배치했으니 주변 정리를 겸해서 3월 말쯤 인근의 건주여진인 들을 국경 침탈 죄로 체포하여 후방으로 압송을 시작하면 건주여진이 반발을 하며 압록강과 백두산 인근으로 병력을 이동시킬 것이고 기회를 틈타 홀라온 병력으로 건주여진에 타격을 주기로 했다.

건주여진 입장에서 보면 앞뒤로 적을 맞이하는 상황이 되는 것이다. 결국 이러지도 저러지도 못하고 방어에 최선을 다할 것이다.

그때를 기회로 하여 해서여진의 예허부가 북원에 지원을 받아 하다부를 치고 상황을 봐서 우라부와 후이파부를 공격하여 통합할 계획인 것이다. 일종의 삼각 동맹 체제가 발휘되는 것이다.

주적은 건주여진과 명이었다. 물론 이런 모든 작전에는 3월 말과 4월 초에 투메드 몽골 즉 알탄 칸이 움직인다는 전제하에 실행되는 것이다.

알탄 칸이 명의 국경을 침탈하여 명의 군대가 움직일 수 없어야 가능한 것이다. 썩어도 준치라고 명은 대제국이고 만약 명이 움직이게 되면 계획이 물거품이 되고 만다.

"알탄이 움직이는 것이 확실합니까?"

"연례행사이니 움직일 것입니다. 예허부 사신의 말로는 만약 움직일 계획이 없다면 움직일 수밖에 없는 상황을 만들 것이라 했습니다. 북원과 그들은 같은 민족으로 무슨 방법을 써서라도 움직이게 할 자신이 있다니 믿어 볼 수밖에요."

"흠, 알겠소. 허면 우리는 경계를 강화하고 건주여진인들을 모두 압령(押領)하도록 하겠소."

두 사람의 대화가 끝나고 김나벌은 부하들을 시켜 가지고 온 가죽과 말 등을 주고 덩이쇠 1천근을 가지고 되돌아갔다.

1천근은 약 600kg 무게였다. 현재 봉성군이 관리하는 광산에서는 작년 한 해 동안 쇠 2만 근 약 12톤을 생산했고 금 5만 냥 약 1,900kg을 생산했다.

그 외에 은과 납, 구리, 주석, 석탄 등 다양한 금속을 채굴했는데 그 채굴량 만큼이나 많은 이들이 광산에서 일하고 있었다. 그중 일부는 국경을 넘어오는 여진인 들과 땅이 없는 양민들도 있었다.

김나벌이 돌아가자 봉성군은 급히 지휘부를 소집하여 회의를 하고 일부 지휘관을 남기고 대부분이 4군 지역으로 이동했다. 이제부터 건주여진을 상대로 강한 압박을 실시해야 한다.

인종 3년 3월 11일.

강녕전에 국방부총리 홍섬이 들었다. 국방부총리 홍섬은 병조판서를 겸하는 사람으로 국무총리 신광한과는 동급이었다. 국무총리가 행정부수장이라면 국방부총리는 군부의 수장이었다.

"여진에서 들어온 말이 얼마나 됩니까?"

"4천 두를 넘었사옵니다."

"말이 있다고 하여 기병이 바로 양성되는 것이 아닌데 무슨 복안이 있습니까?"

이 시대에 무과에 급제하여 무관이 되기 위해서는 비싼 말과 무기 등을 직접 구입하여 훈련한 뒤 무과를 봐야 했다. 그래서 돈이 없는 사람들은 무관이 되고 싶다고 해도 포기하는 경우가 많았다.

"각 군영에 나눠서 군영 자체적으로 기병을 육성하는 방법이 있으나 상비군의 숫자가 워낙 적은지라 훈련이 수월치는 않습니다. 비답이 있다면 하명하여 주십시오."

"이러면 어떨까 합니다. 무관이 되고자 하는 이들은 한곳에 모아 2년에서 4년까지 말과 병장기 등을 빌려 주고 교관을 지원하여 양성하는 것입니다. 예를 들면 성균관과 같은 것이지요. 이와 마찬가지로 수군 또한 군관이 되고자 하는 이들을 양성하는 기관을 만들어 훈련시킨 뒤 그 능력이 뛰어난 자들을 선발하여 함대 운영을 맞기는 것입니다."

"무관 학교를 만드는 것입니까?"

"그렇지요. 그게 더 효율적이녀 빠를 것 같습니다. 지금은 난세이니 빠르게 대처해야 합니다. 아니 그렇습니까?"

"국방부관원들과 논하여 계획을 세워 보도록 하겠나이다."

국방부총리 홍섬이 수긍하자 인종이 다른 문제를 꺼냈다. 군부를 책임지는 사람인지라 정세에 밝을 수밖에 없고 지금 상황에서는 그렇게라도 병력을 늘려야 함을 잘 알고 있는 것이다. 일종의 미래에 등장할 사관 학교인데 그것을 인종과 홍섬의 간단한 대화로 탄생하게 되었다.

"아국이 만들어지고 나서 지난 150여 년 동안 군적을 엄격

하게 관리하려 나름 노력했으나 이것이 쉽지가 않습니다. 보
고한 병력은 항상 10만이요. 20만이요 하지만 막상 감사를 해
보면 몇 천의 병사를 몇 만으로 불려 보고하는 경우가 허다하
여 낭패를 보기 일수이고 군신 간에 신용이 없으니 국정을 운
영하기 매우 어렵게 되었습니다. 해서 내 특단의 조치를 내리
려 함이니, 총리께서 짐을 대신해 각 군영을 살펴보고 과인의
명을 하달하도록 하세요."

"알겠나이다. 일러 주시면 시행하겠나이다."

"우선 이 두 문서를 받으세요."

인종이 건넨 문서에는 내용은 없고 형식만 기록되어 있었
다.

"하나는 일보입니다. 각 부대마다 매일 병사들의 숫자를 일
보에 기록하게 하여 한 달에 한 번 상급 부대에 보고토록하고
상급 부대는 취합하여 사실과 다름없는지 확인한 후 3달에 한
번 병조에 보고토록 시키세요. 일보의 작성이 하루라도 빠지
면 엄히 처벌하세요."

첫 번째 건네준 서식은 군에 있는 계급에 따라 현재 군영에
있는 숫자와 외부 파견, 병가, 휴가, 외부 인원 등을 아주 상세
히 나눠서 적게 되어 있는 일보였다.

이것을 실시하게 되면 최소한 3달에 한 번은 조선 전체의
군사 숫자와 현황을 파악할 수 있으니 군을 운용하기가 매우
수월해지는 것이다.

"다음에 있는 서식은 부대 일지입니다. 각 군영과 위, 수영의 일과를 꼼꼼하게 기록하여 부대장의 수결을 매일 받아 보관하고 이것 또한 한 달에 한 번씩 월간 부대 현황으로 일지의 내용 중 중요한 내용을 간추려 상급 부대에 보고하게 하고 최종적으로 병조에 보고토록 시키세요. 허면 이것만 보고도 어느 지역의 어느 부대가 어떻게 훈련을 시키고 있으며 현재 어떤 임무를 수행하는지 파악할 수 있으니 군부를 이끌어 나가는데 큰 도움이 될 것입니다."

"참으로 지당하신 말씀이옵니다."

"국방부총리로서 군을 확실히 장악하기 위해서는 세세히 돌아가는 내용을 알아야 합니다. 하니 힘들더라도 올해는 전국 팔도에 있는 각 군영과 수영 등을 돌아다니면서 눈으로 직접보고 미진한 부분이 있으면 질책하고 잘하고 있으면 상찬하세요. 과인이 하고 싶으나 군왕이라 쉽게 움직일 수 없으니 여를 대신해 총리께서 수고를 하세요."

"명심하여 봉행하겠나이다."

새롭게 총리에 올라 국방부의 수장이 되었지만 북방으로는 봉성군과 수군으로는 수군절도사 소연의 권한이 강해지면서 허울뿐인 군의 수장으로 머물고 있는 홍섭이었다. 인종의 입장에서는 필요해서 한 것이나 상황이 그리 돌아가자 각지의 군영들이 홍섭에게 보고하기보다는 봉성군이나 인종에게 장계를 올려 문제를 해결하려는 경향이 보였다.

이럴 때 인종이 직접 나서서 국방부총리가 자신의 본분을 할 수 있게 상황을 만들어 준 것이다.

향후 국방부는 무관학교와 병력현황을 관리하게 되면서 각 부대를 통솔해 나갈 힘을 얻게 된 것이다.

무관 학교는 인사관리를 전적으로 국방부가 담당한다는 의미이고 병력 현황은 단순히 숫자를 확인하는 것이 아니라 보급과 운용을 위해 작성하는 것이니 그일 또한 국방부가 책임진다는 의미였다.

하니 아무리 손길이 직접 미치지 못하는 전방의 부대라도 국방부의 말을 듣지 않을 수 없게 되는 것이다.

국방부가 만들어지면서 병조가 그대로 존치되었는데 병조는 국방부가 완전히 자리를 잡게 되면 사라질 아문이었다.

현재는 국방부로 대부분 이전되고 각 아문과 국방부 사이의 조정 역할이 주 업무였다. 특히 호조와 공조 등 군부와 연관되는 아문과의 소통을 주로 담당하였고 몇 년 안에 병조는 폐지될 계획이었다.

인종 3년 3월 15일.

4군 지역에 자리를 잡은 봉성군은 경계를 강화하라고 명하고 국경을 넘어 들어와 생활하는 여진인 들은 모두 추포하여 평양으로 보내도록 했다.

평양에서는 다시 그들을 남포의 제철소나 함경도의 광산으로 보낼 예정이고 일가가 전부 내려온 경우라면 하삼도까지 내려 보낼 것이다.

건주여진은 많아 봐야 40만 정도이다. 그런데 그중 수만 명이 국경을 넘어 들어와서 농사를 짓거나 약초를 캐며 살아가고 있다.

봉성군의 명이 떨어지자 병사들이 좌우로 바람처럼 움직이기 시작했다. 압록강을 경계로 일대에 머물고 있는 여진인 들이 수도 없이 잡혀 들어오기 시작했다. 일정 이상 인원이 되면 모두 줄줄이 포승줄로 묶어 평양으로 압송했다.

"오늘까지 몇 명이나 압령했나?"

"족히 2만은 되는 것 같습니다."

실로 엄청난 수였다. 워낙에 불시에 이루어진 일이라 여진인 들은 도망갈 생각도 못하고 끌려 내려갔다.

그들이 도망갈 생각을 하지 못한 것은 자신들이 살고 있던 땅과 집을 버리고 다시 올라가봐야 살 곳이 없기 때문이다.

더하여 조선에서 잡아간다고 해도 자신들을 죽이거나 감옥에 가둬 두지는 않을 것이라는 생각도 있었다.

"건주위의 동태는?"

"아직까지 눈치채지 못한 것 같습니다."

2만의 여진인 들을 잡아들여 평양으로 압송을 시작한 것은 불과 5일 만에 벌어진 일이었다.

더구나 4군 지역과 그 주변 국경 부근에 병사들이 다시 진을 세우고 통행을 금지시켜 이쪽 사정을 알지 못하고 있었다.

설사 안다고 해도 진위를 파악하기 분주할 시간이었다.

"서둘러야 한다. 평안 병사에게 여진인 들을 압령할 병사들을 더 올려보내라 하고 각 부장들에게 여진인의 침입이 있을 수 있으니 주의 깊게 동태를 살피라 명하게."

"네, 마마."

봉성군의 이런 조치에 건주여진은 술렁이기 시작했다. 가족 중 일부가 조선 땅으로 넘어가 농사를 짓기도 했고 사 무역을 하기 위해 넘어간 이들도 있었다.

또는 산삼을 캐기 위해 양쪽을 오가는 약초꾼들이 많았다. 갑작스럽게 조선군들이 압록강주변에 나타나기 시작했다. 더불어 망루를 세우고 화포를 설치하여 삼엄하게 경계까지 서고 있었다.

"어찌된 일이지?"

"재작년에 조선의 왕자 중 한 명이 북방총사령관으로 부임했다더니 국경을 완전히 닫을 모양이야, 이제 더 이상 조선 땅으로 못 넘어가게 생겼어."

"허면 넘어가 있는 사람들은 어쩌나?"

"법을 어겼으니 처벌받든지 조선 사람으로 살겠지."

"이거 위장님에게 알려야 하나?"

"이미 알고 계시겠지, 이 정도 상황인데 모르려고……"

이들이 술렁일 때 병사들에게 이끌려 평양으로 압송되는 여진인들 또한 불안감에 떨거나 분노를 표출하기도 했다.

"이보시오! 이러면 아니 되오. 우리가 무슨 죄를 지었기에 이리 박대한단 말이오?"

"잔말 말고 따라오시오. 국법을 어겼으면 당연히 벌을 받는 것이오."

"도대체 우리가 무슨 국법을 어겼다고 이러시는 것이오. 이유라도 알고 끌려가도 끌려가야 하지 않겠소!"

"어허! 관의 허가 없이 국경을 넘어와서 사는데 그럼 그게 국법을 지킨 것이오?"

"그게 무슨 말이오? 국경을 넘다니 난 국경을 본 적도 없고 국경이라고 쓰여 있는 팻말 한 번 본 적 없소. 도대체 어디가 국경이란 말이오? 이 땅은 대대로 우리 조상 때부터 살아온 터전이란 말이오!"

"압록강 건너는 여진 땅이고 이쪽은 조선 땅인 것을 진정 모르고서 하는 말인가? 자네는 봄이면 압록강을 건너와서 농사를 짓고 겨울이면 다시 건너가서 살다오지 않는가? 아닌가?"

"그게 무슨 상관이 있단 말이오. 여진 땅이든 조선 땅이든 조상 대대로 그리 살아왔는데 그동안 조선 관아에서도 건주위 장도 우리가 그리 살아가고 있는 것을 알고 있음에도 묵과하여 주지 않았소? 그게 잘못되었다면 미리 말을 해 주고 조치를 취해야 하는 것이 도리 아니오?"

"되었으니 그만하시오. 계속하여 따질 요량이거든 도착하여 판관에게 따지시오. 우리에게 말해 봐야 소용없소. 어차피 나라가 다름인데 조상 따져 무엇한단 말이오?"

"이보시오. 일가친척 중 일부는 압록강 건너에 살고 일부는 조선 땅에 사는데 강 하나를 두고 너희 나라 우리나라 갈라서 이리 박대한다는 것이 말이 되오? 적어도 이리 할 요량이거든 먼저 나라를 선택하라고 말이라도 해 줘야 하는 것 아니오? 이 땅에서 조상 대대로 살아온 우리가 윗분들 편의에 따라 이 나라 사람도 되었다가 저 나라 사람도 되고 그러는 것 아니오? 고려조 때는 한나라 사람이었는데 조선조 들어서 남의 나라 사람이 된다는 것이 말이 되오? 조선 태조 대왕도 여진 땅에서 나왔는데 어찌하여 동족을 이리 박대한단 말이오! 하늘이 두렵지 않소!"

끌려가며 악다구니를 쓰는 중년의 남성이 이끌고 가는 병사의 만류에도 계속하여 말을 하자 말을 타고 뒤따르던 무관이 다가와 호통을 치며 들고 있던 지휘봉으로 사정없이 내려쳤다.

"아이고! 나죽네!"

"그런 놈들이 때만 되면 무리를 이루어 동족을 죽이고 노략질을 하느냐? 괘씸한 놈 같으니 말은 잘도 한다만 죄다 살기 위해 하는 말인 것을 모를 줄 아느냐! 너희들이 그동안 강을 넘어와 조선인들에게 저지른 패악 질은 생각지도 않느냐?"

"아이고! 사람 잡네, 조선인들은 도적질 안 하고 노략질 안 하오. 어찌 우리만 그리 박대하시오. 조선인들도 먹을 곡식이 없으면 산에 들어가 패당이루고 민가를 습격합디다. 어디 우리만 그러오. 애초에 조선인으로 받아 주었으면 우리가 이리 억울하게 당하겠소? 우리가 한 일도 아니고 몇몇이 한 일을 관에서 못 잡아들이고 왜 죄 없는 우리를 잡아간단 말이오."

"그래, 말 잘했다. 그래서 앞으로 너희들을 조선인으로 삼아 조선 땅에서 죽을 때까지 살게 해 줄 것이다. 하니 그만 악다구니 쓰고 조용히 따라 오너라."

"그게 무슨 말이오? 조선인으로 삼는데 어찌 포승줄에 묶어 굴비 엮듯이 이리 이끌고 알지도 못하는 곳으로 끌고 간단 말이오?"

사내의 질문에 지쳤는지 무관과 병사는 입을 닫고는 묵묵히 이끌고 내려갔다. 그들이 가야 할 곳은 힘든 중노동을 해야 하는 제철소와 광산이었기 때문에 더 이상 말을 했다가는 가는 동안 들고일어나 호송에 차질이 빚어질까 해서였다.

인종 3년 3월 20일.

강녕전에 앉아 장계를 살피던 인종은 우려했던 일들이 나타나기 시작하자 대책을 찾기 위해 고심했다.

은화와 금화를 발행하면서 은화 중에 가장 큰 단위인 500원

짜리와 금화들이 자취를 감추게 된 것이다.

금화를 대신하는 지폐 또한 발행하여 시중에 풀면 유통되지 않고 대부분이 자취를 감춘다. 이 모두 상인들과 지주들인 양반들이 안방에 모셔 두고 쓰지를 않아서 벌어지는 일이다.

"호판, 들라 하라."

명한 지 2각이 지나지 않아 호조판서 임백령이 들어왔다.

"전하 찾아 계시옵니까?"

"그래요, 앉으세요. 무역에 관한 내용을 확인하고자 불렀습니다."

"하문하시옵소서."

"남국관과 왜관, 경원의 무역량이 얼마나 됩니까?"

"남국관은 대월과 참파, 시암, 유구 등이 부정기적으로 들어오는데 저번 달까지 11회에 걸쳐 배가 들어왔으며 규모는 680만 원이 넘어갑니다. 왜관은 산구의 상인과 대마의 상인이 정기적으로 한 달에 두 번 들어오며 남상(南商)이 두 번 대마도와 산구에 들어갑니다. 현재까지 관에 신고한 거래 규모는 총 940만 원 규모이며 대부분 은과 유황으로 대금을 받고 있습니다. 경원은 홀라온에서 수시로 직접 들오는데 북방총병사께서 관할하는지라 정확치는 않습니다만, 거래 규모가 가장 큽니다. 1,300만 원 규모가 넘는 것으로 아옵니다. 대부분 소금과 덩이쇠가 주요 품목입니다."

"허면 우리가 밖으로 나아가 무역을 하는 것은 남상이 유일

하며, 작년에 여송으로 떠난 함대를 제외하고는 없는 것이지
요?"

"그렇사옵니다."

"유구는 자주 다녀갑니까?

"두 번 다녀간 것으로 알고 있나이다."

"이번 달 대동화는 얼마나 발행했습니까?"

"이번 달에 발행할 대동화는 은화가 200만 원이고 지전은
500만 원을 발행했나이다."

"허면 지금까지 발행한 총 화폐가 못해도 35억은 될 터인데
유통이 안 되고 있다지요."

"송구하옵니다."

"동화는 어떻습니까?"

"동화는 많이 쓰이옵니다."

인종은 극단의 처방을 내려야 함을 설실하게 느끼고 있었
다. 이 모든 문제의 근원은 돈 쓸 곳이 없기 때문이다.

지주들이 가을에 추수가 끝나면 먹을 만큼의 양식은 창고에
넣어 두고 남은 것들은 모두 내다 판다.

그것들의 일부분은 조정에서 구매하여 북방군과 궁궐에서
사용한다. 그리고 쌀값의 안정화를 위해 일부분은 수매를 하
여 쌀값이 오르는 봄에 낮은 가격에 백성들에게 팔기도 한다.

그렇게 소요되는 비용은 전부 은화와 금화로 결제된다. 그
렇게 지주들의 주머니로 들어간 돈이 밖으로 나오지 않는 것

이다.

　시간이 갈수록 이런 현상은 더욱 심화되다가 나중에는 결국 국가의 모든 돈이 땅을 많이 가진 지주들이 소유하게 될 것이다.

　"배다리는 잘 운영됩니까?"

　"매우 잘 운영되옵니다. 하루에 다리 이용료로 받는 돈이 2만 원을 넘을 때도 있나이다."

　"그렇게 잘됩니까?"

　2만 원이면 쌀 70섬이다. 그만큼 통행량이 많다는 이야기다.

　"배다리에 대한 권리를 증서를 만들어 파세요."

　"……?!"

　권리 증서를 팔라는 말에 호판은 이해를 못해 대답을 하지 못했다.

　"전하, 권리 증서를 팔라 하심은?"

　"배다리 운영권을 팔라는 겁니다. 호조에서는 수입에 1할을 세로 거두고 나머지 이익금은 권리 증서를 가진 이들이 갖는 것입니다. 물론 운영과 관리는 권리 증서를 가진 이들이 해야겠지요."

　"가진 이들이라 함은 여럿이서 나누어 가지게 하라는 말씀이옵니까?"

　"이렇게 하세요. 1할의 권리를 가진 증서를 10장을 만드세요. 1장을 사게 되면 이익금의 1할을 가져가게 되며 5장을 가진 이는 5할의 이익금을 가져가는 것입니다. 물론 정산하는 것은 3달이나 반년 혹은 1년에 한 번으로 호조의 관할 하에 해야겠지요? 그래야 세금을 거두어들일 테니까요. 물론 배다리를 유지하고 보수하며 운영하는 비용은 제하고 순이익금을 가지고 나누어야겠지요. 이해가됩니까?"

"허면 누구에게 얼마에 팔아야 하옵니까?"

"하루에 2만 원이 들어오면 큰 돈벌이 아닙니까? 물론 여름철 장마나 겨울에 강바닥이 얼게 되면 수익이 안 날 테니 일년 내내 수익이 같을 수는 없으나 얼추 계산해 보아도 한 해에 500만 원은 들어오는 큰 수익입니다. 이것저것 제하여 400만 원쯤 수익이 난다고 보면 1할 권리증서는 못해도 한 해에 40만 원 수익 보장이니 200만 원은 받아야겠지만 앞으로 배다리를 3개 정도 더 허가를 해 줄 계획이니 수익이 악화될 겁니다. 하니 1할 증서 한 장에 1백 20만 원을 받으세요."

"그리 비싸게 받는데 살 사람이 있겠습니까?"

쌀로 치면 무려 4천 석을 살 수 있는 돈이었다. 아무리 대지주라 하더라도 쉽게 살 수 있는 가격이 아니었다. 10할 모두를 소유하려면 1천 200만 원이라는 돈으로 무려 4만 석이라는 엄청난 거금이었다.

"살 수 있는 사람은 많습니다. 판다고 내놓으면 어떻게 해서든 돈을 끌어모아 사려고 몰려들 겁니다."

"알겠나이다."

"아까도 말했지만 배다리는 한강에 3곳을 더 만들 겁니다. 하니 공조와 협의하여 3곳 모두 그렇게 처리하면 됩니다."

"알겠나이다. 허면 즉시 공조와 논의하여 처결하겠나이다."

"자전차를 만들어 파는 곳은 얼마나 됩니까?"

"두 곳이 있나이다."

자전차는 만들고 싶다고 쉽게 만들 수 없었다. 일정 금액을 기술 사용료 명목으로 납부하면 누구나 만들어 팔 수 있다고 포고를 했지만 현실은 달랐다. 무엇보다 가장 큰 걸림돌이 기본 재료인 철을 구하는 것이 힘들었다.

광산 개발로 철이 많이 나온다고 하지만 아직까지 그 공급량이 만족할 만한 수준이 되지못했다. 철이 나오면 군기시와 각 군영을 비롯해 농기구를 만드는 곳에 먼저 들어가고 외부에는 적은 물량만이 나오는 형편이었다. 더불어 자전차 만드는 기술이 쉬워 보여도 매우 정교하고 뛰어난 기술이 필요하다. 그만한 기술을 가진 장인은 당연하게 나라에서 직접 관리한다. 때문에 한성에 한곳과 철 수급이 그나마 조금 용이한 평양에 한 곳 등 두 곳이 전부였다.

"생각했던 것만큼 자전차가 활성화가 안 되는 군요."

"관심은 많으나 철의 수급이 원활하지 않으니 당분간은 어쩔 도리가 없는 듯하옵니다."

"허면 다른 것을 만들어 보도록 합시다."

인종은 마치 마법 주머니를 가지고 있는 듯 아무렇지도 않게 새로운 설계도를 꺼내어 임백령에게 내놓았다.

"일전에 자전차를 만들면서 같이 만들라 명하려 했으나 시기가 적절치 않아 명하지 못했던 것이오. 첫 번째 설계도는 거중기요, 두 번째는 족답탈곡기, 세 번째는 파종기 네 번째는 재봉틀이요."

하나같이 임백령 입장에서는 상상을 초월하는 기계였다. 설계 도면을 봐도 언뜻 무엇을 하는 기계들인지 감이 오지 않는 임백령이었다.

"거중기는 무거운 물건을 들어 올릴 때 사용하는 것으로 성곽이나 집을 지을 때, 혹은 저수지 공사에 쓰면 큰 효용을 볼 것이오. 족답탈곡기는 발로 원통을 굴려 원통에 난 돌기에 벼나 콩, 깨 등을 털어서 떨어트려 탈곡을 하는 기계요. 파종기는 밭의 이랑을 따라 굴리면서 미리 담아 둔 씨앗이 하나씩 심어지는 방식이므로 허리를 굽혀 일하지 않아도 되니 매우 효용이 클 것이오. 마지막으로 재봉틀은 자동으로 바느질을 하는 기계로 아녀자들에게 매우 유용할 것이오. 호판이 설계도만을 보아서는 언뜻 이해가 안 갈 듯하니 공조에 속한 공인들을 불러 의논하여 만들도록 하시오."

"성심을 다하겠나이다."

임백령은 어떻게 반응을 해야 할지 갈피를 잡지 못했다. 뭐라고 대꾸를 해야 하는데 인종의 말대로라면 무거운 물건도 쉽게 들어서 옮기고 허리를 굽히지 않고 씨앗을 뿌리며 수확한 벼나 콩 등을 손쉽게 탈곡하고 바느질이 자동으로 되는 재봉틀이라는 것이다. 임백령이 이렇게 생각하지도 못했던 기계들에는 공통점이 있었다.

"여기에 들어가는 기술은 한 가지만을 만들어 내는 기술이 아니오. 이 기술들을 이용하면 더욱 유용한 이기들을 개발할 수 있으며 나라에 큰 도움이 되는 기술들이오. 하니 설계도의 물품들을 만들어 사용하는 것으로 끝내지 말고 기술을 완벽하게 이해하여 새로운 상품을 개발하는데 도움이 되도록 해야 할 것이오."

"알겠나이다. 하온데 이러한 것들을 공조나 군기시에 명하지 않고 어찌 소신에게 명하시옵니까?"

"모두 배다리처럼 일반인에게 넘겨야 하기 때문이오."

인종은 김포와 같이 새로운 공단을 만들 생각이었다. 그 후보지로 개성을 염두에 두고 있었다. 해서 1차 대로 건설에 김포와 한양을 이어 주는 대로와 함께 북으로는 개성과 한양을 잇는 대로를 건설 중인 것이다.

"알겠나이다. 성심을 다하겠나이다."

"수고해 주시오. 허고 아국 상품이 왜를 통해 명으로 들어가는 일은 없습니까?"

"아직까지는 보고된 바가 없사옵니다. 하나 산구대도호부사 정옥형이 보내온 장계를 보면 그럴 가능성도 배제할 수 없나이다. 일전에 구주 상인들이 명의 강남에 명국 상인들과 밀무역을 하여 큰 이문을 보았다 하옵니다. 더구나 요동 총병에게서 전하여져 온 명조정의 상황을 보아도 왜구들이 명 상인들과 결탁하여 밀무역이 성행하여 이를 단속하기 위해 군을 내어 보내려 하니 말 2천 필을 보내라 하지 않사옵니까? 하니, 아니 들어갔다 장담할 수 없나이다."

세 달 전쯤 요동 총병으로부터 황제의 명이라며 칙서를 들고 사신이 들어왔다. 칙서에는 다른 해에 비해 더 많은 말을 조공으로 바치라고 했다.

조선 입장에서는 손해 볼 것이 없기에 여진에서 말을 구입해 보내 주었다. 어차피 보내 주면 대금은 말 값 이상으로 받아 챙겨오기 때문이다.

"판옥선건조는 어느 정도 진척이 있다고 합니까?"

"그간 8척을 더 건조하였사온데 목재의 수급이 힘들어 더딘 듯하옵니다."

"허면 여송에서 돌아온 2척을 포함하여 10척이 되는 것입니까?"

"그렇사옵니다."

"목재가 많이 부족합니까?"

"김포에 건설되는 공방과 판옥선의 건조, 남국관과, 대로 건설에도 목재가 들어가옵니다. 더하여 무관 양성소까지 신축하려니 목재가 많이 부족할 수밖에 없사옵니다. 아무리 급하

다 하여도 잡목으로는 관사와 전함을 건조할 수 없으니 도리
가 없다고 하옵니다.”

　인종은 너무도 더딘 판옥선건조에 조바심이 났다. 임백령을
돌려보내고 승지를 불러 부, 목, 현의 수령들에게 명을 내렸
다.

　해당 지역에 보유하고 있는 목재를 전라 좌수사로 보내라는
명과 함께 재료가 될 만한 나무를 확보하라는 명이었다.

　생나무를 잘라 바로 건축이나 전함 등을 만들 수 없기에 미
리 준비해 놓으라는 말이었다. 인종은 2년 안에 300척을 만들
어야 하는데 이러다가는 100척도 못 만들 상황이었다.

　인종 3년 4월 10일.

　3월 25일부터 4월 10일까지 16일간 만주와 몽골, 명과 조
선 북방에는 인류사에 길이 남을 대변혁의 시작을 알리는 진
군의 말발굽 소리가 울려 퍼졌다. 그 시작은 투메드 몽골의 칸
인 알탄이 이끄는 몽골군으로부터 시작했다.

　알탄 칸은 12만의 군세를 몰아 산서성의 성도인 태원을 급
습하여 함락시키고 북경이 있는 하북성 방향으로 군을 움직이
고 있었으며 예허부는 북원에서 지원 병력과 연합하여 무려 7
만 5천의 대군을 이끌고 하다부를 급습하여 흡수하고 우라와
후이파를 공략 중이었다. 그와 동시에 홀라온은 3만 5천의 병

사들을 이끌고 건주여진의 모린위를 공격하여 거의 전멸에 가까운 피해를 주고 건주좌위와 우위연합군의 병력들과 대치 중이었다.

이런 상황에 조선은 백두산 일대에 병력 8천을 집결하고 주변 마을에 살고 있는 여진인 들을 모두 잡아들여 후방으로 보내 버렸다.

이에 요동 총병은 급히 봉성군에게 전령을 띄워 건주위를 도와 홀라온을 막으라 하고 요동 군사 4만을 송화강 쪽으로 이동시켰지만 이미 그들이 지원해야 할 하다부는 사라지고 그곳을 지키는 예허부와 대치상태가 되었다.

요동 총병 입장에서 그나마 다행이라면 우라와 후이파부가 큰 피해를 입고도 병력의 반을 살려 요동군에 합류한 것이다.

"총사님! 급보이옵니다."

"뭣이냐?"

급하게 막사 안으로 뛰어 들어 온 것은 이제 막 21살이 된 이성량이었다. 현재 요동군을 이끄는 총사령관은 요동 부총관인 학승은이었다.

"황도가 위험하다 하옵니다. 급히 요동으로 회군하라 합니다."

"그게 무슨 말이야? 뜬금없이 황도가 위험하다니?"

"알탄이 대군을 이끌고 침입하여 산서를 장악하고 황도를 향해 진군을 하고 있답니다."

“무엇이!”

학승은은 너무나 큰 충격이 잠시 할 말을 잊어버렸다.

“유격장군을 불러라!”

“넵!”

이성량이 밖으로 나가고 잠시 뒤 유격장군 곽도가 들어왔다.

“총사 무슨 일이옵니까?”

“황도가 위험에 처한 듯하오. 급히 회군하라는 전령이오.”

“지금 상황에 어찌 회군을 한단 말입니까? 이대로 우리가 물러가면 우라와 후이파가 모두 저 예허부 손에 들어가게 됩니다.”

“몰라서 하는 말이 아니오. 황도가 무너지면 아국은 끝나는 것이오!”

“황도에는 황군이 있지 않사옵니까? 그들로 지키기 힘들다면 산동과 하남의 병력을 불러올리면 될 터인데 어찌하여 우리에게 회군하라 명하는 것입니까?”

“우리에게 황도로 오라는 말이 아니오!”

“허면 왜?”

“우리의 병력을 보존하라는 말이오. 이해를 못하겠소? 우리가 여기서 병력을 잃어버리면 황도는 양쪽으로 공격을 받게 되는 것이오. 예허부가 저리나올 때는 원의 잔당들이 마음을 단단히 먹고 지원했기 때문이오. 앞으로는 알탄이 이끄는 군사들이 들어오는 상황에 우리가 여기에서 저들에게 패배하게 되면 뒤로 예허와 원 연합군이 들이칠 것이 아니요? 하니 요동 성으로 들어와 병력을 보존하고 후방을 지키라는 말이오.”

“이길 수 있사옵니다. 우리에겐 4만의 병사와 우라와 후이파의 병력 또한 2만이 넘습니다.”

“이미 패배하여 기가 빠진 병사들을 이끌고 승리하여 한껏 기가 오른 저들과 싸우자는 말이오?”

학승은의 말에 곽도는 대답할 수 없었다. 이미 예허부의 공격에 살고자 도망쳐 온 무리들을 이끌고 전장에 나갈 수는 없었다.

학승은은 별수 없이 요동군 4만과 여진 패잔병 2만을 이끌고 요동성으로 회군할 수밖에 없었다.

함경북도 병사 윤담은 8천의 병사를 이끌고 백두산 너미의 여진 부락들을 공격하기 시작했다.

후일 1600년대 초반에 장백여진이라 불리며 큰 세력을 떨치게 될 부족들이었지만 현재는 건주여진과 야인여진의 중간에 위치한 고만고만한 부족들일 뿐이다.

“병사영감!”

“무슨 일이냐?”

부락민들을 끌어내어 포승줄로 줄줄이 묶고 출발하려던 초관이 다가와서 보고를 한다.

"저들이 하는 말이 이대로 끌려가면 자신들이 힘들게 모아 놓은 약초와 산삼을 비롯한 곡식 등을 모두 잃게 되니 조치해 달랍니다. 어찌하오리까?"

"지금 산삼 걱정을 할 때인가! 이런!"

윤담은 버럭 소리를 지르고는 연이어 화풀이를 하려다 봉성군에게 지시받은 것이 있어 명을 한다.

"장부를 하나 마련하여 재물을 챙겨야 하는 사람들과 함께 확인한 뒤 날인을 받도록 하라, 물품은 병사들을 시켜 따로 한 곳에 모아 옮기도록 해라."

"허면 이들이 가는 곳까지 재물을 옮겨 주어야 합니까?"

"아니다 본진에 모아서 곡식과 포는 군영에서 사용토록하고 약재는 만상에 넘겨 주고 대금은 은화로 받도록 해라 그리고 저들이 평양에 도착하게 되면 그때 장부와 대조하여 곡식과 포, 약재 등을 모두 은자로 환산하여 나눠 주도록 해라."

"알겠나이다."

윤겸은 명을 마치고 남은 병사들과 함께 이도백하 인근에 진을 마련하고 목책과 함께 막사를 짓기 시작했다.

"송강하에서 전령은 왔느냐?"

"아직 오지 않았습니다."

"알았다. 서둘러라, 10일 후면 혜산에서 하삼도 백성들과 용양위 병력들이 들어올 것이다. 그전에 완벽하게 진을 구축해 놓아야 한다."

“알겠나이다.”

조선군 8천 중 2천이 송강하에 있다. 송강하와 이도백하는 백두산을 기준으로 북쪽에 있는 지역으로 수량이 풍부하고 땅이 좋아 농사짓기 좋은 곳으로 유명하다.

더불어 백두산을 오르기 위해서는 필히 거쳐야 하는 지역이기도 했다. 두 곳만 완벽히 지켜낸다면 백두산은 완전하게 조선의 산이 되는 것이다.

봉성군은 1차로 함북병사 윤담을 보내 주변 정리를 시키고 진을 설치하라고 명했다. 그 뒤 2차로 자신이 직접 병사 4천과 함께 하삼도에서 모집한 2만의 백성을 이끌고 들어갈 생각이었다.

바야흐로 세종 대왕 이후 처음으로 북방 영토를 개척하는 것이다. 이것을 위해 조선은 엄청난 물량을 소모해야 했다.

인종 3년 4월 15일.

봉성군의 행차는 대단했다. 물경 2만에 이르는 백성들과 4천의 병사들이 혜산에서 송강하를 거쳐 이도백하로 들어갔다. 이도백하에 도착한 봉성군은 다시 5천의 병사를 이끌고 무송을 향해 전진했다. 마치 번갯불에 콩 구워 먹듯이 봉성군은 기회를 놓칠 수 없어 빠르게 움직이고 있었다.

“건주위의 동태는 어떠하냐?”

"병력이 집결된 상태이나 움직임은 없사옵니다. 아마도 예허부가 하다를 복속하고 우라와 후이파부를 격파한 것과 홀라온이 모린위를 공격하여 큰 피해를 입히자 방어만을 생각하는 듯하옵니다."

"그래, 그럴 것이다. 요동군도 회군했다지?"

"예, 마마, 요동군은 우라부와 후이파부의 잔당만을 수습하여 되돌아갔다고 합니다."

지금 상황에서는 건주위든 요동군이든 방어적인 자세를 취할 수밖에 없다.

"조정에서 사신이 요동으로 출발했다더냐?"

"출발했다 합니다. 벌써 의주를 지나갔다 들었습니다."

인종은 사신을 요동에 보내 사전 작업을 실시했다. 조선군의 이동 상황을 미리 알리는 것인데, 그 명분은 당연히 홀라온의 모린위 공격이었다.

그들이 말머리를 남쪽으로 돌리면 바로 조선 국경을 넘는 것이고 계속하여 직진하면 요동이었다. 그들 또한 지금쯤이면 건주 위장의 보고를 통해 상황을 짐작하고 있을 것이다.

"허면 서두르자 이번 달이 지나기 전에 세 곳을 완벽하게 장악하고 여진인 들의 소개를 마쳐야 한다."

"네, 마마."

세 곳만 완벽하게 장악하게 되면 명의 요동이나 건주여진은 동쪽의 야인여진과는 완벽하게 분리되게 된다.

북쪽에는 해서여진이 버티고 있기에 조선 조정이 마음먹기에 따라서는 연해주와 흑룡강 일대를 원하는 대로 처리할 수 있게 되는 것이다.

물론 홀라온이라는 강력한 부족이 연해주와 흑룡강 중간 지점에 버티고 있기에 쉽게 조선의 영토로 편입시키기는 어려우나 그것 또한 정치적 능력에 따라 얼마든지 끌어안고 갈 수 있는 발판이 마련된 상황이다.

영토의 크기로 보자면 조선 땅의 두세 배가되는 넓은 땅을 얻을 수 있는 절호의 기회가 마련된 것이다.

만주가 세 곳에서 급박하게 돌아가고 있을 때 명의 수도인 북경 또한 급박하게 돌아가고 있었다.

알탄은 12만의 몽골 기병과 산서와 섬서, 영하에서 강제로 징집한 4만의 보병을 이끌고 하북으로 들어서고 있었다.

이것을 막으려고 명은 산동과 하남에서 급히 병력을 끌어올리고 산서 성에서 도망친 병력과 함께 방어진을 구축하고 있었다.

"전령이 도착했나이다."

"들라 하라!"

알탄의 막사에 급하게 전령이 뛰어 들어왔다.

"칸께 아뢰옵니다. 대칸의 병력과 예허부 병력이 하다부를 완벽하게 제압하고 우라와 후이파는 큰 피해를 입고 요동군에 합류하였으며 요동군은 칸의 진군 소식을 듣고 회군하여 요동 성으로 들어갔다 하옵니다."

알탄은 전령의 말을 듣고는 쓴웃음을 지어야 했다.

"예허부와 대칸의 연합군은 어찌하고 있다더냐?"

"더 이상 진군하지 않고 있습니다."

알탄은 자리에서 벌떡 일어나 의자를 집어던졌다.

"결국 놀아난 것 아니냐! 이럴 줄 알았다. 빌어먹을 녀석 같 으니라고!"

옆에서 지켜보고 있던 부관의 표정도 좋지 못했다. 처음부 터 무언가 미심쩍은 정보였다. 몽골의 대칸인 알라크 칸과 알 탄 칸은 사촌 형제지간이었다.

아버지인 저넌 칸이 부족장들로부터 대칸으로 인정받지 못 해 조카인 알라크 칸에게 자리를 내어 주고 물러난 뒤 바로 죽 게 되었다. 그 원한인지 알탄 칸은 알라크 칸을 믿지 않고 증 오했다.

그런데 뜻밖의 정보가 들어왔다. 송화강 유역에 예허부와 대칸의 병력이 연합하여 북쪽의 다우르족을 공격하여 복속시 키고 그 여세를 몰아 3월이 지나가기 전에 하다와 우라, 후이 파를 복속시키고 요동군을 공격할 것이라는 정보였다.

처음에는 믿지 않았는데 1월이 끝나가기 전에 두 곳의 병력 이 보름 만에 다우르족을 복속시키는 일이 벌어졌다.

그때까지만 해도 긴가민가했는데 훈련을 지속하던 연합군

이 어느새 송화강 유역으로 조심스럽게 움직인다는 정보를 입수했다.

하나 그 정보가 대칸 쪽에서 흘러나왔기에 안 믿을 수도 없었다. 대칸 쪽에는 아직까지 아버지 저넌 칸의 수하들이 있었기 때문이다.

기회가 왔음을 알아챈 알탄 칸은 서둘러 병력을 소집하고 때를 기다렸다. 3월 중순이 되자 드디어 연합군이 하다부를 공격하기 시작했다는 연락이 왔다.

알탄 칸은 마음이 급했다. 자신의 손으로 직접 대원의 영광을 재현하려 했는데 사촌 형인 알라크 칸이 공격에 성공하게 되면 부족 내에서 자신의 입지가 좁아지게 된다.

대칸을 꿈꾸는 알탄 칸으로서는 절대로 좌시할 수 없는 상황이었다. 알탄 칸은 바람같이 움직이기 시작했다.

섬서는 무시하고 신서성의 성도로 내달렸다. 진히 눈치채지 못하고 있던 산서성의 태원을 순식간에 장악한 알탄 칸은 12만의 기병만으로 하북성을 공격하기 힘들 것이라 여겨 지나온 곳에 다시 병사들을 보내 보병을 징집했다.

그러다 보니 시간이 지체된 것이다. 그리고 마침내 하북성으로 들어서서 북경을 공격하려 하자 여우같은 알라크 칸과 그 연합군은 더 이상 진군을 하지 않고 자리 잡고 앉아서 자신과 명의 군대가 상잔하는 것을 지켜보고 있는 것이다.

"어찌하오리까?"

부하 장수가 알탄 칸에게 답을 구했다. 지금 상황에서 북경을 공격하는 것은 무리였다. 그렇다고 이대로 물러날 수도 없다. 자칫 뒤를 보이게 되면 큰 낭패를 볼 수도 있기 때문이다.

"명 조정에서 사신이 올 것이다. 그때까지 경계에 만반을 기하고 보병들을 시켜 목책을 보강하고 투석기와 충차 등을 만들도록 지시해라."

"하오시면?"

"협상을 할 것이다."

알탄 칸은 이왕 물러날 것 최대한 이득을 챙기고 물러날 계획을 세웠다.

7.
동방대종회

인종 3년 5월 20일.

　본 역사에서 투메드 몽골의 군주 알탄 칸이 북경을 포위하고 대공세를 퍼부어 명을 궁지로 몰았음에도 명이 마시를 개설하고 몽골의 말을 사 주면서 모든 일이 끝나게 된다.
　그 뒤 자신들에게 필요한 것들을 말을 팔아 충당할 수 있었던 몽골은 더 이상 명과 대적하지 않게 되고 그대로 역사 뒤로 사라지게 된다.
　왜또한 마찬가지였다. 왜는 전국시대를 거치며 산업 기반이 마련되면서 자국 내의 유통만으로는 이득이 나지 않자 조선과 명에 무역을 요구하다가 그것이 마음대로 되지 않자 왜구들이 무력으로 해안가를 습격하고 밀무역 등을 하게 된다.

왜또한 조선과 명이 무역항을 열어 주면 한동안 잠잠했다. 문제는 특정 세력들에게만 무역권을 주게 되어 지방의 번들이 소외되자 그들이 다시 왜구 노릇을 하면서 침략 행위를 한다는 것이다.

몽골과는 조금 다른 경우이나 어쨌든 자유로운 무역을 허락하지 않아 벌어지는 일들이다.

어찌 보면 생존권에 관한 문제였고 다른 방향으로 보면 그만큼 무역을 통해 벌어들이는 이익이 크다는 것이다.

인종은 자신이 벌인 일 때문에 역사가 바뀌어 감을 알고는 미리 계획했던 모든 일들을 전면 재수정 해야 했다. 투메드몽골 즉 알탄 칸이 명으로부터 마시를 허락받으면서 물러나게 되었다.

더불어 예허부는 해서여진을 통일하여 왕부를 열었다. 왕부라 하나 요동도사와 같은 급으로 정식으로 왕부가 열린 것은 아니고 통일된 해서 위를 인정하고 양지누를 해서 총병으로 임명한 것이다.

해서 위는 송화강 인근의 좌우로 1,200리 위아래로 750리 땅으로 서로는 북원과 붙어 있고 동으로는 흑룡강 성과 경계를 이루고 북으로는 대흥안령산맥과 동북평원을 남으로는 건주위와 경계를 이루게 되었다.

그 땅이 고대 부여국의 위치와 비슷하다 하여 조선에서는 후부여라 부르기도 한다. 실제로 조선신보에는 해서위의 사신이 조정에 들어 인종을 알현하자 부여국의 사신이 주상 전하를 알현했다고 쓰기도 했다.

이것과는 다르게 홀라온의 문제는 강경하게 대처하는 명이었다. 해서 위는 가까우니 위협이 되지만 홀라온은 멀고 중간에 조선과 건주위 더구나 북방을 방어하는 명의 최강군인 요동군까지 가로막고 있기 때문에 홀라온만큼은 인정해 주지 않았다.

결국 이런 결정이 명에게는 후일 큰 패착이 되지만 어쨌든 명은 요동에 명해서 건주위에 지원을 하여 모린위가 받은 피해를 보상하게 해 주고 무역을 더욱 확대시켜 주었다.

"황제가 한 말은 그것이 전부이더냐?"

"네, 전하."

병조참의 홍춘경이 막 북경을 다녀와 쉬지 않고 바로 인종을 만나고 있었다. 홀라온의 거병으로 조선군 1만 2천이 장백여진인 들이 살고 있는 무송, 이도백하, 송강하에 여진인 들을 소개하고 그곳에 진을 구축하고 있기에 그것에 대해 미리 명 조정이 의심하지 않게 말해두어야 했다.

명으로서는 조선이 그리한 상황을 충분히 납득했는지 별다른 말은 없으나 돌아가는 상황으로 여진인 들과 밀약을 통해 함께 움직인 것이 아닌가하는 의심을 하지 않을 수 없었다.

공교롭게도 거의 동시에 3곳의 세력이 동시에 거병을 했고 조선은 미리알고 있던 것처럼 대군을 움직였기 때문이다.

물론 조선은 전적으로 명의 우방이므로 자신들에게 칼끝을 겨누지는 않을 것이라는 판단을 했지만 시기가 너무 잘 맞아떨어지자 의심하는 대신들이 하나둘씩 생기게 된 것이다.

이에 명 황제 주후총은 한시적으로 인정한다는 말과 함께 명이 직접 홀라온을 칠 때 조선군도 동참하라는 명을 내렸다.

"자신들의 수도도 지키지 못하는 주제에 정벌을 하겠다고?"

"말은 그리 하나 당분간은 힘들 듯 보이옵니다."

"알겠네, 수고하셨네, 돌아가 쉬시게."

인종은 홍춘경을 내보내고 다시 계획을 세우기 시작했다. 이번 움직임으로 명은 큰 타격을 받게 되었지만 그것만으로는 안심할 수 있는 상황이 아니었다.

명 황제가 해서위의 양지누에게 해서총독의 위를 내렸다면 자신 또한 야인여진을 끌어안기 위해 뭔가를 해야 했다. 인종은 급하게 도승지 이명규를 불러들였다.

"전하, 찾아계시옵니까."

"자네 북방을 다녀와야겠네."

"북방이라 하심은?"

"솔빈으로 가야겠네, 솔빈에 가서 만도리를 발해 총독으로 임명하고 그의 부장들에게 적당한 작위를 주고 오게."

"알겠나이다."

이명규는 즉답하고 바로 밖으로 나갔다. 예상했던 수순이었기 때문이다. 처음부터 북방에 약간은 무리라고 생각할 정도로 지원을 했던 것은 모두 이런 결과를 원했기 때문일 것이다. 지금처럼 명과의 관계가 단절된 야인여진을 그대로 내버려 두는 것 자체가 어리석은 행동이다. 기회가 왔을 때 자기편으로 끌어들여야 한다.

물론 이 일은 극비 중에 극비로 처리될 것이다. 어찌 되었든 조선이 군을 이동시키고 형식적이지만 명국 땅을 침범한 것은 홀라온을 막기 위해서 이기 때문이니 그에게 총독이라는 총리에 버금가는 정1품의 벼슬을 내리는 것은 외부에 절대로 알려서는 안 되는 일이기 때문이다.

이로써 야인여진은 싫든 좋든 조선과 한 배를 탄 것이나 마찬가지 상황이 되어 버렸다. 더구나 친조선 부족들이 가장 많았던 야인여진이기에 그들로부터의 반발은 매우 적을 것이다.

인종 3년 5월 22일.

산구(야마구치)의 대내 가문에서 사신이 들어왔다. 대내의 융(오오우치 요시타카)은 7개 영지를 다스리며 서국의 왕으로 불렸다.

그 7개 영지는 스오, 나가토, 아키, 빙고, 이와미, 치쿠젠, 부젠으로 이중 5개 영지가 혼슈 즉 본주라 불리는 섬의 서쪽 끝 지역에 있었고 2개는 구주에 있었다.

구주는 9개 영지로 나뉘었는데 그 덕분에 구주라고 불리기 시작했다. 그중 2개 영지가 대내씨의 밑으로 들어간 것이다.

문제는 구주의 7개 영지가 조선과 명을 상대로 하는 대외무역에서 소외되어 불만이 많다는 것이다.

근래 들어 조선과의 무역이 활발해진 대내씨로 인해 그 불만이 극에 달한 상태였다. 기존에는 횟수와 물량을 정해서 거래를 엄격하게 규제했던 것을 조선이 은화와 금화를 기본 화폐로 하여 사용하게 되면서 횟수와 물량 규제 없이 은과 금 유황만 가지고가면 얼마든지 쌀과, 면포, 유리 제품에 비누, 인삼을 사 올 수가 있었다.

더불어 조선의 소금 가격이 떨어지면서 소금만을 사 가는 상단이 만들어질 정도였다. 불과 몇 해 전까지만 해도 은은 먹지 못하고 입지 못하니 필요 없다며 물리던 것과는 전혀 다른 상황이 된 것이다. 그로 인해 왜에서는 은 광산이 난립하게 된다.

엄격히 말해서 조선은 은본위제도가 아니라 금본위제도였다. 금을 기준으로 하기 때문이다.

은은 단순히 작은 단위로 거래를 편리하게 하기 위해 발행하는 화폐인 것이다. 그런데 이때 명에서 대단위 은 광산이 개발되어 한 해에 무려 100톤이 넘는 은을 생산하기 시작했다. 명은 이 시기부터 은본위제도를 실시하게 된다.

"근자에 명국에서 은광을 대대적으로 개발한다지?"

사신으로 건너온 이조윤방(니죠우 코레후사)이다. 격식을 맞추려고 했는지 대내씨 가문에 머무는 가신 중 가장 높은 위치에 있는 코레후사가 다시 건너왔다.

"그렇다 들었사옵니다."

"허면 너희 가문이 큰 이득을 보겠구나?"

"그리되면 좋겠사오나 명 조정에서 입경(入境)을 탐탁지 않게 여겨 잦은 마찰이 빚어지게 되고 그로 인해 이득을 보지 못하옵니다."

이때 당시 왜구 문제는 조선보다는 명이 더욱 심각했다. 왜구의 출몰은 고려 말부터, 중국 입장에서 보면 원말부터 나타나기 시작했다.

그런데 명과 조선은 왜구 피해의 양상이 조금 다르다. 조선 또한 왜구로 인해 크게 피해를 보긴 하지만 그들이 내륙으로 들어오거나 일정 지역을 장악하여 장기적으로 농성을 하는 등의 문제는 없었다.

일시적인 피해인 것이다. 물론 그 피해가 작다는 것이 아니라 명이 당한 피해와 비교하면 그렇다는 것이다.

명은 지난 1533년 절강, 항주, 안휘성 등을 일단의 왜구 무리가 지나가면서 약탈과 방화 살인으로 무려 4천여 명의 백성들이 죽고 수백 채의 집들이 불타고 엄청난 재산과 인적피해를 겪었다.

그로 끝나면 다행이나 왜구들은 물러나지 않고 명의 상인들과 한패가 되어 내륙 깊숙이 들어가 숨어 지내다 다시 나와 해안가를 어지럽히며 끊임없이 피해를 강요했다.

그것이 지금까지 10여 년 동안 이어져 오고 있다. 결국 명 조정에서 연초에 주환(朱紈)을 절강(浙江)의 순무(巡撫) 겸 제독(提督)으로 임명하여 토벌하도록 했는데 아직까지 별다른 성과는 없었다.

"그래? 듣자 하니 세천((細川)호소카와) 가문과 큰 분란이 있었다고?"

"작은 마찰이 있었사오나, 지금은 그저 서로 모른 척 지내고 있사옵니다."

호소카와 가문은 왜국이 전국시대로 들어가도록 만든 가문이었다. 오닌의 난을 일으킨 두가문중 한 가문이다.

그런데 명과의 무역을 독점한 오우우치 가문의 무역선이 명에 당도한 시기에 호소카와 가문의 배가 들어온 것이다.

한쪽이 거래를 하게 되면 나머지 한쪽은 거래를 못하게 되는 사태가 발생하여 두 가문은 피를 보게 된다. 인종은 그 사건을 이야기한 것이다.

"짐이 외관을 들라 한 것은 다른 것이 아니다. 너 또한 알겠지만 아국 조선이 명과 거래하는 것은 일 년에 서너 차례이고 그 규모 또한 매우 적다. 너희들도 명과 거래하는데 큰 어려움이 있다고 알고 있다.

아국은 대외무역을 통해 재화를 끌어들여 백성들을 편안케 하고자 한다. 하나 지금의 상황으로는 그것이 용이하지 않다.

너희가 아국의 손발이 되어 줄 수 있느냐?”

“손발이라 하심은……?”

“너희는 명의 상인들과 통교를 할 터이지?”

“통교는 하오나 명 조정에서 입경을 금하는지라……”

치부를 드러내야 하기에 말하기가 매우 껄끄러운 상황이었다. 본래 복건성으로 배를 보내 무역을 했는데 얼마 전부터 에스파냐와 포르투갈의 상인들이 들어오면서 문제가 발생하자 왜인들까지 모두 싸잡아서 쫓아내어 비밀리에 사 무역을 하는 것 말고는 명과의 무역 통로가 막혀 버린 상황이었다.

물론 얼마 뒤에 그들은 다시 광동성의 오문(마카오) 지역에서 무역을 하게 되지만 그것이 다시 되는 시기는 1557년으로 10년 뒤의 일이었다.

지금은 밀무역으로 명과 거래를 하고 있는 형편이었다. 조선과의 무역이 없었너라면 대내 가문은 큰 타격을 받았을 것이다. 인종은 그것을 노린 것이다.

“해서 짐이 너를 부른 것이다. 내 듣기로 너희 영지에 포도아와 화란의 승려들과 상인들이 머물고 있다지?”

“그렇사옵니다.”

“탐라에 무역관을 설치하면 너희가 포도아와 화란의 상선을 이끌고 올 수 있느냐?”

“탐라에 무역관을 설치하신단 말이옵니까?”

“그렇다. 하나 기존의 왜관과는 다르다. 취급하는 물품이

다를 것이다."

"하오시면?"

"왜관은 면포와 백미, 소금과 말만을 취급할 것이다. 그 외의 것들은 모두 탐라에서 거래해야 한다. 물론 기존의 약조대로 왜관은 너희 대내씨 가문에게만 허락할 것이다. 이 정도 조건이라면 너희가 손발이 되어 줄 수 있지 않겠느냐?"

인종은 남국관을 폐쇄하고 탐라에 자유무역항을 열려고 하는 것이다. 그것을 실시하는 가장 큰 이유는 타국상선이 본토에 들어오는 것이 그리 좋은 일이 아니기 때문이다. 이리저리 따져 보아도 기술 유출의 가능성과 군사 시설 위치 노출, 그리고 명과의 무역 때문이었다. 명은 철저히 무역을 규제하고 있는 상황이었다.

오직 조공 무역 이외에는 사 무역을 금하기 때문에 명을 통해 들여와야 하는 물품을 한정적으로 들여올 수밖에 없다.

더불어 대내씨 가문 이외의 타 지역 영주들과의 무역을 열어 줌으로써 왜구가 발생하는 것을 막아 보고자 하는 이유도 있었다.

불과 8년 후인 1555년 을묘왜변이 일어난다. 물론 상황이 바뀌어 일어나지 않을 가능성이 더 많지만 그래도 이런 식으로 한쪽하고만 무역을 하게 되면 소외되는 타 지역 영주들은 분명히 문제를 일으킬 가능성이 농후했다.

"하오시면 그곳에서는 상시로 무역을 허하시는 것이옵니

까?"

"일 년 사시사철 언제라도 무역할 수 있게 할 것이다. 물론 너희 대내씨 말고도 타지역 상인들 또한 자유롭게 거래하게 할 것이다. 하나 그것에는 단 한 가지 제약이 따를 것이다."

마른침을 소리가 나게 삼키는 코레후사였다.

"산구대도호부사의 허가증을 발급받은 상단만을 받아들여 야겠지?"

다시 말해서 왜에서 탐라로 무역을 하기 위해 가려면 산구 에 있는 조선 공관에 가서 허가증을 발급받아야 탐라로 입항 할 수 있다는 말이다.

즉 대내씨가 입항을 허가하지 않으면 허가증을 발급받을 수 없고 그리되면 무역할 수 없으니 대내씨에게 잘 보이지 않으 면 조선과의 무역은 하지 못한다는 말이다.

대내씨가 이를 잘만 이용한다면 배를 띄우지 않아도 막대한 부를 쌓고 영향력을 발휘할 수 있게 된다.

"너희가 그것을 통제할 수 있느냐?"

빠르게 눈을 돌리던 코레후사는 바닥에 몸을 한껏 붙이고는 대답한다.

"물론이옵니다. 성심을 다해 명을 따르겠나이다."

인종 3년 5월 30일.

30일은 법정 공휴일이다. 본래 조선에는 국왕의 탄신일이나 대비, 중전 등의 탄신일과 함께 설이나 추석 같은 명절과 함께 건국일을 제외하고는 별다른 공휴일이 없었다.

또한 공휴일이라고 해도 정해진 날짜만큼 일해야 하는 부류는 오직 조정의 녹을 먹는 공무원 즉 관원들밖에 없으며 그 외의 사람들에게 휴일이라는 것은 무의미 할 수도 있다.

그러나 이런 조선을 완전히 뒤바꾸게 한 것은 다름 아닌 초지기의 탄생이었다. 초지기덕분에 종이의 생산이 비약적으로 늘어나게 되자 인종은 각 관아와 향교 등에 달력을 만들어 보급했고 상단과 공방, 김포의 공단 등에도 달력이 들어가게 되었다.

달력에는 인종이 2년 전에 만들어 둔 8일 근무 2일 휴무라는 원칙을 적용했다. 달력에 정해 두었으니 모두가 따라야 했다.

덕분에 왕실 인사들도 10일 중에 이틀은 대신들과 얼굴을 안 볼 수 있고 대신들도 8일은 정해진 시간에 무조건 등청하여 근무를 하고 이틀은 무조건 쉬게 되었다.

이는 향교의 교육에도 적용되었다. 학동들이 8일간 향교에 나와 공부를 하고 이틀은 쉬는 것이다.

농부나 상인, 어부들처럼 그것을 지키기 힘든 사람들은 굳이 지키지 않지만 관에서 그리 정해 놓고 쉬게 되니 관과 연계되어 있는 곳들 또한 그때는 같이 쉴 수밖에 없는 상황이었다.

또한 달력에는 파종의 시기, 수확 시기 등을 알 수 있게 절기를 표시해 두었기에 인기가 많았다. 못해도 한 고을에 한두 개씩의 달력은 보급되었고 농부들은 이 달력을 많이 참조하였다.

그리고 법정 공휴일이 되면 여러 가지 행사가 벌어지는데 휴일이 이틀이라 그날만은 난전을 허가하여 조정에 허가를 받지 않은 사람이라도 장사를 할 수 있게 하여 주었다.

더불어 인종은 특별히 남대문 밖에 재인(광대, 소리꾼)들이 자유롭게 공연할 수 있는 장소를 지정하여 주고 공연장을 만들어 휴일에 공연을 하도록 했다.

가장 획기적인 것은 대동청 앞 공터에 큰 단상을 설치해 놓은 것이다. 그곳은 누구라도 올라가 자신이 하고자 하는 말을 할 수 있었다.

지키는 병사도 없으며 관리하는 사람도 없다. 단상 밑에는 '어멍이다. 누구라도 말할 수 있으며 군왕을 모독하는 말을 해도 용서된다.' 라고만 적혀 있을 뿐이다.

억울한 사연을 말해도 되며 만담을 해도 되고 훈계를 해도 된다. 물론 처음에 그것을 설치했을 때에는 누구도 감히 올라서지 못했다.

임금이 직접 지시하여 만들어 놓은 것이기에 당연히 임금이 사람을 시켜 지켜볼 것이라 생각했기 때문이다.

그러다 어떤 양반 하나가 올라가서 시국에 대해 논했다. 반상의 법도가 무너지고 양천의 구분이 모호해지니 나라가 망할 것이며 오랑캐와 통교하니 문란해질 것이다. 이 모든 죄를 어찌 씻으려 하는가 하며 임금을 탓하는 내용이었다.

이를테면 기군망상 죄에 해당하는 범죄 행위를 저지른 것이다. 물론 제정신에 올라간 것은 아니고 휴일이 되어 나와서는 약주 한잔 걸치고 올라간 것이다. 그러나 그에게는 어떤 일도 벌어지지 않았다. 다만 다음 사람이 올라서서 그를 밀쳐내고 그 양반을 향해 신나게 욕을 했다.

"빌어먹을 양반들아, 부모 잘 만나 양반으로 태어났으면 양반다운 행동을 해라, 양반이라고 군역에 공역 면하고 방구석에 앉아 책만 본다고 특별난 사람인 듯 행동하지 마라, 제 손으로 곡괭이질 한 번 안 해 본 샌님들이 백성들의 힘든 사정을 알 것이냐. 한울님이 보우하사 주상 전하가 부활하시어 역적질하는 외척에 썩어 빠진 부패관료들을 몰아내고 백성 굶을까 노심초사하시다 저 먼 타국에서 곡식 들여와 먹여 살리시는데 자신들이 누리던 권리 좀 빼앗겼다고 그런 성군을 탓하더냐? 양반들 곡간에 곡식이 넘쳐나도 누구하나 군량미 쓰라고 내준 양반 없었다. 전하가 내수사 곡간 문 열어서 군사들을 북방으로 보내어 야인들 날뛰지 못하게 하신 것이다. 오죽하면 주상 전하의 덕에 감복하여 왜구들도 더 이상 날뛰지를 않는다. 저 먼 대월국과 시암에서도 전하의 덕을 알고 찾아오는데 그것을 잘못되었다 탓하는 것이 양반이 할 도리인가?"

라며 신나게 양반을 비판하고는 내려오는 사내였다.

그 뒤로 휴일이 되면 간간히 한사람씩 올라가 자신들의 생각을 말하는 사람들이 생겨나기 시작했다. 물론 간혹 가다 억지스러운 주장에 눈살 찌푸리게 하는 사람들이 있지만 지켜보던 사람들의 야유와 타박에 곧장 내려오곤 했다.

그렇게 서너 번 누군가가 올라가 자신의 주장을 마음껏 펼쳐도 아무런 문제가 없자 휴일이 되면 으레 말 좀 한다는 사람들은 그곳에 올라 자신의 주장을 펼쳤고 많은 사람들에게 지지를 받는 사람이 탄생하게 되었다. 그리고 그런 내용은 조선신보를 통해 전국 팔도에 알려지게 된다.

덕분에 유명인이 탄생하기도 하며 그런 이들은 이름이 알려져 자신의 소견을 조선신보에 실기도 하는 일이 벌어졌다.

그리고 또 하나 휴일 때문에 발생한 일이 있는데 그것은 동방대종회라는 단체가 만들어진 것이다. 동방대종회는 일종의 종교이면서 역사 단체인데 이들의 휴일이 주어지는 첫째 날 종로에 있는 동방대종회 회관에 모여 고조선부터 조선에 이르기까지의 역사를 강연하고 삼성으로 불리는 환인, 환웅, 단군을 모시는 삼성궁에 제사를 올리는데 한 달에 휴무가 3번에 나뉘게 되니 처음 휴무일에는 환인에게 제사 지내고 둘째 휴무에는 환웅에게 올리며 셋째 휴무일에는 단군에게 지낸다.

처음에는 선비들과 나이든 양인들이 주로 참여하였으나 시간이 흐르면서 아이들이 많이 참여하였는데 강연자로 나선 선비들이 고조선 설화로 시작하여 우리 역사에 나타나는 영웅들의 일대기를 이야기 형식으로 말해 주기 때문에 아이들이 좋아했다.

특히 동방대종회의 회주로 알려진 이지함이 강연할 때는 수백 명의 사람들이 몰려들어 인산인해를 이루었다.

"단기 3880년 5월 30일 단군왕검의 날 강연을 시작하겠습니다. 오늘은 특별히 근자에 벌어진 일을 주제로 강연하겠습니다. 주제는 바로 여진인은 누구인가라는 주제로 이야기할 것입니다. 자 여러분 여진인은 누구입니까?"

이지함의 질문에 청년 하나가 외친다.

"오랑캐입니다."

청년의 외침에 반대쪽에 앉은 아이가 외친다.

"명나라 사람입니다."

"그렇습니다. 여러분들이 말한 것은 둘 다 맞습니다. 하나 또 그들은 금나라 사람이며 발해인이고 고구려인이기도 합니다. 그렇지요?"

"네!"

"아까 어느 청년이 그들이 오랑캐라 하였습니다. 한데 명에 가면 그들 또한 우리를 오랑캐라 부른다는 사실을 아는 이가 있습니까? 없겠지요. 우리는 명 입장에서 보면 오랑캐입니다. 그 오랑캐라는 말은 사서에 동이, 북적, 남만, 서융이라고 씁니다. 각각 저 중국을 가운데 놓고 그 주변을 말할 때 쓰는 용어인데 우리 민족은 동이라고 불립니다. 이 동이는 어느 곳을 말하느냐? 바로 우리가 사는 조선 땅과 저 만주 땅을 말합니다. 여러분들도 아시겠지만 저 만주 땅은 고구려의 땅이며 발해의 땅입니다. 전조인 고려가 고구려를 계승하였기에 고려초 북방을 개척하려 부단히 노력하였으나 실패합니다. 물론 소기의 성과는 있었으나 고구려의 땅을 모두 얻기는 힘들었지요. 고려가 들어설 무렵 북방에 있던 발해가 멸망합니다. 발해가 멸망하면서 그 유민들이 고려로 들어옵니다. 물론 정안국이라는 나라가 탄생했으나 얼마가지 못하고 멸망합니다.”

이지함의 이야기가 이어질수록 사람들의 눈은 초롱초롱하게 빛났다. 근래 들어 여진인 들이 하삼도와 함경도 지방으로 내려오고 있었기 때문에 특별히 여진인 들은 본래 동족이라는 주제의 강연을 한 것이다.

이런 이지함의 강연은 동방대종회의 회보에 실려 전국 팔도에 있는 동방대종회분회에 보내지게 되고 같은 내용으로 분회를 책임지는 교수들이 강연을 통해 알린다.

동방대종회가 이렇게 빨리 성장하는 것에는 다른 무엇보다도 강연이 끝나면 점심을 무료로 먹을 수 있다는 것이다.

동방대종회는 어디에서 자금이 나오는지 평일에는 무료급식소를 만들어 회관 앞에서 가난한 자들에게 무료로 식사를 대접하고 휴일에는 강연이 끝나면 참여한 모든 사람들에게 점심을 대접한다. 그 덕분에 하루가 다르게 성장하고 있었다.

떠도는 이야기로는 왕실에서 그 자금이 나온다 하나 그 누

구도 확인해 주지 않았다. 동방대종회의 관계자들 또한 그 일
에 관해서는 입을 다물었다. 다만 지원되는 금액이 점점 적어
진다는 것은 사실이었다.

삼성궁에서 환인, 환웅, 단군에게 제사를 지낼 때 제수에 보
태라며 은화를 기부하는데 그 기부금이 날로 늘어나고 있었기
때문이다.

기부금은 모두 무료급식과 분회 개설하는 비용으로 쓰인다.
기부금을 낸 사람들은 삼성궁에 들어가 향을 올리고 절을 할
수 있는 특권 또한 주어진다.

이런 상황에 대해 양반들이나 유불선을 따르는 이들에게 반
발이 있을 법했으나 실제로 전혀 반발이 없었다.

이것은 종교의 문제도 학문의 문제도 아닌 조상의 문제였기
때문이다. 즉 그가 불자든 도교를 따르는 도사든 유교경전을
열심히 공부하는 유학자든 그것은 단지 자신을 갈고 닦는 학
문이요 깨달음의 공부인 것이고 삼성을 모시는 것은 조상을
모시는 의식이기 때문에 그것을 가지고 왈가왈부할 이유가 없
는 것이다.

더구나 조선은 국시가 유학이니 조상 모시는 것에 대하여
더욱 뭐라 할 수 없는 입장이었다.

인종 3년 6월 2일.

명은 정화의 원정 이후 30여 년간 남해를 비롯해 페르시아 만과 아프리카까지 진출했지만 결국 잘못된 정책으로 손해만 보고 막을 내렸다. 정화를 시켜 원정을 떠나게 한 것은 조공을 받칠 국가를 만드는 것이 목적이었다.

조공 무역은 기본적으로 바치는 쪽보다 받는 쪽이 더 손해를 보게 되어 있다. 이런 사실을 잘 알고 있는 인종은 조공 무역처럼 명분에만 집착하여 손해 보는 장사를 하고 싶지는 않았다.

이런 인종의 정치 신념덕분인지 오히려 타국과의 교역은 날이 갈수록 커지고 있었다. 여송국에 들어갔던 소연은 자리가 잡히자 원정을 떠났던 배를 반 이상 돌려보냈다. 여송에서 돌아오는 배에는 술루국에서 생산하는 건어물과 말레이족들이 가져다파는 정향, 후추 같은 향신료와 약재, 쌀과 함께 다량의 금과 은이 실러 있있고 각종동물의 뿔과 악어가죽 등도 실러 있었다. 그중에 시암 왕국에서 가져다 파는 상아 뿔은 매우 귀한 것들이었다.

배가 도착하여 점고해 보니 판옥선 40척과 대맹선 52척, 중맹선 192척, 소맹선 166척이 조선에 있었다.

일부는 여송에 있기 때문이다. 물론 이 배들은 모두 국가가 소유하는 배들이었고 상단이나 일반 백성이 사용하는 배들은 제외된 숫자이다.

상선과 어민들이 사용하는 배는 대략 400여 척이 있지만 전란이 벌어지지 않는 한 동원할 일이 없으니 논외로 치는 것이다.

점고를 마치고 인종은 판옥선 10척을 대월국으로 보냈다. 대월국에 마련된 조선 현을 지킬 병력과 업무를 볼 관원들과 상인들을 보내 줘야 하기 때문이다.

조선 현에는 정2품 관원을 파견하고 정기적으로 판옥선 3척이 일 년에 3차례를 의무적으로 운항하도록 했다.

이때 따라간 병사와 상인 관원의 숫자가 1,300여 명이었다. 판옥선의 건조가 빨라지면서 여송국에도 정기적으로 판옥선 5척을 보냈다.

여송국에는 무역품보다는 보총이나 화약 같은 전략 물자들을 주로 실어서 보냈다. 그러고 나서 판옥선 5척과 중맹선 50여 척을 카이(북해도)로 보냈다.

카이는 현재 에미시(아이누)라는 부족이 살아가고 있는데 왜의 마쓰마에 번이 진출하여 북해도남쪽을 일부분 장악하고 원주민인 에미시들 과의 교역을 독점하고 있는 상황이었다. 물론 그들이 교역을 공정하게 할 리가 없기에 에미시는 소수의 길랴크 원주민들과 함께 여러 차례 봉기를 일으켜 그들을 몰아내려 했다.

하지만 번번이 실패로 돌아갔다. 그런 이들에게 인종이 보낸 55척의 무역선은 단비와 같았다. 그들이 보게 된 판옥선은 태어나 처음 보는 거선이었고 무장 또한 마쓰마에 번과는 차원이 달랐다.

함경 수사 최재광은 자신이 이끌고 온 배를 보고 몰려든 원주민들을 신기한 눈으로 바라보았다. 함경수영은 한 달 전에 새롭게 만들어진 군영이었다.

"저들은 야인들과 비슷하구나?"

"알려지기로 저들 중 일부는 북방의 야인들과 같은 족속이라 합니다."

"허면 말이 통하겠구나?"

"역관을 대동하고 내려가 보겠나이다."

부장 하나가 역관을 대동하고 뭍으로 내려갔다. 한참 동안 그들과 대화를 나눈 뒤 다시 돌아와 상황을 보고한다.

"저들 중에 길랴크라 부르는 야인 일족이 있어서 대화를 나누었나이다."

"그래, 뭐라 하더냐?"

"무역을 하기 위해 왔다 하니 무엇을 가져왔느냐 물어 쌀과 소금 면포라 했더니 반갑게 맞아 주었나이다. 한데 남쪽에 왜의 마쓰마에 번이 지키고 있어 함부로 타지인과 통교할 수 없으니 그들과 먼저 이야기를 하라 했나이다."

"왜의 마쓰마에 번? 허면 이곳이 왜국 땅이란 말이냐? 떠나올 때 들었던 말과는 다른데?"

"아니옵니다. 왜국 땅은 아니옵고 바다 건너 왜국의 지방 번 중 하나인 마쓰마에 번이 이곳에 들어와 무역을 독점한다

하옵니다. 여러 차례 서로 싸워 큰 피해를 보고 그들을 따르기
는 하나 이곳이 왜국 땅은 아니라 하옵니다. 저들 에미시 일족
의 땅이라 하옵니다."

최재광은 고민에 빠졌다. 자칫하면 왜국과 분란이 빚어 질
수 있기 때문이다. 저들 말대로 마쓰마에 번과 대화를 하여 통
교를 허락받으면 좋으나 그리되면 마쓰마에 번이 에미시 일족
과 직접 통교하게 내버려 둘리가 없었다.

"저 일족이 얼마나 된다고 하더냐?"

"적습니다. 10만이 안 된답니다."

"이런……."

최재광이 고민에 빠져 있자 역관이 이야기를 마치고 올라왔
다.

"수사영감!"

"무슨 일이냐?"

"이곳을 카이(북해도)라 부른다는데 이곳에서 위로 조금만
올라가면 키릴(사할린)이라는 섬이 있답니다. 좌우로 400리
에 위아래로 2,500리나 되는 큰 섬이랍니다. 차라리 그곳 남
쪽으로 가시면 거래가 수월하며 이곳 카이 사람들도 저 왜놈
들을 피해 그곳에서 거래할 수 있으니 왜놈들이 알기 전에 그
리로 이동하여 자리 잡는 것이 좋답니다."

"그래? 허면 망설일 것 없다. 쓸데없이 왜놈들과 섞여 분란
만들 것 없이 그리하도록 하자. 이동한다."

"예, 수사영감!"

최재광은 망설이지 않고 배를 이끌고 위로 올라갔다. 공연히 왜의 번국과 분란을 만들고 싶지 않기 때문이다. 최재광은 남해 사람으로 왜구라면 진절머리가 나는 사람이었다.

다음날 오후에 도착한 키릴 섬은 전날 들었던 말처럼 매우 커다란 섬이었다. 키릴에는 소수의 에미시족과 길랴크, 오로크, 윌타족이 사는 섬으로 대부분 야인여진인 들의 조상이 건너오거나 그 일족으로 부족 생활을 하고 있었다.

최재광은 배들을 정박하고 부족의 대표들과 인사를 나누고 난 뒤 선물을 안겨 주고 거래를 제안했다.

소금과 쌀, 면포는 매우 인기가 좋았다. 최재광이 이곳에 온 이유는 거래보다는 거점 확보였기 때문에 대부분 헐값에 물품을 넘겼고 덕분에 인심을 얻어 계속하여 거래를 하기로 하고 되돌아갈 수 있었다.

키릴에는 10여 명의 병사를 주둔시켜 상인들이나 조선의 수군이 이용할 수 있는 거점을 만들도록 했다.

인종 3년 6월 5일.

여송의 후백에 자리 잡은 소연은 떠날 때 이끌고 간 병사 2,818명 중 되돌아간 900여 명을 제하고 1,900여 명을 이끌고 작은 읍성을 건설했다. 반년이라는 시간에 건설한 것 치고는 실로 대단한 성과였다.

관아라고 부를 수 있는 동헌(東軒)을 만들고 동헌을 기준으로 남쪽에 흙과 돌을 섞어 3미터 높이의 성곽을 쌓았다. 다분히 명이나 말레이, 술루를 의식하여 만든 것이다. 동헌 북쪽과 동쪽으로는 병사들의 막사와 훈련장, 창고와 대장간 등을 만들었고 해안가 쪽에는 항구와 염전 밭을 일구었다.

원주민들이 소금을 필요로 한다는 말에 직접 소금을 생산하려고 만든 것이다. 그런데 후백에는 조선인들만 있는 것이 아니었다.

이로카, 갈링가, 아이따족의 원주민들 중 상당수가 같이 살고 있었다. 조선군은 보름에 한 번씩 판옥선만을 이끌고 정찰을 나서는데 정찰 중에 해적선으로 판단되는 배들과 교전이 빚어지기도 한다.

그리고 당연하게도 조선군은 해적선들을 나포하거나 물리친다. 조선 수군은 매우 강했다. 강함의 이유는 함포나 배의 크기에도 있지만 그보다 보총과 각궁 때문이었다.

그렇게 해적선들을 하나씩 나포하여 가지고 오면 그 안에는 온갖 금은보화와 곡식 등의 물품이 있었고 그와 함께 강제로 납치되어 노예 생활을 하는 원주민들도 있었다. 소연은 그들 원주민들을 거둬들인 것이다.

원하면 자신의 부족으로 되돌아가도록 해 주었지만 일부는 자신을 붙잡아 노예 생활을 시킨 혹은, 자신의 가족을 죽인 해

적들에게 복수하기 위해 남아 있는 사람들이 상당히 많았다. 해적선 중 가장 높은 비율을 차지하는 것은 남쪽에서 올라온 술루 왕국과 서쪽에서 오는 말레이족이라고 통칭되는 상선들이었다. 간혹 멀리 시암과 국경을 마주하는 조호르 왕국의 배들도 상인과 해적으로 두가지일을 같이하며 활동했다.

"수사영감! 배가 들어옵니다."

"어디에서 오는 배더냐?"

"아국의 판옥선이옵니다."

소연은 급히 밖으로 나가 들어오는 배들을 맞았다. 배에서는 관원과 병사 공인들을 포함해 200여 명이 짐 보따리를 하나씩 짊어지고 내리고 있었다.

"어서 오세요. 아니 동부승지께서 어인 일이시옵니까?"

"수사께서 직접 마중 나오셨군요. 어명이 있어 직접 선전관으로 왔습니다."

"그래요? 어쨌든 안으로 드시지요."

소연은 동부승지 이윤형을 이끌고 동헌으로 이동했다.

"어명을 받으시오."

동부승지 이윤형이 교지를 펼쳐들고 인종을 대신하여 어명을 내렸다. 소윤은 무릎 꿇고 앉아 어명을 받았다.

"수군절도사 소윤과 부장 오세웅, 부장 풍계정은 여송국 원정에 큰 공을 세우고 후백을 건설하여 아국 조선의 이름을 드높이고 여송의 원민과 화친을 성사시켰으니 그 공을 치하하노

라 더하여 소윤을 정1품 숭정대부(崇政大夫)에 가자하며 후
백총독에 명한다. 풍계정을 어해장군(禦海將軍)에 가자하며
후백 수군절도사로 명한다. 오세웅을 절충장군(折衝將軍)에
가자하며 후백 병마절도사로 명한다. 후백 총독 소윤은 멀리
떨어진 외방을 관장하기에 정6품직을 짐을 대신하여 임명할
권한을 내리노라."

"성은이 망극하옵니다."

무려 한 번에 4품계를 올려 받았다. 수군통제사가 정2품이
니 임진란 때 성웅 이순신이 받았던 품계보다도 높았다. 인종
이 왜 이런 파격적인 인사를 단행했는지 모르나 받은 품계로
만 놓고 보면 본국 조선의 총리와 같은 급이었다.

"감축드리오. 총독!"

"감사합니다. 한데 총독이 무엇하는 벼슬입니까?"

대충 짐작은 가지만 확실히 이 직급이 무엇을 하는 직급인
지 가늠하기 어려운 소연이었다.

"총독은 행정, 사법, 인사권을 모두 발휘하는 외방의 군주
와 같은 직급입니다. 저 또한 처음 듣는 직급이오나 전하께옵
서 앞으로 외방의 군주들에게 내리실 직급이라 하시었으니 그
리 아시면 됩니다. 법은 아국의 법을 따라야 하나 그 권한은
국무부총리와 국방부총리를 합친 것과 동급이니 가히 군주라
할 수 있지요."

"그렇군요. 이거 너무 큰 자리에 몸 둘 바를 모르겠습니다."

"그만큼 대감의 공이 큰 것이지요. 앞으로 할 일도 많고요."

큰 벼슬이었지만 다스리는 사람은 숫자는 수군절도사급도 아니 되었다. 어쩌면 앞으로 늘어날 것을 대비하여 내린 벼슬일 것이라 생각한 소윤이었다.

"한데 따라온 관원들은 어찌하여?"

관복을 입은 사람이 무려 100여 명은 되는 듯 보였다. 동부승지를 호종 하고 온 인원치고는 너무 많은 것이다.

"아, 나가서 인사해야지요. 모두 이곳 후백에서 총독을 도와 행정과 사법을 집행할 관원들입니다. 전하께서 친히 고르고 골라 보내었으니 총독께 큰 도움이 될 것입니다."

"그렇습니까? 잘되었습니다. 그렇지 않아도 모두 무관들이라 업무를 살피기 매우 힘들었습니다. 참으로 잘되었습니다."

소연은 인종의 꼼꼼한 성격에 다시 한 번 놀라며 밖으로 나아갔다. 밖에는 각 아문의 관원들과 함께 공인들도 있었다. 대장장이, 염한, 한지 장인, 도공, 목수, 선박 기술자, 석공, 금과 은을 다루는 세공사 등이었다.

"정말 직급에 맞게 모든 일을 처리할 수 있겠습니다."

소연은 동부승지 이윤형을 따라온 사람들을 일일이 만나고 난 뒤 더욱더 기쁜 표정을 지었다. 이미 역관이나 무관은 충분하니 이제 이곳을 일구기만 하면 되는 것이다.

인종 3년 6월 18일.

솔빈부에는 솔빈강이 흐른다. 솔빈은 원 역사에서 나중에 우수리스크라고 불린다. 발해가 있던 시절에는 그곳이 말의 주산지로 왜와 당에 많은 말을 수출하는 곳이다.

이곳은 호랑이, 곰, 늑대, 여우, 표범, 스라소니와 같은 야생 동물이 특히 많다. 사람이 많이 살지 않기 때문일 것이다.

특히 곰이나 호랑이 같은 경우에는 사람들에게 큰 피해를 주기도 한다. 인종이 만도리에게 발해 총독을 제수하고 첫 번째로 한 일은 착호군 200을 발해로 보낸 일이다. 형식적이지만 야인여진의 거주지인 연해주와 흑룡강 일대는 발해 총독인 만도리가 군주였다.

만도리를 총독에 임명했으니 그 권위를 인정해야 하고 힘을 실어 주어야 했다. 앞으로 만도리를 통해 조선의 군사력과 정치력이 발해 곳곳에 투사(透寫) 되어야 하기 때문이다.

"총독대감 본국의 문조판서 이약해 대감께서 보내신 만씨 계보도 이옵니다."

"오호! 그래 어서 주시오."

솔빈에 거주하는 병마사 이수형이 본국에서 가져온 책자를 조심스럽게 만도리에게 건네주었다.

만도리는 이수형이 건네준 책자의 내용을 열심히 들여다봤다. 만씨 성은 사실 조선에 그리 많지 않다 본래 신라나 고려 때에 역사서에 조금 등장하기는 하지만 그 수가 매우 적고 대부분 북방 지역에 거주한다.

그나마 조선대에는 거의 사라지다시피 한다. 후세에 전해지는 만 씨는 임진란 때 명나라에서 원병으로 온 만세덕이 남긴 후손이 거의전부다. 하나 신라시대에는 대내마와 상대등의 벼슬을 지낸 만씨가 있다.

만세와 만종이다. 그들의 후손이 고려조 때는 최충헌의 사노비로 전락하여 노예해방을 부르짖기도 하지만 그 뒤로는 기록이 전무하다.

그런데 그 만 씨가 발해 총독이 된 것이다. 하니 당연히 그 집안의 계보를 바로잡고 정립해야 했다.

총독은 일국의 군주와 버금가는 관직이니 국가에서 나서서 해 주어야 하는 것이다. 문조판서 이약해는 관원들을 닦달하여 만 씨와 관련된 모든 자료를 찾아서 그의 계보도를 억지로 꾸며 주었다.

"총독대감 감축드리옵니다."

옆에서 지켜보던 김나벌은 만도리가 기쁜 표정을 짓자 만족하는 듯 보여 축하 인사를 건넸다.

"고맙네, 조상을 모르면 짐승이지 이제 우리의 조상이 저 신라의 상대등을 지낸 가문임을 조선 조정으로부터 인정받았으니 면이 서네."

만도리는 읽은 내용을 반복하여 읽고는 집안 가솔들을 불러 모아 다시 한 번 읽어 주며 잔치를 벌였다. 인간은 누구나 자신의 뿌리를 명확하게 알고자 한다.

그것이 좋은 것이든 나쁜 것이든 그것이 바로 자신의 신분과 성격, 삶의 가치를 규정해 주며 자신이외의 사람들에게 가장 먼저 자신의 가치를 알릴 때 사용하는 이력서인 것이다.

조선은 만도리에게 그것을 만들어 준 것이다. 이 작은 친절 하나가 발해 지역의 야인여진인 들을 모두 끌어 앉게 되는 큰 역할을 할 것임을 누구도 부정하지 못했다.

"그래 조선 조정에서 보냈다는 그 착호군은 지금 어찌하는가?"

"네, 총독대감 조선의 착호군은 이곳 솔빈부와 정리부 사이를 오가며 포악한 짐승들을 사냥하고 있습니다. 어제 들어온 보고를 보니 범 4마리와 곰 2마리 표범 3마리 등을 잡았다 하옵니다."

"며칠 되지 아니하였는데 결과가 좋구먼? 그 보총이라는 것이 위력이 대단한가 보이?"

"그 보총이 대단하긴 한 것 같습니다. 길 안내를 위해 따라 간 자의 말로는 500보 밖에 있는 범이 달려오는 사이 무려 3번을 쏘아 발 앞에 당도하기 전에 절명시켰다 하옵니다. 더욱 무서운 것은 이 보총의 총탄은 파괴력이 높아 화살보다 두세 배 깊숙이 박히기 때문에 운이 좋아 범의 대가리를 맞추면 한 발로도 범을 절명시킨다고 하옵니다. 그런 보총을 든 군사 200이 함께 움직이니 조만간 주변에 맹수들이 모두 사라질지도 모르겠습니다.”

“그래? 이거 간담이 서늘하구먼, 조선군은 모두 그 보총으로 무장을 하겠지?”

말은 안 해도 만도리 입장에서 보면 협박을 하는 것과 다름없었다. 조선군 수만이 그런 보총으로 무장을 하게 되면 어찌 될지 상상만 해도 끔찍한 만도리였다.

말로는 보총 한 정을 만드는데 수십 섬의 쌀이 들어가서 그 수가 많지 않다고 하지만 분명 전장의 상황이 바뀔 획기적인 무기임에는 틀림없어 보였다.

매우 가지고 싶은 무기인 것이다. 하나 지금은 그것을 탐내서는 안 되는 입장이었다. 조선으로부터 들어오는 지원을 최대한 활용하여 발해를 키워야 한다.

조선과 손을 잡은 뒤 야인여진은 부족 간의 경계가 급속히 허물어지고 있었다. 사실 모린위를 공격할 때 조선인과 홀라온, 착화, 파아손 부족이 일부분 동참한 상태였다.

덕분에 대승을 거두고 발해라는 이름 아래 하나로 뭉쳐가고 있는 상황이었다. 이대로 몇 년 동안 탈 없이 시간이 흐른다면 만도리의 지배력은 더욱 강화될 것이다.

“요동군이나 건주위의 움직임은 어떤가?”

“둘 다 조용합니다. 방어에 치중하는 듯합니다. 우리도 우리지만 해서와 알탄의 공격을 막는 것이 우선 아니겠습니까? 물론 겉으로는 우리를 꼭 치겠다고 난리입니다만 행동은 못하고 있습니다.”

“그렇겠지. 그놈들이 이곳까지 병력을 몰고 올 상황이 아니
지.”

걱정했던 일이 예상대로 흘러가자 한숨을 돌린 만도리였다.

8.
자유무역항

인종 3년 7월 15일 두 번째 기사.

제주 수군절도사 조세필이 부임지에 도착하여 제주 사정을
아뢰다.

제주 수사 조세필이 영(營)에 도착하여 장부를 점검하고 눈
으로 확인하여 아뢰기를 인민은 9,552호(戶), 남여 43,515명
이며 밭은 3,640결(結), 64목장 내에 국마(國馬)가 9,372필,
국우(國牛)가 703두, 41과원(果園) 내에 감(柑)이 229그루,
귤(橘)이 2,978그루, 유자[柚]가 3,778그루, 치자[梔]가 326
그루이며, 이 외에 개인의 우마와 감귤이 있으나 확인치 않았
는데 이는 권장하고자 하는 뜻입니다. 하고 향교에는 17명의
훈장(訓長)과 68명의 교사장(敎射長)을 분치(分置)하였으니,

유생(儒生)은 480인이요, 무사(武士)는 1,700여 인입니다. 제주에 수영을 설치하는 것은 왜와 남쪽에서 들어오는 무역선을 맞이하기 위함임으로 목사 김윤종과 논하여 대정현에 수영을 설치하기로 하였나이다. 하여 모슬진과 차귀진, 서귀진의 병력을 증강하고 포대를 늘려 방어에 만전을 기하기로 하였나이다.

조세필이 제주 수사에 임명되어 제주로 내려간 것은 한 달 전이었다. 본래 제주목사가 제주 수사를 겸하는데 제주 수사가 별도로 임명되어 내려오게 되자 목사는 제주목과 대정현, 정의현의 치안만을 담당하고 나머지 9진은 모두 새로 임명된 제주 수사가 담당하게 되었다. 병사들도 제주에 본래 있던 1,700여 명 중 500여 명은 목사가 담당하고 나머지 1,200여 명이 수군으로 조세필에게 넘어왔다.

조세필이 제주로 내려가면서 가져간 것은 판옥선 7척과 병사 550명이었다. 거기에 천자총통과 지자총통을 따로 220문 싣고 갔다. 모두 모슬진 차귀진 서귀진에 포대를 강화하고 나머지는 대정현으로 들어가는 입구에 포대를 설치할 계획이었다.

가장 중요한 보총은 1,200정을 가져갔는데 포군과 노군을 제외하고 모든 병사에게 지급하고도 남는 숫자였다.

수군은 함포를 다루는 병사와 노군이 반 이상을 차지하기에 보총을 사용하는 병사의 숫자가 적었다. 나머지는 모두 제주 목사 휘하의 병사들에게 지급해 주었는데 그래도 50여 정이 남았다.

남은 보총은 목사가 관리하여 제주 도민 중 16세에서 30세 사이의 젊은 장정들에게 돌아가며 사격 연습을 시키는 용도로 활용했다. 만약을 대비한 것이다. 제주는 명과 왜 유구와도 가까워 왜구의 침략이 많은 곳이었다.

남국관이 개설되어 타국 배들이 수시로 드나들게 되면 그 위험이 더 커질 수가 있다. 본국에서 떨어져 있기 때문에 왜구가 수십에서 수백 척에 이르는 배를 끌고 공격해 오면 막을 방법이 없다.

그런 상황이 발생하면 제주 도민들까지 나서야 하기 때문에 보총과 함포운용에 대한 훈련을 미리 하도록 한 것이다.

"수시께서 노고가 많고요."

"아닙니다. 목사께서 살뜰히 챙겨 주시니 한결 수월합니다."

제주목사 김윤종이 다가오며 인사를 건넸다. 본래 자신의 병력과 업무를 다른 이가 가져가면 싫어해야 하는데 그는 달랐다. 임기가 거의 끝나가기 때문이다.

지방 수령들의 임기는 720일로 정해져 있었다. 그는 이제 한 달만 있으면 임기가 끝나 도성으로 올라가는 것이다.

"한데 이곳에 들어서는 남국관의 규모를 어느 정도로 하시려고 부지를 그리 크게 잡으셨소?"

조세필이 대정현에 잡은 부지는 제주목관아보다도 더 큰 규모였다. 타국 상선이 들어올 때 그들이 머물 수 있는 객관과 물품을 보관할 창고 정도면 충분할 것이라 생각했는데 부지만 봐서는 전혀 차원이 달랐다.

"저 또한 전하의 명으로 준비는 합니다만 좀 큰 것이 아닌가 하는 생각도 듭니다. 하나 전하의 말씀대로라면 무려 10여 개국의 상선이 드나들 것으로 저 멀리 서역을 비롯해 남방의 여러 나라와 왜의 각 번들의 배들이 올 것이니 되도록 이 정도 규모 이상을 지으라 했습니다. 그보다 문제는 이곳에 그들을 상대할 역관의 숙소와 아국 상인들의 점포가 들어설 것이라는 겁니다."

"점포라면 이곳에 시전을 설치한다는 말인데… 허면 제주민이 많이 늘어나겠구려."

"그렇습니다. 아마 제주에 새로 부임하실 분은 저나 목사영감보다 품계도 높고 권한도 막강할 것 같습니다."

"아니, 그건 어찌 그렇습니까?"

"목사영감도 아시다시피 왜국에 공관을 설치하지 않았습니까? 그와 마찬가지로 이곳에도 타국의 공관이 들어설 것 같습니다. 이미 대월이나 참파 시암 등의 공관이 들어설 준비를 하는 듯 보입니다. 물론 이곳에서 가까운 왜국의 여러 영지들도 각자 조정에 청하여 상시 거주하는 상인들의 숙소를 원하면 만들도록 해 준답니다."

"타국은 몰라도 왜는 좀 꺼려지는군요."

"어쩔 수 없게 되었습니다. 이미 왜국 중 대마도와 산구에 우리의 공관이 있으니 저들의 공관도 받아들일 수밖에 없는 상황입니다. 더구나 이곳은 그들 두 곳이 무역하는 품목과는 차별되니 아니 된다고 할 수도 없지요. 그것뿐이라면 수영이 새롭게 설치되었으니 감당이 될 터이나 아국 상단들이 몰려들어 타국과 거래를 하거나 멀리 무역을 떠나는 기착지로 활용할 터이니 그 중함이 더욱 커질 요량입니다. 하니 일전에 여송국의 소연 총독과 같이 이곳에도 총독이 오지 않을까 생각됩니다."

"그렇다면 조금 이해가 가긴합니다. 한데 저 왜구들은 도통 믿음이 가질 않으니……."

"왜구들은 디 이상 아국을 넘보지 못할 것입니다. 목사께서도 보셔서 아시겠지만 아국의 보총 위력이 대단합니다. 더구나 천자총통과 지자총통을 비롯하여 화포들이 더욱 개량되고 수가 많아졌으니 저들이 함부로 날뛰지는 못할 겁니다."

자신감이 넘치는 조세필이었다. 지난날 목포만호를 지내면서 왜구들과 마주친 적이 있는 조세필은 그들을 잘 알고 있다.

경계만 소홀히 하지 않는다면 왜구가 수백 척의 배를 이끌고 온다 해도 충분히 그들을 제압할 자신이 있었다.

인종 3년 7월 20일.

한양과 김포를 잇는 대로가 건설되고 한강에 3개의 배다리가 건설되었다. 거기에 개성까지 대로가 완공되자 한양의 모습은 점점 화려해지기 시작했다.

유동인구가 대폭 증가하면서 객주와 주막이 늘어났다. 조금 시간이 걸리더라도 휴일에는 경기도 인근에서 한양까지 와서 장사를 하는 사람들이 늘어나기 시작했다. 한강 이남에 살던 사람들이 편하게 강을 건넜고 개성과 그 인근에 사는 사람들이 한양에서 직접 물건을 떼어다 파는 경우가 늘었다.

누구라도 자유롭게 상업에 종사할 수 있지만 그러기 위해서는 시전에 자릿세를 내고 등록을 해야 했다.

꾸준하게 상업에 종사할 사람이라면 그리하겠지만 농업을 하거나 임업과 어업에 종사하는 사람들은 부정기적으로 장사에 나서기 때문에 시전에 들어갈 수가 없었다. 해서 이들은 시전 상인들에게 물건을 넘긴다. 덕분에 시전 상인들은 잘 닦인 대로가 생기면서 크게 이득을 보았다.

이득을 본 시전 상인들은 점포를 더욱 크게 늘리기를 희망했고 시장의 규모가 점점 확대되고 있었으며 그 덕분에 주막과 객주가 다시 늘어나며 시전에 물건을 옮겨다 주는 운송업자도 늘어났다.

선순환이 시작된 것이다. 더하여 한양이 화려해지고 활기차진 가장 큰 원인은 개성에 들어서고 있는 공방과 김포에 들어선 공방 때문이기도 했다. 개성과 김포 중간에 한양이 있는 것이다.

한양 인구가 대략 14만에서 5만 정도였는데 김포와 강화에 6만이 넘는 인구가 집중되었고 개성에도 점차 인구가 늘어 약 5만이 넘어가고 있었다.

그 외에 경기도에 포함된 여러 현이나 목의 인구까지하면 대략 40만이 넘어가고 있었다. 이런 인구 집중덕분에 한양은 초고속 성장 이랄 수 있는 황금기를 맞이하고 있었다.

개성에서는 파종기와 탈곡기공방이 이미 만들어져 상품을 공급하고 있었고 재봉틀은 정교한 기술 때문인지 조금 늦춰지고 있었다.

여기에 인종이 다시 연필과 태엽시계를 만들도록 했는데 연필은 얼마 지나지 않아 생산을 시작했고 태엽시계는 역시 정교한 기술이 필요해서인지 아직 준비 단계였다.

연필이 만들어지면서 개성연필이라는 이름과 함께 시중에 팔리자 빈 종이를 묶은 뒤 두꺼운 종이 위에 그림이 인쇄된 책장을 덮어 만든 전주공책이 팔리면서 향교나 성균관에서 공부하는 학생들의 필수품이 되었다.

다른 것은 몰라도 전주공책 같은 경우는 인종이 어떠한 언급 없이 스스로 만들어 낸 상품이었다.

　덕분에 전주공책을 생각해 낸 종이 장인은 인종에게 큰 상을 받았고 조선신보에 이름이 오르며 향후 20년간 공책과 같은 형식의 상품을 만들어 팔 때에는 일정 금액의 기술 사용료를 전주공책을 처음 만든 사람에게 주도록 규정을 만들었다.

　6월이 되면서 인종은 다시 개성에 만들어지고 있는 공단에 불쌈지(라이터)를 만들도록 했다.

　해서 개성에서는 이제 파종기와 탈곡기, 재봉틀, 연필, 각종 농기구, 태엽시계, 거중기, 불쌈지 등을 만드는 공방이 들어서게 되었다.

　인종이 중전이 있는 교태전의 뒤뜰로 향했다. 그곳에는 거울 조각 수십 개를 이어 붙인 구조물이 있었다.

　"되었느냐?"

　"되었사옵니다."

　중전의 시중을 드는 박 상궁이 다가오는 인종을 보고는 대기하고 있다가 대답했다. 옆에서 지켜보고 있던 중전이 다가오자 인종이 다시 물었다.

　"어떻소?"

　"다소 시간은 걸리나 충분히 음식을 조리할 정도의 열을 냅니다. 닭이나 생선 등은 꼬치에 꽂아 두면 2각 안에 먹을 수 있게 적당히 익습니다."

인종이 이날 실험한 것은 태양열을 이용해서 조리한 것이다. 거울을 이용한 태양열 조리기구의 탄생인 것이다.

"우선 이번 실험은 성공했으나 크기가 문제가 되니 크기를 조절하여 여러 번 더 실험해 보도록 하시오."

"알겠나이다."

"빛을 모아서 조리하는 것이 성공하여 보급된다면 아국 조선은 진정으로 하늘이 내린 민족임이 증명되는 것과 같소."

"이를 말이 옵니까. 이것이 성공하여 보급된다면 한여름에 조리를 하기 위해 아궁이에 불을 지피지 않아도 되고 나무를 하지 않아도 되니 매우 이롭습니다. 백성들의 삶이 달라질 것이옵니다."

"그렇소. 이것을 작게 만들어 먼 항해를 떠나는 배에서 사용한다면 바다 한가운데서도 익힌 음식을 먹을 수 있으니 이 또한 이로울 것이오."

인종이 중전에게 직접 명하여 실험하게 한 것은 태양열조리기였다.

태양열조리기를 만들 때 인종은 처음에 돋보기를 이용하여 만들려고 했다. 한데 돋보기에 들어가는 유리의 양이 너무 많았다. 돋보기는 두껍게 만들어야 했다. 또 태양의 위치가 변할 때 마다 일일이 초점을 맞추기 위해 위치를 바꿔 줘야 했다. 조금은 불편했다.

해서 거울을 이용하기로 했다. 거울을 둥그렇게 붙이고 빛이 모이는 지점에 작은 솥을 걸어 물을 끓여 보았는데 물이 끓어올랐다. 다음으로 끓는점이 훨씬 높은 기름을 넣고 빛으로 가열해 보았다. 기름은 종류에 따라 240도에서 350도까지 끓는점이 다양하다.

인종에 실험하기 위해 사용한 기름은 돼지에서 나온 기름이었다. 너무도 쉽게 끓어올랐다. 기름이 끓는다는 것은 최소한 240도 이상의 열을 낸다는 의미였다.

문제라면 하나 만드는데 들어가는 거울의 양이었다. 지금 상궁 박씨와 중전이 하고 있는 실험은 그 거울의 양을 조절하는 것이다. 하나씩 빼거나 더하여 물이 끓는 시각을 확인하고 재료의 종류에 따라 조리가 완성되는 시각을 확인하는 것이다.

인종이 이것을 중전에게 맡긴 것은 이일의 결과가 아녀자들의 생활에 커다란 편의를 제공하는 일이기 때문이다.

아궁이에서 불을 때며 연기를 과다하게 들이마시면 폐병에 걸리기도 하고 한 여름철에는 무더위 속에서 조리를 하기 위해 불을 가까이해야 하니 매우 괴로운 것이 현실이었다.

이런 고통에서 해방시키고자 만든 것이다. 물론 그와 더불어 나무의 소모를 줄이고자 하는 이유도 있었다.

더하여 이 태양열 조리기가 완성되면 인종은 전국의 향교와 관아 그리고 동방대종회에 보급할 계획이다.

이 세 곳은 대량 급식을 하는 곳으로 나무의 소모가 많은 곳이다.

"아국 조선은 아니 단군성검의 후손들은 모두 천손입니
다. 천손으로서 당연히 하늘의 태양을 사용할 줄 알아야 합
니다. 앞으로 이것이 완성되어 조리와 난방에 이용된다면 아
국은 비로소 천손임을 증명하게 되는 것입니다. 향후 제사에
쓰일 제수는 모두 태양열을 이용하여 조리하도록 할 계획입
니다."

인종은 자신이 말하면서도 매우 유치하게 느껴졌지만 이 태
양열조리기를 보급하기 위해서는 이런 명분과 극단적인 조치
가 필요했다.

그때 멀리서 남치근이 다가왔다. 다가오는 남치근은 온몸에
서 빛이 나고 있었다. 남치근이 백철갑을 입고 있었기 때문이
다.

"그래! 저거다!"

인종은 남치근을 가까이 오도록 했다.

"옷을 벗어 보거라!"

"전하……?!"

"그 갑옷은 철갑에 수은을 입힌 것이 맞지?"

"그렇사옵니다."

백철갑은 수은갑으로도 불렸는데 주로 국왕을 호위하는 무
관들이 입었다. 철에 수은을 입혀 번쩍거리게 만든 것으로 멀
리서 보더라도 빛이 나서 의장용으로 주로 입는다. 오후에 인

종이 궁궐 외부로 행차할 계획이라 입고 온 것이다.

거울로 만든 태양열 반사판을 수은을 입힌 철판으로 한다면 다루기가 훨씬 용이해지는 것이다. 유리는 깨지기 쉽기 때문에 다루기가 매우 까다로웠다.

남치근이 벗어 준 옷을 유심히 살펴보던 인종은 거울 대신에 수은을 입힌 철판을 반사판으로 사용하여 다시 실험을 하도록 했다.

인종 3년 8월 1일.

무역품 중에서 왜가 가장 선호하는 것은 미곡 즉 쌀이었다. 그다음이 면포였고 근자에 들어서는 소금과 말 또한 주로 수입해 갔다. 이 네 가지는 모두 왜관에서 대마도와 대내씨가 수입해 가는 품목이었다.

나머지들 즉 유리 제품과 농기구 비누 약제를 비롯한 도자기와 종이 붓 연필 등은 제주에서 사가야 한다.

인종 집권 3년째 되는 여름철에 조선은 커다란 변혁을 다시 한 번 겪게 된다. 제일 먼저 변화의 주역이 된 것은 유리 공방이었다.

유리 제품은 6종 32품목으로 다양해졌다. 유리의 성질을 이용해 다양한 제품들이 나오기 시작해서 품목이 점점 다양해지기 시작했다.

유리 식기만 하더라도 처음에는 물 잔이나 찻잔, 술잔 등 도자기로 만들던 것을 대체하여 만들다가 거울이 만들어지면서 경대와 손거울 벽걸이 거울에 투명한 성질을 이용해 그림을 넣어 놓고 볼 수 있는 액자가 만들어지고 술병과 주전자까지 활용이 무궁무진해지고 있었다. 벽걸이용 거울은 다시 판유리의 제조를 가능하게 만들어 주면서 유리창 역할을 할 수 있는 유리가 만들어졌고 인종은 그 판유리를 이용해 교태전 뒤편에 온실을 만들도록 명했다. 본래 온실은 한지를 이용해 겨울철에도 농사를 할 수 있게 실험한 적이 있다.

인종은 온실이 완공되면 여러 작물들을 실험하여 적합한 온도와 제배 방법을 찾아 연구하도록 했다.

이렇게 유리가 여러 분야에 이용되면서 유리 공방의 규모는 점점 커지고 있었다.

처음 50명으로 시작한 유리 공방은 현재에 와서는 무려 3천여 명이 각 분야별로 나뉘어 근무하고 있었다.

규모가 커지고 공인들이 일정 부분 기술 습득이 이루어지자 인종은 전격적으로 공방을 하나씩 독립시키는 수순을 밟았다.

국가에서 소유해서는 경쟁 체제가 이루어지지 못하고 그렇게 되면 발전이 없을 것으로 판단해 내린 결정이었다.

그래서 업종별로 하나씩 나누어 공인들 모두를 양인으로 환속시켜 주고 매각 절차에 들어갔다. 방법은 배다리 매각과 같은 방식이었다.

배다리와 다른 것이라면 그 권리증서의 숫자가 대폭 늘어났다는 것이다. 장식품을 전문으로 만드는 공방과 장신구를 전문으로 만드는 공방은 증서가 고작 100장만 발행되었고 손거울이나 경대, 벽걸이 거울 등을 만드는 공방은 무려 증서가 500장이 발행되었다.

그만큼 수요가 많아 수익이 많기 때문이다. 덕분에 대동청에는 권리증서와 관련된 업무만을 전담하는 지분거래소가 새롭게 만들어졌다.

증서의 매매와 이익금 분배 분쟁 해결 등을 담당하는데 권리 증서가 있다고 해서 공방의 운영에 대해서 권한을 함부로 행사할 수도 없었다. 권한 행사는 오직 3개월에 한 번씩 열리는 회합에서 인사권을 행사하는 것이 전부였다.

즉 권리 증서를 가진 이들은 경영에는 손을 댈 수 없고 경영자를 선출하거나 해임하는 등의 권리만을 가지고 있었다.

이것에 대해 권리 증서를 보유한 사람들이 불평을 비치지는 않았다. 대부분 유학자를 자처하는 양반 계급층에서 권리 증서를 사 갔기 때문이다. 공방의 증서를 모두 가지고 있다 해도 그들이 직접 경영을 할 상황은 아닌 것이다.

어차피 대리자를 내세워 경영해야 하는데 그것을 명문화해 길을 열어 준 것이니 오히려 당연하게 생각하는 것이다.

그렇게 유리 공방이 7개 공방으로 나뉘어 매각되었고 비누 공방은 무려 14개 공방으로 나뉘어 공방을 운영할 수 있는 권리를 허가해 주었다.

조선에서 웬만큼 큰 상단을 운영하는 곳은 전부 비누 공방의 허가권을 얻어간 셈이었다. 공방들의 지분을 모두 매각한 조정은 일시에 엄청난 대금이 대동청에 들어왔다.

돈뿐만 아니라 땅도 받았는데 돈은 7억 원 가까이 들어왔고 땅은 1천 300결이 들어왔다. 일시에 그동안 풀었던 돈의 3할이 들어온 것이다.

들어온 땅의 일부는 위치를 보아 나라에서 보유하게하고 약 600결은 땅이 없는 양인들에게 10년 분할 상환의 조건으로 모두 팔았다.

덕분에 초기 투자비용의 수백 배에 달하는 돈을 벌어들여 나라의 곳간이 일시적으로 포화 상태라고 불릴 만큼 풍족해졌다.

공방의 처리와 함께 인종이 각별히 신경 쓴 것이 있는데 그것은 도자기였다. 이시기 도자기 기술이 가장 발달한 곳은 딱 두 곳이다. 바로 중국과 조선이었다.

조선의 도자기는 경기도 이천과 여주, 전남, 강진, 전북, 부안, 강원도, 양구 등이 유명한데 고려 때부터 만들어 오던 곳이라 일종의 지역 특산품으로 위세가 대단했다.

인종 덕분에 유리 제품이 나오면서 조금은 주춤했지만 도자기는 유리와는 또 다른 성질의 것이고 용도가 다르니 나름대로 각광을 받고 있다.

사람들의 인식이나 조정 대신들의 인식 또한 도자기 그중에서 백자나 청자는 사대부 집안에서나 쓰는 것으로 높이 쳐 주었기에 장인들의 자부심 또한 대단했다. 중인이 하는 옹기나 질그릇을 주로 사용한다.

인종은 유리 때문에 도자기 생산이 위축되지 않을까 하여 선전관을 보내 생산을 독려하고 제주에 들어서는 시전에 각 지역의 도자기 점포를 개설하게하고 직접 각 도가에 이름을 내려 주기도 했다. 해서 제주에는 여주도가, 강진도가, 이천도가, 광주도가 등 여러 개의 도자기 점포가 개설 준비 중이었다.

인종 3년 8월 14일.

대정현은 몇 달 사이 몰라보게 달라지고 있었다. 본토에서부터 배로 싣고 온 목재와 기와등을 한쪽에 쌓아 놓고 열심히 객관들과 점포 거래소 등이 세워지고 있었다.

대정 현감이 사용하는 관아는 이미 수영이 들어서면서 담장을 허물고 병사들의 숙소와 옥사가 신축되고 있었다.

"수사영감!"

“무슨 일이냐?”

작업 현장에 나와 있는 조세필을 다급하게 부르는 소리가 들렸다.

“영감! 왜의 구주에서 배가 들어왔습니다.”

“어느 지역 배더냐?”

“히고와 사츠마 번이라고 하더이다.”

“알았다.”

8월이 되면서부터 왜의 배는 하루가 멀다 하고 들어왔다. 처음 배를 이끌고 온 것은 당연히 대내씨와 대마도의 배였다.

그들에게 적당한 자리에 땅을 빌려 주고 알아서 숙소를 짓도록 했다. 본래 타국인들의 숙소는 객관이나 공관을 마련하여 올 때마다 대접하고 사용토록 해야 하나 그럴 형편이 되질 못했다.

더구나 하루 이틀 머물다 가는 것이 아니라 대정현은 자유 무역 지대였다. 즉 누구라도 와서 일정 금액의 거래세만 내면 무역할 수 있는 곳이기에 일일이 그들을 상대해 줄 수가 없는 것이다.

그들 또한 자신들의 상단 인력을 상시 대기시키는 것이 이롭다고 판단했는지 관아에 땅에 대한 사용료를 내고 직접 자신들이 머물 숙소를 지었다.

부장이 달려와 조세필을 부른 이유는 새로 들어온 왜인들이

처음오기 때문이다. 부장과 함께 항구로 나아가자 배에서 내
리는 왜인들을 볼 수 있었다. 그중에 태어나 처음으로 보는 색
목인들이 끼어 있었다.

"저들이 색목인 인가 보구나?"

이미 대내씨 상단의 사람들을 통해 자신들의 영지에 머물
고 있다는 색목인에 대해 들었다. 그런데 대내씨 상단이 아
닌 히고와 사츠마 번의 상단에 색목인이 섞여서 들어온 것이
다.

"처음 뵙겠습니다. 히고에서 온 노사카라고 합니다."

"이곳을 책임지고 있는 수군절도사다. 한데 같이 온 자들
중에 왜인으로 안 보이는 자들이 있는데 저들은 누구인가?"

왜인들을 따라온 색목인은 셋이었다.

"포도아 사람들이옵니다."

"포도아? 그렇군. 알았네. 자네들은 부장을 따라가 임시 거
처에 머물도록 하게."

"알겠나이다."

조세필은 포도아 사람들을 유심히 살펴보았다. 하나는 승려
처럼 보였고 나머지 둘은 입성과 몸 상태를 보아 무관으로 보
였다.

포도아 즉 포르투갈이 동방 진출을 시작한 것은 이미 오래
전부터였다. 그들은 광동성에서 비단을 사서 왜에 가져다 팔
아 대금으로 받은 은으로 다시 비단을 사다 팔면서 이득을 보

았고 그렇게 자금이 축적되면 일본에서 부채와 종이, 칼을 사고 명에서 비단과 사치품을 사서 유럽으로 가져다 팔아 막대한 이득을 보았다.

포르투갈은 스페인과는 다르게 무역 거점을 확보하게 되면 더 이상 영토의 욕심을 부리지는 않았다.

그들은 인구가 매우 적은 국가였기 때문에 땅을 얻어도 실제 유지할 수 있는 능력이 되지 못했다.

다만 상대가 허점을 보이면 해적으로 돌변했기에 명에서는 그들을 남만이라고 부르며 오랑캐 취급을 했다.

후일 오문(마카오)을 조차 받을 때는 명에 생선 말릴 곳이 필요하다며 은 500냥을 매년 납부하기로 하고 얻었는데 이것에는 사실 숨겨진 비밀이 있다.

즉 명황제인 주후총의 개인사 때문에 벌어진 일이다. 주후총은 황후를 3명을 두었는데도 아이를 가지지 못했다.

그래서인지 주후총은 신선이 되겠다며 신선술을 익히거나 명약을 만드는 일에 몰두했는데 그 명약의 재료 중에 용연향이라는 것이 있다. 용연향은 향유고래의 장 내분비물을 말린 것으로 일종의 춘약이었다.

그런데 이 용연향이 불사약, 또는 만세향병이라는 영약의 재료로 알려져 있었다. 나중에 벌어질 일이지만 주후총은 이 용연향을 100근을 모아 오라는 명령을 내린다.

그러나 명나라 전국 곳곳을 뒤져 보아도 10냥에 불과했

다. 100근과는 아주 먼 상태였다. 그때 나타난 것이 남만이
라고 무시했던 포르투갈이었다. 포르투갈 상인들이 용연향
을 가지고 있었던 것이다.

당시 포르투갈은 인도양과 대서양의 용연향 무역을 독점하
고 있었다. 이런 수요와 공급의 관계로 인하여 포르투갈이 마
카오를 얻을 수 있었다.

포르투갈이 마카오를 얻게 되는 것은 1557년으로 앞으로
10년 후의 일이다.

"이름이 무엇인가?"

"프란시스코 하비에르입니다."

"무엇하는 사람인가?"

"수도사입니다."

"같이 온 자들은 무관인가?"

"상인들입니다."

"왜의 배를 타고 온 것을 보니 이곳의 상황을 파악하기 위
해 선발대로 온 모양이군?"

"상인들은 그런 셈입니다. 하나 저는 수도사로서의 직분을
다하기 위해 왔습니다."

프란시스코 하비에르는 산구에서 머물고 있다가 얼마 전에
대내의융의 남색과 왜인들의 우상숭배 등을 비난하다가 쫓겨
났다.

쫓겨난 뒤 대내씨의 영향력 아래 있는 영지 밖으로 거처를

옮겼는데 그곳이 사츠마 번이었다. 그곳에서 한동안 머물고 있다가 조선에 자유 무역 지대가 생긴다는 말을 듣고 따라온 것이다.

"수도사의 직분이라? 허면 포교를 하기 위해 왔다는 말이냐?"

"진리를 알리기 위해 온 것입니다."

"왜에서는 너희들의 포교를 허락했느냐?"

"그렇습니다."

"알았다. 하나 이곳은 왜국과는 다른 나라이니라. 하니 아국 조정에서 논의하여 답이 올 때까지는 포교할 수 없다. 너는 답이 내려올 때까지 거주지를 이탈하지 말고 대기하라."

"알겠습니다."

수도사라고 밝힌 프란시스코는 순순히 대답했다. 명이나 왜를 경험했지만 조선은 그들과는 분위기가 달랐다.

무엇보다 키가 왜인들에 비해서 한 뼘씩은 더 컸으며 자신들이 사용하는 철포와는 전혀 다른 생김새의 철포를 모든 병사가 사용하고 있는 듯 보였다.

왜를 떠나올 때 언뜻 들은 말로는 자신을 쫓아낸 대내의용이 상국으로 모시는 곳이 조선이라고 했다.

그리고 그 조선에서 유럽에도 없는 각종 유리 제품과 비누가 생산되어 왜의 귀족들에게 선풍적인 인기를 끓고 있었다. 수도사로서의 직분만큼이나 조선을 아는 것이 중요하게 된 프란시스코였다.

인종 3년 8월 16일.

전국의 관아와 길목에 방이 붙기 시작했다. 더불어 조선신보에도 9월 10일 경복궁에서 제2차 국정보고대회가 열린다는 소식이 실렸다.

참가 조건은 전과 동일했다. 진사시와 생원시에 합격하여 백패(합격증)를 받은 자 이상을 소집한다는 어명이다. 그것과 함께 논의할 내용을 간략하게 적시했는데 그것은 의법부에서 발의된 신분법, 상공업 활성화방안, 이앙법 시행, 조세개혁, 실학부흥 방안 등이었다.

방에는 간략하게 적시했지만 신보에는 각 조목을 선택한 연유와 논의할 부분에 대해 세세히 적혀 있었다.

의법부에서 발의한 신분법에 관한 것은 불천위를 제외하고는 특권을 누릴 수 없으며 양인과 중인 사대부 모두 군역과 공역세를 같은 기준으로 납부 또는 행해야 하며 과시 또한 같은 기준을 정하여 누구에게나 공평하게 치룰 것과 불천위를 받은 자를 제외하고는 공신이라 해도 봉토를 받을 수 없다는 내용이었다.

더불어 천인으로 취급되는 백정과 재인 등의 일부 천인들은 국가에 해를 입히지 않았으니 양인으로 인정한다는 내용이었다.

상공업 활성화를 위한 방안에 대해서는 각 지방 간에 오가는 길이 험하고 정비되지 않아 상공업뿐만 아니라 국가 전체 발전에 저해 요소가 되니 이를 활성화하기 위해서는 대로 건설과 함께 상선을 이용한 물류 이동을 활성화하고 육로는 말을 적극 활용하여 상품 유통을 활성화할 방안을 논하자는 것이었다.

이앙법에 관해서는 시행하는 것이 옳으나 저수지 등 물 관리를 해야 하기에 그것에 관해 나라에서 취해야 할 조치와 토지의 주인들이 해야 할 것 등을 논하자는 것이다.

조세개혁은 대동청의 설치와 함께 대동화 발행으로 토산물과 쌀, 포목 등으로 납부하던 세를 대동화로 납부하는 방안과 토지세와 군역, 공역 등의 의무를 지지 않던 계층들의 의무를 어떤 방식으로 지게 할 것인가 하는 내용을 논하는 자리였다.

마지막으로 실학에 관한 것은 향교와 서원에 대한 문제였다. 향교는 관학으로 국공립학교라고 볼 수 있는데 그 가르치는 것이 문과를 대비한 성격이 짙었다.

서원은 1543년 풍기군수 주세붕이 처음 세운 것인데 일종의 사학이었다. 인종은 필요한 인재를 키우는데 이 서원이 큰 역할을 해 줄 것이라 여겼다.

서원이 처음 만들어진 것은 향교와 다를 바 없이 대과를 준비하는 지방 유생들을 위해서이지만 이미 의조를 만들어 의강원을 설치하여 나라에서 의원 양성을 실시하고 있기 때문에 서원의 형식을 빌려 이와 비슷한 성격의 여러 학교를 짓기로 결정한 것이다.

이것을 일명 실학으로 규정하고 이미 운영되고 있는 의강원과 함께 상업에 종사할 인원을 키우는 상학원(산술과 정음, 외국어, 상업 계산, 장부 작성 등을 가르치는)과 공학원(유리, 제철, 목공, 선박, 공예 등을 가르치는) 등을 새롭게 설치하기 위해 준비 중이었다.

이문제의 초점은 향교를 모든 백성(노비, 천인 제외)들이 배움을 얻을 수 있는 초등교육기관으로 바꾸느냐 하는 문제이다.

즉 향교에서 먼저 교육을 받고 일정 실력을 인정하는 시험을 치르고 난 뒤 이미 있거나 준비 중인 성균관, 서원, 의강원, 공학원, 상학원, 법학원, 사역원, 무관원 등의 고등교육기관으로 가는 것을 법으로 정비하는 문제이다.

언뜻 들으면 쉬워 보이는 문제이지만 사실 매우 까다로운 문제인데 기존에 향교에서 수학한 사람들은 대부분 대과를 보기 위해 준비하던 사람들이고 지방군현의 감독 아래 자체적으로 생원시나 진사과를 치르던 곳이었다.

그런데 이 교육기관을 초등교육기관으로 강등 아닌 강등을 시키고 일반 백성 모두를 가르치라고 하면 쉽게 받아 들일수가 없는 것이다.

"상학원 교수들과 훈도들의 임명은 마무리되었습니까?"

문조판서 이약해와 국무총리 신광한이 새로운 학원 설치에 관련하여 인종에게 보고를 올리고 있었다.

국정보고대회에서 논의한다고 공포했지만 사실 인종은 이 문제를 먼저 시행하려고 준비 중이었다.

다른 사항은 논의하여 처결한다지만 이 문제만큼은 뒤로 물러설 수 없는 것이 인재 확보차원의 문제가 아니라 신분제평준화와 경제발전 국방 등 다양한 문제가 이것과 직결되기 때문에 찬성 반대를 떠나서 군왕의 권도를 빌려서라도 시행해야 할 문제였고 향교의 문제는 논의하더라도 새로 설립하게 되는 학교들은 무조건 시행하리라 마음먹었기 때문이다.

"훈도들은 어렵지 않게 임명할 수 있었나이다. 5대 상단에서 두어 멍씩 차출하여 자리를 채웠습니다."

"원장으로 앉힐 교수가 없다는 말이군요?"

"그렇사옵니다."

"허면 호조참의 채세영을 앉히세요. 적당한 인물이 나올 때까지는 그가 원장으로 상학원의 관리를 하도록 하세요."

인종의 이 결정으로 실학을 가르치는 학원은 정3품 당상관급이 수장으로 있는 교육기관으로 인정받게 된다. 이는 조정에서 매우 중요하게 여긴다는 뜻으로 실학이 유학 못지않게 중요한 학문이라는 인식을 가지게 하는 조치였다.

"알겠나이다. 허면 공학원 또한 공조에서 차출하여 앉힙니까?"

"그러세요. 공학원은 공조참의 조사수를 앉히세요. 그리고 사역원 말입니다. 지금 가르치는 분야와 인원이 어찌됩니까?"

"사역원은 한학(漢學)·몽학(蒙學:몽골어)·왜학(倭學:일본어)·여진학(女眞學)등을 가르칩니다. 전하의 명으로 월국 사신 웅씨가 월학을 가르치나 아직 교재 또한 마련되지 못해서 임시방편으로 가르치는 형편입니다."

"앞으로 사역원 출신 인재들이 할 일이 많을 터인데 이를 좀 더 확대하고 지원을 해야 할 것 같소이다. 제주 수사 조세필에게 명해서 대월뿐만 아니라 유구, 대두, 시암, 참파 등에서 오는 상인들에게 청하여 훈도가 될 만한 자를 구해 보라 하세요."

"그보다 사신을 보내 청하는 것은 어떨는지요."

"그것은 나중 일입니다. 지금은 사신으로 보낼 만한 인재도 없질 않소이까? 하니 우선 역관을 양성하는 것이 우선입니다."

"알겠나이다."

인종은 사역원에 각별히 신경을 쓰기 시작했다. 3달에 한 번 시험을 봐서 장원을 한 자들에게는 상을 내리고 직첩일 뿐이지만 관직 또한 주었다. 앞으로 각 학원들이 자리를 잡게 되면 사역원 출신의 관리들은 더욱 많은 곳에서 일을 하게 될 것이다. 모든 학원에서 필수적으로 한 가지 이상의 외국어를 가르칠 방침이기 때문이다.

"법학원말입니다. 교수와 훈도의 선정은 끝났다고 들었는데 교재는 어느 정도 진도가 나간답니까?"

법학원은 의법부 사무관, 포도청, 의금부, 사헌부 등을 담당할 인원들을 길러내는 학원으로 앞으로는 대과를 통해 인원을 충당하지 않고 법학원을 통해 인원을 충당할 계획이었다. 향후 포도청이 전국 각지에 들어서게 되면 법학원 출신의 인재들이 더욱 많이 필요하기 때문에 매우 중요했다.

대신들은 성균관과 더불어 권력으로 가는 핵심 교육기관으로 여기고 많은 관심을 가지고 지켜보고 있었다.

인종은 포도청과 사헌부, 각각에게 조사하고 처결할 권한을 줄 예정이다. 두 기관이 서로 견제하도록 하려는 것이나. 서기에 두 기관이 담합하여 사건을 덮을 수도 있기에 의금부를 통하여 두 기관을 감사하고 감찰할 권한을 주고 다시 의금부는 의법부 의원들에게 감사와 감찰을 받도록 했다.

의원들은 향후 인종이 임명한 사람들과 백성들이 직접 뽑은 사람들로 운영될 것이고 이런 의원들의 활동은 사헌부와 포도청에서 위법한 행위를 하는지에 대해 감시를 받게 되기 때문에 서로 견제하여 부패하지 못하게 할 수 있는 조치는 다 취할 준비를 하고 있었다. 문제는 이런 권력의 핵심이 법학원 한 곳에서 모두 배출해야 한다는 것이었다. 해서 인종은 서원을 이용할 생각이었다.

서원을 국가에서 일정 부분 지원하는 조건으로 법학원의 기능과 성균관의 기능을 모두 할 수 있는 교육기관으로 인정하여 주고 서원을 졸업한 원생들 또한 행정고시와 같은 역할로 변할 대과와 함께 사법시를 볼 수 있게 해 주는 것이다.

"법학원의 교재는 지난 역대 대왕들께옵서 수교하신 내용과 새롭게 편찬하실 법전의 내용 등이 모두 실려야 하기에 시간이 많이 들고 있사옵니다. 더하여 시대에 따라 폐하거나 새롭게 넣어야 할 조목 등을 정하는데 여러 이견이 있어 논하는 시간 때문에 더딜 수밖에 없나이다."

대답을 한 것은 문조판서 이약해였다.

"하나, 내년 봄이면 학원이 문을 열 것이고 서원들 또한 미리 훈도를 양성하고 교육할 준비를 하려면 교재의 완성이 시급하오. 우선 그 양이 방대하니 한 번에 모두 가르칠 수는 없을 터 완성된 부분부터 가르치도록 준비를 하세요. 그리고 논쟁되는 부분은 과인에게 올리세요. 허면 과인이 비답을 내릴 것입니다. 서두르지 않으면 원생들을 모아 놓고도 가르칠 교재가 준비되지 못해 놀리게 됩니다. 아셨습니까?"

"알겠나이다."

인종은 마지막으로 향교 문제를 꺼냈다. 향교의 문제가 근래 조정의 최대 화두였다. 조정 대신들뿐만 아니라 임금인 인종 또한 결정하기가 매우 난감했다.

향교는 6부(府)·5대도호부(大都護府)·20목(牧)·74도호부·73군·154현 곳곳에 설치되어 운영되는 조선의 대표적인 교육기관이며 유교의 성지와 같은 곳이었다.

불교의 법당이나 기독교의 예배당과 같은 성격인 것이다. 한데 이런 향교를 기초 학문만을 가르치는 교육기관으로 바꾸려면 기존에 선현들과 공자에게 제사지내는 문제에 대해서 일정 부분 조치가 필요했다.

왜냐하면 조선의 백성들 중 일부분은 동방대종회나 불교 및 도교를 따르는 사람들이 있기 때문이다.

물론 선현들 즉 각 지방의 뛰어난 인물들이나 국가를 위난에서 구한 인물들에게 제사를 지내는 문제는 넘어간다 하더라도 공자나 주자 등에게 제사를 올리는 것은 조금 문제가 되고 있었다.

유학을 국시로 하는 것도 근자에 들어 문제가 된다는 발언이 조금씩 나오는 형편이었다. 원역사라면 전혀 문제 될 것도 없으며 당연시하던 것이나 동방대종회가 점차 세력을 키워가면서 이런 것들에 대한 문제가 지적되기 시작한 것이다.

즉 향교에서 제사를 지내야 할 것은 공자나 주자가 아니라 삼성(환인, 환웅, 단군)이어야 하고 역대 건국 왕이어야 한다는 것이다.

이 문제는 참으로 곤혹스러운 것이 조상을 모시자는 말도 맞는 말이고 문선왕 즉 공자를 대 스승으로 유학을 중시하니 그를 모시는 것은 당연하다는 것도 꼭 틀린 말은 아니었다.

다 같이 제사를 지내는 것이 어떠냐는 의견도 있으나 그러자면 불교의 부처나 도교의 노자나 장자 또한 모시는 것이 옳다는 의견이 나왔다.

해서 일부에서는 그럴 바엔 모두 폐하는 것이 옳고 향교는 그저 기초 학문을 가르치는 교육기관의 역할만을 수행하도록 하는 것으로 하자는 의견도 나왔다.

"향교에서 향후 가르치게 될 교과목의 선정은 어찌 되어 갑니까?"

"정음과 산술, 천자문 등의 기초 교육이 끝나면 박세무와 민제인이 만든 동몽선습과 동방대종회에서 발간한 대 조선 국사 영전사 이언적과 성균관에서 발행한 세계사와 조선 민족사 등을 필수 교과목으로 정해 가르치게 하였고 그와 함께 시조와 붓글씨 쓰기, 택견과 수박 씨름 기마술, 궁도 등이 여건에 맞춰 선택적으로 배우도록 하였사옵니다."

"조선 국사와 조선민족사는 뭐가 다릅니까?"

"대 조선 국사는 국가를 기준으로 하여 흥망성쇠를 다룬 것이고 민족사는 건국 왕과 국가를 위난에서 구한 인물들의 활약을 다룬 내용이옵니다."

"조정에서 논의되는 것과는 별개로 내년부터는 각 향교에서 8세 이상의 모든 아이들에게 가르치기 시작해야 합니다. 우선 문선왕(공자)에게 제사하는 것은 원하는 자는 하되 원치 않는 자에게는 강제하여 시키지 못하도록 문판이 공문을 내리세요. 이 문제는 하루 이틀 만에 해결될 것은 아니고 차차 논의를 통하여 천천히 풀어 나갑시다.”

“알겠나이다.”

어차피 한 달 후 국정보고대회를 열게 되면 그때 다시 논의할 자리도 있고 인종이 독단적으로 정하는 것보다 각 지역의 양반들과 논의를 통해 정하는 것이 순리였다. 그래야 뒷말도 나오지 않는 것이다.

만약 강제로 실시하게 되면 반발하는 사람이 많을 것이고 그것이 옳고 그름과는 상관없이 여론이 나빠질 것이 자명했기 때문이다.

인종3년 8월 20일.

목포진에 거대한 판옥선 20척과 대맹선 40척이 정박해 있었다. 그와 함께 진 안쪽에는 물경 5천에 달하는 사람들이 배를 타기 위해 줄을 맞춰 서 있거나 앉아 있었다. 가족과 떨어지지 않으려고 손을 잡거나 천 등으로 어린아이들의 허리를 묶어 손목과 연결한 아녀자들도 보였다.

“자자 제일 좌측부터 줄을 맞춰 승선해야 한다. 서둘러라!”

무관 하나가 앞에 나서서 외치자 병졸들이 사이사이로 뛰어다니며 재촉하기 시작했다. 줄을 서 있는 사람들은 하나둘씩 병졸들을 따라 배에 오르기 시작했다.

오늘 목포진에서 배를 타고 제주로 향하는 사람들은 여진인들이었다. 그들은 봉성군의 지시로 백두산 인근과 4군 지역에서 붙잡혀 하삼도로 내려온 이들이었다.

인종은 제주도의 백성이 고작 4만여밖에 안 된다는 보고에 붙잡혀 온 여진인 중 2, 30대의 장정들을 위주로 가족과 함께 제주로 보내라 명한 것이다.

그들은 제주에서 마장관리와 무역항에서 노역을 할 사람들이었다. 배에 물건을 싫거나 내리는 일에는 많은 노동력이 필요했다. 본토에서 물건을 가져다 쌓아 놓고 다시 팔려 나가는 무역품을 배에 실어 줘야 하기 때문이다.

거기에 제주에는 나라에서 운영하는 마장이 있는데 근자에 여진과 몽골의 말들을 다량 수입하게 되면서 그 말들을 관리한 노동력도 절실해지기 시작했다.

“탐나라는 곳이 섬 아니오?”

“섬이랍니다.”

배에 오른 이들은 각자 한쪽에 자리를 잡고 앉자 대화를 시작했다.

“이거 도망도 못 가게 섬으로 보내 버리네……”

“뭐 죽이기야 하겠소? 처음에 붙잡혔을 때는 이대로 죽는가

보다 했는데 막상 지나고 보니 죽지는 않을 것 같소."

"그렇다고 해도 관 노비나 다름없는데 이대로 끌려가야 한다는 것이 분하오."

옆에서 두 사람의 이야기를 유심히 듣고 있던 젊은 사내가 나섰다.

"아니, 우리가 관노비가 된 겁니까?"

"아니, 그건 아니지만 그것과 매한가지라는 것이지 이리 가라 하면 이리 가고 저리 가라 하면 저리 가야 하는 것 아니오?"

"그래도 오기 전에 무관의 말로는 제주에서는 집도 주고 시키는 일 잘하면 품삯도 보름에 그 뭐냐 대동화로 500원씩 준다고 하던데요? 노비라면 품삯을 줄 리가 없지 않습니까?"

"니도 그 말은 들었소. 500원이면 쌀로 한 섬하고 다섯 말인데 한 달에 3섬 꼴이요. 한 달 동안 배에 짐 실어 주고 그것 받는 것이 많은 것이오? 난 살던 곳에서 약초를 캐면 하루 만에 쌀 10섬은 받을 수 있는 산삼도 몇 뿌리씩 캤소. 그리고 내가 가고자 하는 곳은 어디든지 다녔던 사람이오. 한데 이제 꼼짝없이 목줄 맨 소처럼 끌려 다니며 일을 해야 하니 이게 노비 아니면 뭐란 말이오? 그리고 내가 부양해야 할 가족이 다섯이오. 나까지 여섯 명이 쌀 3섬으로 한 달을 어찌 산단 말이오?"

“듣기에 그 말이 옳은 듯 보이기는 합니다만, 가 보면 뭔가 수가 나오겠지요. 무관의 말로는 모두 양인 호적을 준다니 죄만 안 지으면 신분이야 유지되는 것이고 돈을 모아 장사라도 하게 되면 살림이 좀 펼지 누가 압니까. 그것보다 조선 말을 빨리 배워야 할 터인데 그것이 걱정입니다.”

“자네는 분하지도 않은 모양일세?”

중년의 사내가 젊은 사내의 말을 듣고는 신기한 듯 질문을 했다.

“이왕 이리 된 것 어쩝니까. 분하다고 화만 내 보았자 바뀌는 것이 있겠습니까? 어차피 이리 조선인이 되었으니 조선 사람으로 성공해야지요. 사실 여기 끌려오기 전에 저는 전주 땅에 있었습니다. 그곳에서 보니 조선은 확실히 여진 땅보다는 문화가 발전했더군요. 제가 머물던 곳의 지주는 자전차를 타고 다니는데 눈에는 안경이란 것을 쓰고 다니더군요. 눈이 나빠서 안 보이는 사람도 그 안경이라는 것을 쓰면 잘 보인다고 하더이다. 낮에는 동네 아이들은 죄다 향교인가로 가서 글도 배우더이다. 입성이 양반집 도령들은 아닌 것 같아 물어보니 모두 우리가 받게 될 신분인 양인들이라 하더이다. 양인들도 글을 배워 벼슬을 하고 출세한다는 말을 들었는데 그것을 보고 차라리 조선인이 된 것이 다행이다 싶었습니다.”

“그 말은 나도 들었네만 우리는 이방인일세. 이방인이 출세하기란 하늘에 별 따기네 그것이 쉽겠나?

"어렵겠지요. 하나 제가 그 동방대종회인가 하는 곳에 가서 들어 보니 우리 조상들이나 조선 사람들의 조상들이나 모두 고조선과 고구려에서 같이 살던 동족이라 하더이다. 오랫동안 떨어져 살아서 말과 문화가 달라졌지 뿌리가 같으니 쉽게 하나가 될 것으로 여깁니다. 제가 힘들다면 자식이라도 그리 되겠지요."

젊은이의 말에 배에 올라탄 주변 사람들은 생각이 많아지기 시작했다. 처음 자신들이 살던 곳에서 붙들려 내려왔을 때는 죽임을 당할 것이라는 걱정에 밤잠을 못 이루었다.

하지만 가족과 떨어트려 놓는 것도 아니고 강제 노역을 시키는 것도 아니며 여진 땅에서 가지고 있던 재산도 어느 정도는 챙겨 주었다. 이왕 이리 된 것 열심히 살다 보면 더 좋은날이 올지도 모른다는 희망은 있었다.

목포를 출발한 배들이 제주로 들어오고 있었다. 배들은 남쪽의 대정현 쪽으로 들어간 것이 아니라 북쪽인 제주 목의 화북 진으로 들어가고 있었다.

화북 진과 조천 진은 본토 방향에 있는 진으로 제주와 목포 진을 오가는 배들이 주로 이용하는 곳이었다. 이곳에는 조선의 상단들이 물건을 싣고 들어와 짐을 내려놓기도 하고 떠나는 배들도 있어서 매우 복잡한 상황이었다.

제주에 점포를 개설한 상단은 강상과 내상 남상 등이 있는데 그들과는 차별되는 상단이 하나 더 있었다. 바로 개성상단으로 불리는 송상이었다.

개성상단은 북쪽의 발해와 건주여진 남쪽으로 왜와 제주 등을 모두 아우르는 거대 상단이었다.

그들은 취급하는 품목도 다양하고 상단에서 보유한 배또한 30척이 넘어갔다. 모두 중맹선이상의 배들로 가끔 세곡선으로 차출되어 이용되기도 했다. 제주 목에는 목사가 거주하는 관아 옆으로 거대한 창고가 수십 동이 세워지고 있었다.

개성상단까지 4대 상단이 제주로 몰려들면서 제주의 인구가 폭발적으로 늘어나기 시작했다.

병사만 해도 수천이 늘어났으면 여진 인이 두 차례 들어오면서 거의 1만이 늘어났다. 거기에 상단의 상인들과 남국 관을 관리할 관원에 일꾼들까지 하면 짧은 시간에 2만에 가까운 사람들이 제주에 몰려든 것이다.

"노숙도 지치고 숙소 언제 마련되는가?"

상단 일꾼으로 보이는 장년의 사내가 창고를 만들다 잠시 쉬려는지 바닥에 앉으며 한마디 했다.

"행수님도 노숙하는데 별수 있나. 이달 안에는 마련되겠지. 한꺼번에 너무 많은 사람들이 몰려들어서 목사가 나서도 방 하나 구하기는 힘들 것이네."

"그러게 무슨 일을 이렇게 허는가 말이여, 미리 준비를 해서 움직여야지."

"조정에서 하라면 해야지 우리가 무슨 힘이 있는가. 주상 전하가 서두르라니까 행수나 대행수도 발바닥에 땀나게 뛰는 모양이더구먼."

8월이라서 노숙에는 큰 무리가 없으나 비라도 오면 문제가 되었다. 하루 빨리 숙소를 만들어 잠이라도 편히 자고 싶은 사람들이 많았다.

너무 급작스럽게 내려온 명이라 서둘러 제주로 오기는 했으나 준비가 미흡하여 벌어지는 일들이었다. 그때 행수로 보이는 사람이 지나가며 한마디를 했다.

"오늘 중으로 창고가 완성되면 우선 창고에 자리를 만들어 사용할 터이니 새벽이슬을 피할 수 있을 것이네."

행수가 자신들의 이야기를 듣고 반응하자 두 사람은 멋쩍게 웃어 보였다.

"네, 다행이내요. 허면 앞으로 비와도 비 맞을 일은 없겠네요."

행수가 지나가자 두 사람은 혹시나 해서 다른 주제로 말을 돌렸다.

"그나저나 탐라는 확실히 여자가 많더구먼."

"자네 어디 맘에 드는 처자라도 봐 두었는가?"

"봐 두었지 자네 관아 옆에 있는 주막집 딸내미는 노리지 말게 그 처자는 내가 마누라삼기로 점찍었네."

"예끼 이 사람아! 그 처자가 자네한테 온다든가? 얼핏 봐서
는 아직도 솜털이 보송보송하더구먼."

"모르는 소리 말게 내가 갈 때마다 밥을 많이 먹으라며 한
숟가락씩이라도 더 담아 주네."

이내 두 사람은 실없는 농담을 끝내며 다시 일을 시작했다.
제주도는 남자보다 여자가 많은 곳이었다.

덕분에 제주도에 자리를 잡은 상단의 일꾼들이나 병졸들은
인기가 많았다. 그들이 인기가 많은 이유는 단지 남자라서 이
기보다는 배를 타고 바다를 나가는 일을 하지 않는 것도 인기
가 많은 이유 중에 하나였다.

이 시대에 배를 타고 고기를 잡는 것은 어떤 때는 목숨을 내
놓아야 할 만큼 위험한 일이기도 했다.

인종 3년 8월 25일 두 번째 기사.

산구대도호부사 정옥형이 장계로 아뢰기를,
대내씨가 거병하여 출운(出雲:이즈모)으로 출병하였는데
그 위세가 자못 대단하여 5만이 넘습니다. 그중 1천은 철포로
무장했으며 기마병은 수천에 지나지 않고 4만 넘는 병사가 모
두 칼과 창으로 무장한 보병입니다. 쟁이 끝나는 대로 다시 알
리겠나이다. 라는 내용이었다.

서국의 왕이라 불리 우는 대내의융(오오우치 요시타카)가 머물고 있는 곳은 축산(築山:츠키야마)궁 또는 축산저택이라 불리 운다. 축산궁은 80간(間)에 이르는 토담(한 간에 1.82미터 80간=146미터)과 3간(間)의 해자(5.5미터)가 둘러쳐 있는 세상과는 격리된 완전히 다른 세상이었다.

1543년 대내씨의 가주이자 서국의 왕이라 불리 우는 오오우치 요시타카는 자신의 심복인 스에 타카후사를 비롯하여 세자인 하루모치까지 이끌고 이즈모 원정에 나서게 된다. 결과는 대참패였다.

후퇴하다가 세자가 탄 배가 침몰하여 죽어 버리는 사태까지 벌어졌다. 그 뒤로 요시타카는 축산궁에서 나오지 않고 향락에 빠져 살았다. 그를 대신해 스에 타카후사를 비롯해 6명의 가신들이 오오우치 가문을 이끌고 나갔다.

말이 가분이지 하나의 국가로 가신들은 각기 하나의 영지를 다스리는 영주들이었다. 스에 타카후사의 야망과 요시타카의 향락적인 생활을 빼면 다른 문제는 없는 곳이 서국 즉 대내 가문이었다.

전국시대 왜에서 가장 강성하며 큰 힘을 발휘하고 있었고 조선과 명의 무역을 독점하면서 재력도 가장 많았다.

원 역사에서는 두 사람의 문제로 인해 사라지게 되는 이 가문은 수명이 불과 4년밖에 남지 않았다.

1551년 타카후사가 이끄는 무단파의 반란으로 요시타카가 자결하고 얼마못가서 타카후사 또한 모토나리와의 전투에서 죽어 버리기 때문이다.

그런데 인종이 부활하면서 이곳 왜의 대내씨에도 변화가 생기기 시작했다. 인종의 교지를 받은 요시타카는 머리를 쇠망치로 맞은 것처럼 큰 충격에 빠지게 되었다.

1546년 1월 이즈모 전쟁에서 패한 후 축산궁에서 시와 남색에 빠져 살며 하루하루를 보내던 그에게 조선의 임금은 조상의 업을 이을 인물로 보이지 않기 때문에 백제사와 족보를 넘겨줄 수 없다고 했다. 분노가 치밀었다.

아무리 상국이라지만 조상 문제 가지고 너무한다 싶었다. 자신이 그 족보 하나 간직 못할 위인으로 보였단 말인가? 한동안 분함에 더욱 술잔을 기울이고 자신의 처지를 비관하기까지 했다. 세자도 죽은 마당에 그까짓 족보가 무슨 상관인가 싶었다.

자신의 아버지인 요시오키 또한 살아생전에 수차례 사신을 보내서 요청했지만 간략하게 적은 몇 장의 내용이 전부였다.

그렇게 며칠이 흐르고 어느 날 문뜩 요시타카는 술을 마시다 죽음 직전까지 가는 상황에 직면하게 되었다. 잦은 음주와 색을 밝히다가 몸이 망가질 대로 망가진 것이다.

이제 막 40대에 접어든 그는 큰 충격에 빠졌다. 그리고 다시 살아나자마자 소이전을 인종에게 보냈다.

죽기 전에 자신의 아버지가 그토록 원했던 또 자신이 그토록 원하는 조상 찾기를 마무리하고 싶었던 것이다.

소이전이 조선에서 되돌아왔을 때 요시타카는 큰 충격과 함께 흐리멍덩하게 변해 버린 눈에 빛이 나기 시작했다.

인종이 보낸 답신의 내용에 수치감이 들었고 사신이 들고 온 하사품에 문화적 충격에 빠져버린 것이다. 각종 유리 제품과 비누 때문만은 아니었다.

요시타카가 충격에 휩싸인 것은 조선신보였다. 정음이라는 무지렁이 백성들조차도 하루면 읽고 쓸 수 있다는 그 문자로 인쇄된 신보는 문화 충격과 함께 자신이 무엇을 잃어버렸고 무엇을 해야 하는지를 알려 주는 내용으로 가득 차 있었다.

"이것이야말로 군주의 길이로다. 나는 오늘 개안을 했도다. 풍악 울리는 것을 멈추고 술을 금하겠다. 너희들은 앞으로 나에게 술을 권하지도 말 것이며 렌가(連歌)도 금할 것이다."

요시타카가 달라지기 시작했다. 요시타카는 자신의 휘하에 있는 6명의 영주를 불러들였다.

"나는 너희들에게 큰 은혜를 입었다. 군주로서 도리를 다하지 못했으니 참으로 부끄럽도다. 나는 죽는 날까지 백성들을 위해 살 것이다. 하나 너희들도 큰 잘못을 저질렀다. 나에게 충언하는 이는 적고 백성들의 곤궁함을 살피는 자 또한 적었다. 우리가 이 풍랑의 시대에 살아남기 위해서는 변해야 한다. 나는 구주를 일통하고 이즈모에서 당한 치욕을 갚을 것이며 시코쿠(사국)을 정벌하여 진정한 군주가 될 것이다. 너희들에게 묻겠다. 준비가 되었느냐?”

그의 물음에 제일먼저 대답한 것은 역시 스에 타카후사였다. 그는 주군인 요시타카의 말에 가슴이 떨려오며 흥분이 되기 시작했다. 자신의 주군이 바뀌었다. 그가 그토록 원했던 주군으로 되돌아오기 시작했다.

“저희들은 언제라도 준비가 되었습니다. 주군께서 명하신다면 불 속으로라도 뛰어들 것이고, 거친 풍랑에 죽을 것을 알아도 바다를 건널 것이며, 분출되는 화산으로 가라 해도 갈 것입니다.”

“좋다! 나이토우는 즉시 나의 눈을 흐리게 하여 신하들 간에 분쟁을 일으킨 사가라 타케토후를 잡아다 죽여라.”

사가라 타케호후는 문치파로 그동안 영주들 그중에 스에 타카후사와의 사이가 극도로 좋지 못한 인물이었다.

더불어 요시타카를 위해 전국에서 학자와 악사, 승려 등을 불러들인 인물이다. 그것으로 끝나지 않고 요시타카의 뒷배를 믿고 엄청난 돈을 빼돌려 향락에 뿌리게 한 인물이었다. 그를 쳐 내지 않으면 영주들에게 자신이 변한 것을 인정받기 힘들었다. 요시타카의 명령은 계속되었다.

“스에 타카후사에게 전권을 준다. 너는 조선국으로 가서 일전에 논했던 무역에 대한 모든 것을 받아들인다고 전하라.”

“명심 봉행하겠나이다.”

“오키모리는 철포를 구하여 우리 군을 무장시킬 수 있는지 알아보라, 무장시킬 수 있는 무기라면 제작 기술과 들어갈 재료의 수급에 대한 것도 조사하여 보고하라.”

“명심, 봉행하겠나이다.”

“다카카네는 이즈모와 빙고의 상황을 면밀히 주시하고 그들의 움직임을 수시로 보고하라.”

“명심, 봉행하겠나이다.”

“나머지 영주들은 군을 재정비하고 호구 조사를 실시하여 영지의 소소한 것까지도 모두 챙겨 빈틈이 없게 해야 한다. 굶는 자가 있으면 우리는 발전하지 못한다. 조선과 명으로 우리의 허락 없이 넘어가는 배는 모두 금해야 한다. 만약 이를 어기면 우리는 못처럼 맞은 기회를 걷어차는 우를 범하게 되는 것이다. 조선과 명의 무역은 오직 우리가 독점해야 하며 이를 놓치면 우리의 미래도 없다. 각 영주들은 이를 각별히 명심하여 우리의 허락 없이 조선이나 명으로 떠나는 배를 발견하면 병사들을 동원해 즉시 막도록 해라.”

“명심하겠습니다.”

요시타카의 명이 떨어지자 각 영주들은 바쁘게 움직였다. 명이 떨어지고 3일이 지나지 않아 축산궁에 머물던 사람들 중 반 이상이 쫓겨났으며 일부는 죽임을 당했다.

요시타카는 신하들이 밖으로 나가자 품에서 인종이 보낸

서신을 다시 꺼내어 읽었다. 그를 변화시킨 인종의 말 그것은 '대저 모든 건국 왕들은 건국 후 조상의 기록을 찾아 정통성을 세우지 정통성을 세우고 건국하지 않았다. 중요한 것이 무엇인지도 구분 못하는 너에게 짐이 달란다고 백제사와 그 후손들의 족적이 담긴 사서를 넘겨줄 것 같으냐? 일개 변방 영주에 불가한 자가 정종 대왕 시절부터 때때로 사신을 보내 국사를 함부로 달라하니 말을 전하는 역관 또한 비웃을 일이로다. 대저 일국의 군왕은 아국의 무지렁이 백성에게는 인자해도 타국의 벼슬아치에게까지 인자할 수는 없다. 만약 그것이 필요하다면 더 지위를 높여 국서를 통해 요구하라 였다.

요시타카는 그 문장을 읽고 또 읽으며 마음을 다스렸다.

그해 4월에 스에 타카후사가 조선의 사신으로 다녀오고 나서 서국은 더욱 더 큰 변화의 회오리에 휩싸이게 되었다.

5월 중순이 되자 조선에서 통신사와 공관에 머물 관인들이 들어왔다. 엄청난 규모의 통신사에 산구에 있는 백성들은 모두 몰려나와 환영했다.

사신을 이끌고 온 영전사 이언적은 대내의융 보다도 높은 품계를 가진 대신이었다. 상국의 대신인데 거기다 품계도 높아 주변 영지들에게 큰 충격을 주었다.

거기에 유학자들과 승려들이 함께했다. 유학자들과 승려들은 대내의흥뿐만 아니라 주변 모든 영지들에게 환영을 받는 존재였다.

단순히 책이라도 달라며 그렇게 애원했던 왜에 그것들을 직접 가르치고 궁금증을 해소해줄 스승들이 온 것이다.

본래 대내의흥은 교토 문화에 심취해 그들의 격식과 예를 따르기를 열심히 했다. 그가 그리한 것은 자신이 세울 왕국을 정통성과 격식을 갖춘 왕국으로 만들기 위함이었다. 하나 이제 더 이상 그쪽에 구애를 보낼 필요가 없었다.

아무리 교토 문화가 왜에서 가장 발전하고 뛰어나다고 하더라도 혹은 전통성이 있다고 하더라도 그들 또한 조선이나 명의 아류일 뿐이다.

절차는 다를지라도 자신이 세울 왕국은 기존의 왕국과는 달라야 한다. 해서 대내의흥은 조선에서 건너온 선비들을 모두 산구에 붙잡아 뒀다.

산구에 학당을 세우고 자신 휘하의 영주들의 자식들을 모두 그들에게 보내 배움을 얻도록 했다.

각 영지에 난립해 있는 소영지의 자식들까지 유학을 배우기 위해 산구로 몰려들기 시작했다.

6월에 나가토의 영주인 나이토우 오키모리는 대내의흥에게 철포 2자루를 가지고 들어왔다.

"전하!"

요시타카가 변한 후 가신들은 요시타카에게 전하라 부른다.

전하라는 호칭뿐만이 아니었다. 의복부터 축산궁에 살고 있는 모든 사람들은 왕부의 격식에 따라 하나씩 제도와 형식이 바뀌어 가고 있었다.

이미 영주들이 사는 저택은 여인들만이 사는 곳과 영주를 비롯해 가신들이 머무는 곳이 구분되어 있긴 했지만 여인들이 머무는 곳을 담당하는 여관들 대부분이 궁녀라기보다는 영주의 정실 부인과 영주를 모시는 집안의 하인과 같았다.

에도막부가 들어서면 제도가 잡혀 잡일만을 하는 하급 여관과 중요한 일을 맡아서 하는 중급 여관 그들을 지휘하는 상급 여관으로 체계가 잡히지만 지금 시대의 각 영주들은 일종의 호족으로 그런 제도 자체가 있을 리 없었다.

해서 코레후사나 키미요리 같은 문치파 신하들은 조선에서 건너온 유학자들과 산구대도호부사 정옥형 등과 어울리며 조선의 왕실 제도와 명의 황실 제도에 대해 파악하고 교토의 황실을 비교하며 제도를 하나씩 손질해 나가기 시작했다.

"그래 그것이 철포더냐?"

"그렇사옵니다. 이미 사츠마와 히고에서는 이것을 복제하여 사용하고 있나이다."

이미 4년 전에 명과 왜구들이 한패가 되어 명 남부를 휩쓸고 있는 왕직 일당의 배 중 하나에 타고 있던 포르투갈 상인이 종자도(種子島)라는, 구주 지역 태평양 방향에 있는 섬에 들

리면서 왜에 처음으로 알려졌는데 당시 종자도 혜시(種子島惠
時 다네가시마 마사토키)라는 인물이 그 총의 성능이 뛰어남
을 알고 엄청난 거금을 주고 한정을 사게 된다.

생각지도 못한 거금에 그 상인은 한 자루를 더 얹어 주었다
고 한다. 그래서 두 자루를 받게 된 혜시는 팔판금병위(八板
金兵衛 야이타 킨베)라는 왜국 최고의 대장장이를 불러 똑같
은 것을 만들어 달라고 했으나 칼을 만들던 대장장이가 만들
어 낼 수 있는 물건은 아니었다.

그에게는 16살 된 약협(若狹 와카사)이라는 딸이 있었는데
그녀는 아버지를 위해 포르투갈 상인에게 접근해 몸을 바치고
제조법을 알아내어 복제에 성공할 수가 있었다. 해서 아주 먼
훗날에 그녀의 공을 기려 약협충효비를 받아 일본사에 기록된
위인이 된다.

여하튼 그렇게 만들어지게 된 철포는 사실 조선의 세총통에
비하면 그리 뛰어난 것도 아니었다.

지금 오키모리가 가지고온 철포 또한 성능이 조선의 보총에
비하면 매우 떨어지지만 왜의 입장에서는 신무기였고 전략적
으로 매우 중요한 의미가 있었기에 요시타카는 큰 관심을 보
였다.

"성능은 어떠냐?"

"새를 쏘았을 때 30보 안에 있는 새는 산산 조각나며 50
보(약 80m) 안의 새는 몸통은 남아나나 죽습니다. 100보(약

160m)를 넘기면 위력이 사라집니다.”

요시타카는 오키모리가 가져온 철포를 직접 사격해 보고 그것의 장단점을 금세 파악할 수 있었다.

“장전 속도가 너무 느리고 복잡하구나 급박한 상황에서는 사용하기 매우 곤란하겠다. 하나 훈련받지 않은 병사들이 쓰기에는 쉽겠다. 이런 단점을 보완할 방법은 없을까?”

요시타카는 철포를 보여 여러 날 고민에 빠진다. 그와 더불어 전투초반에 사용하기에는 매우 유용하다는 판단에 나가토의 영주 오키모리를 시켜 대량 복제하라 명했다.

“이즈모를 칠 것이다. 이것을 전투 직전 사용할 것이니 최대한 많은 양을 생산하도록 하라 더불어 병사들을 훈련시키는 것도 잊지 말라 사용하기에 따라서는 매우 유용한 무기가 될 것이다.”

“명심, 봉행하겠나이다.”

요시타카의 명령에 의해 무려 30년 빠르게 철포가 왜의 전장터에 등장하려고 했다. 자신을 골방에 틀어박혀 술과 향락에 빠지게 만든 이즈모 전투의 패배를 설욕하기 위해 요시타카는 첫 공격 대상이 이즈모 영지임을 천명했다.

이때가 인종 2년 6월로 1년 2개월 전 상황이었다. 본격적으로 이즈모와의 전투가 벌어지는 인종 3년 8월까지 요시타카와 그의 가신들은 만반의 준비를 한 것이다.

그렇게 철저히 준비를 하고 전장에 나서는 대내씨의 병사들은 전국시대 왜의 원 역사와는 전혀 다른 새로운 역사를 써 내려갈 준비를 마치고 5만 대군을 이끌고 출정을 했다.

요시타카의 변화로 인해 오랫동안 지루하게 이어져오던 전국시대가 그 끝을 향해 달려가고 있었다.

〈『대왕인종』 제3권에서 계속〉

대왕인종

1판 1쇄 찍음 2010년 10월 4일
1판 1쇄 펴냄 2010년 10월 6일

지은이 | 최성일
펴낸이 | 정 필
펴낸곳 | 도서출판 **뿔미디어**

기획 | 이주현, 한성재
편집책임 | 조주영
편집 | 장상수, 권지영, 심재영, 주종숙, 이진선
관리, 영업 | 김미영
출력 | 예컴
본문, 표지 인쇄 | 광문인쇄소
제본 | 성보제책사

출판등록 | 2002년 9월 11일 (제1081-1-132호)
주소 | 부천시 원미구 상3동 533-3 아트프라자 503호 (우)420-861
전화 | 032)651-6513 / 팩스 032)651-6094
E-mail | BBULMEDIA@paran.com
홈페이지 | www.bbulmedia.com

값 8,000원

ISBN 978-89-6359-654-9 04810
ISBN 978-89-6359-652-5 04810 (세트)

※파본은 본사나 구입하신 서점에서 교환하여 드립니다.